U0825792

《时时刻刻》电影剧照1

《时时刻刻》电影剧照2

《时时刻刻》电影剧照3

奥斯卡
经典文库

[007]

Mrs.Dalloway
时时刻刻

(美)弗吉尼亚 · 伍尔芙● 著　　玟靖 ●译　　何亮 ●丛书主编

首都师范大学出版社
CAPITAL NORMAL UNIVERSITY PRESS

图书在版编目(CIP)数据

时时刻刻/(英)伍尔芙著；玟靖译．—北京：首都师范大学出版社，2014.8(2021.3 重印)

(奥斯卡经典文库)

ISBN 978-7-5656-2047-8

Ⅰ.①时… Ⅱ.①伍… ②玟… Ⅲ.①长篇小说—英国—现代 Ⅳ.①I561.45

中国版本图书馆 CIP 数据核字(2014)第 207217 号

SHISHI KEKE

时时刻刻

(英)伍尔芙 著 玟 靖 译

责任编辑 王慕飞

首都师范大学出版社出版发行

地 址 北京西三环北路 105 号

邮 编 100048

电 话 010-68418523(总编室) 68982468(发行部)

网 址 http://cnupn.cnu.edu.cn

印 刷 北京虎彩文化传播有限公司

经 销 全国新华书店

版 次 2015 年 1 月第 1 版

印 次 2021 年 3 月第 4 次印刷

开 本 880mm×1230mm 1/32

印 张 7.125 插页 4

字 数 185 千

定 价 32.00 元

总序：电影的文学性决定其艺术性

不是每个人都拥有将文字转换成影像的能力，曾有人将剧作者分成两类：一种是“通过他的文字，读剧本的人看到戏在演。”还有一种是“自己写时头脑里不演，别人读时也看不到戏——那样的剧本实是字冢。”为什么会这样，有一类人在忙于经营文字的表面，而另一类人深谙禅宗里的一句偈“指月亮的手不是月亮”。他们尽量在通过文字（指月亮的手），让你看到戏（月亮）。

小说对文字的经营，更多的是让你在阅读时，内视里不断地上演着你想象中的那故事的场景和人物，并不断地唤起你对故事情节进程的判断，这种想象着的判断被印证或被否定是小说吸引你的一个重要原因，也是作者能够邀你进入到他的文字中与你博弈的门径。当读者的判断踩空了时，他会期待着你有什么高明的华彩乐段来说服他，打动他，让他兴奋，赞美。现实主义的小说是这样，先锋的小说也是这样，准确的新鲜感，什么时候都是迷人的。

有一种说法是天下的故事已经讲完了，现代人要做的是改变讲故事的方式，而方式是常换常新的。我曾经在北欧的某个剧场看过一版把国家变成公司，穿着现代西服演的《哈姆莱特》，也看过骑摩托车版的电影《罗密欧与朱丽叶》，当然还有变成《狮子王》的动画片。总之，除了不断地改变方式外，文学经典的另一个特征，是它像一个肥沃的营养基地一样，永远在滋养着戏剧，影视，舞蹈，甚至是音乐。

我没有做过统计，是不是20世纪以传世的文学作品改编成电影的比例比当下要多，如果这样的比较不好得出有意义的结论的话，我想换一种说法——是不是更具文学性的影片会穿越时间，走得更远，占领的时间更长。你可能会反问，真是电影的文学性决定了它的经典性吗？我认为是这样。当商业片越来越与这个炫彩的时代相契合时，“剧场效果”这个词对电影来说，变得至关重要。曾有一段时期认为所谓的剧场效果就是“声光电”的科技组合，其实你看看更多的卖座影片，就会发现没那么简单。我们发现了如果两百个人在剧场同时大笑时，也是剧场效果（他一个人在家看时可能不会那么被感染）；精彩的表演和台词也是剧场效果; 最终“剧场效果”一定会归到“文学性”上来，因为最终你会发现最大的剧场效果是人心，是那种心心相印，然而这却是那些失去“文学性”的电影无法达到的境界。

《奥斯卡经典文库》将改编成电影的原著，如此大量地集中展示给读者，同时请一些业内人士做有效的解读，这不仅是一个大工程，也是一件有意义的事。从文字到影像；从借助个人想象的阅读，到具体化的明确的立体呈现；从繁复的枝蔓的叙说，到“滴水映太阳”的以小见大；各种各样的改编方式，在进行一些细致的分析后，不仅会得到改编写作的收益，对剧本原创也是极有帮助的，是件好事。

——资深编剧　邹静之

主编的话：跟随文学人物走进各种各样的命运险境

能参与《奥斯卡经典文库》丛书的编辑工作，我感到特别的荣幸和高兴。说实话，这套丛书的编辑过程不仅给我，也给我们整个编辑团队带来了莫大的兴奋感。

兴奋之一：这是国内首次以大型丛书的形式出版经典电影的文学原著，这无疑是奉献给广大读者的一场阅读盛宴，我们相信无论何种口味的读者，都会从这套丛书里找到自己的最爱，甚至找到陪伴自己一生的精神伴侣。

兴奋之二：我们选择的书目全部是奥斯卡奖得奖或者提名的电影原著。奥斯卡本身就是全球最值得大众信赖的品牌之一，在奥斯卡异常严格的选拔标准下，这一批电影原著小说的艺术质量，还有部分原著是第一次出中文版本，我们之前也并未读过，但读过之后，深为震撼——世界一流的小说确实能带给人直击心灵而又妙不可言的独特感受。

兴奋之三：这套丛书让我们重新认识了文学原著和电影作品之间的互动关系。有的作品我们只看过小说，没有看过电影；而有的作品我们只看过电影，没有看过小说（后一种情况更多一些）。于是在编辑的过程中，我们重新补课，将同一故事的两种艺术形式尽量都补看完整。补完课才发现，文学与电影之间的关系真是太有趣了——电影或者因为时长所限、或者因为视听特性的发扬、或者因为求新求变，通常都要对原来的文学作品做出取舍和改动，电影编剧和导演如何取舍如何改动，背后其实都隐藏着电影创作者的深入思考。而很多文学名著又被不同的电影创作者多次改编，这些不同的电影版本所体现出来的电影创作者的不同趣味、不同表达以及独特个性，每每让我们生发出一种“又发现了一片新大陆”的感觉。我们作为读者和观众，往往会为哪一个电影版本改得更好而争论得面红耳赤——而对于那些两种艺术形式都没看过的朋友来说，我个人的建议，最好先读小说，充分展开自己的想象世界之后，再去看电影，收获绝对不一样。

兴奋之四：比起编剧和导演对文学作品的改编，演员、明星们对文学人物的演绎无疑更能引起大家的好奇和关注，在看完小说之后，带着悠闲而挑剔的眼光，再去评论、比较电影里的明星的表现，甚至去评论、比较不同版本的明星的表现，这给我们带来了数不清的快乐时光。

因为部分原著小说和电影也是我们第一次接触，以上所呈现的，都是我们在编辑过程中非常真实的感受。我们也非常期望我们的工作能带给广大读者同样的兴奋和快乐。《奥斯卡经典文库》为您精心挑选的这些非常优秀的原著小说，完全值得您腾出一点业余时间，全身心投入其中，跟随着那些精彩的文学人物走进各种各样的命运险境，去迎接那些意想不到的感动和震撼。

——北影老师　何亮

导读：谁能说，被鲜花掩埋的死亡，不是一种爱？

达洛薇夫人的一天开始于一个美丽的清晨。她要亲自为晚上的聚会去采购鲜花。在这一天中，她走过伦敦的几条街，在聚会上遇见一些旧相识，使她在脑海中重新审视自己的过去，面对那些矛盾纠缠却又无法忘却的青春记忆。也是在这一天，退伍军人瑟普提姆斯正在饱受战争带来的精神疾病的折磨，就在医生要对他进行隔离治疗之时，他选择了自杀。在聚会上，克拉丽莎听说了退伍军人自杀的消息，深深地同情并理解他，“她很高兴他这样做了，抛弃了尘世间的一切，解脱了。”通过平行线索中的两个人物的精神交汇，克拉丽莎与瑟普提姆斯一起展现了伍尔夫充满压力的精神世界，直面了自己对生与死的矛盾心理。

许多人物——熟悉或者陌生的，围绕着达洛维夫人，构成她的人生。年轻时的爱人——他刚刚从印度回来；曾经挚爱的女友——一个离经叛道的女孩，最终嫁给了富翁；心爱的女儿——她正被另一个女人“抢走”；温和的丈夫——布鲁斯夫人邀请他共进午餐；还有受战争刺激而精神失常并最终自杀的瑟普提姆斯……伍尔夫自由自在地在这些人物间停留、跳跃、穿梭，你很难抓住她。稍不留神，就是一片混沌。如同那投入水池的石子，消失无踪了，留你在一片涟漪中犯晕。

唯一清晰的是时间的嘀嗒声。它们无时不在，不紧不慢，永不停歇。每隔半小时，大本钟就要敲响，人生的分分秒秒，以及时光消逝中的紧迫和焦虑，随之浮现。

是不是正因如此，作者伍尔夫才要在最初的时候，将这部小说命名为《时光》？1925年公开发表时，这部小说改名为《达洛薇夫人》。2002年，斩获多项大奖的电影《时时刻刻》，就是原著作者迈克尔·坎宁安以本书为线索，展现三个不同时代的女性，处于同样的心理境遇下，寻找自我的艰辛历程。如果说影片的人物、结构等基本叙事元素来自迈克尔·坎宁安的原小说，那么其中引领我们感受人物的心灵流动的灵魂动力则来源于伍尔夫的小说《达洛薇夫人》。因此，在这套奥斯卡经典文库中，以《时时刻刻》为名出版，也算是对伍尔夫的一种致敬吧。

伍尔夫曾经遭遇过若干次精神崩溃，在两次严重抑郁症发病期间试图自杀。她一生致力于女权主义运动，同时又受困于自己的同性恋倾向，这在她的小说和随笔中都有明确的体现。1941年3月28日，伍尔夫又一次陷入到精神崩溃的边缘，她感到这次永远不会再好转，于是分别给丈夫和姐姐留下遗书后，自沉于她家附近的一条河流，终年59岁。这段自杀的经历成为电影《时时刻刻》的第一场戏，为影片定下了阴郁压抑的基调。

在小说中，身为国会议员太太的克拉丽莎看上去光彩夺目，然而在她内心深处，却恋恋不忘过去那个自由、洒脱的自己，就算是身处热闹的聚会，她也感到深深的孤独。对生活的妥协、对自我的放弃并没有给她带来内心的平静和幸福。伍尔夫同样面对着自己的困惑和绝望。在影片中，伍尔夫身形消瘦、沉默寡言，深受精神疾病的困扰，虽然有丈夫体贴入微的爱和关怀，却仍旧摆脱不了抑郁症和同性恋倾向的纠缠。萝拉·布朗与达洛薇夫人一样家境优渥，但却精神萎靡，总有一种生命无意义的感觉涌上心头。影片也赋予她朦胧的同性恋倾向，最终她抛夫弃子，远走加拿大。在现代女性克拉丽莎身上，影片索性将她塑造成为一个同性恋者，她有着感情稳定的同性恋人，长年照顾身染艾滋病的前男友理查德，并且通过人工授精生下一个女儿。表面上看，她可以自由选择自己的人生。然而，她依旧不快乐。直到理查德跳窗自杀，他的母亲萝拉·布朗再次出现，对克拉丽莎说："没有人会原谅我。……当一个人无路可走的时候，说后悔又有什么意义呢？面对死亡，我选择活着。"克拉丽莎似乎明白了什么，她走入自己的房间，一件一件褪去外套和围巾，亲吻了恋人，象征着她终于卸下了沉重的心理枷锁，重新获得爱的快乐。

在这三位女性身上，"达洛薇夫人"已经成为女性追求自由解放的代言人。如果说，小说中的达洛薇夫人只是具有朦胧的社会批判意识和女性解放的渴望，那么，萝拉·布朗和克拉丽莎则是将追寻自由的内在需求转化为实际行动，只为弗吉尼亚·伍尔夫的那一句："You cannot find peace by avoiding life."只有面对真实的自己，才能真正的活着。

最后说说这部小说的阅读体验。对故事的追求是读者阅读和观影的基本动力。因此，以心理活动为描写对象的意识流小说在快速取悦读者方面先天不足。首先，大量无逻辑的心理描写使读者需要相当长一段时间才能进入叙事情境。然而，优秀的意识流小说最大的魅力也在于此。当你拨开前进路上杂草丛生的纷乱思绪之后，眼前会出现一片豁然开朗的美丽风光，这时，你才真正进入主人公的意识世界。随着阅读的深入，读者与人物之间逐渐建立起一种默契，他/她所想似乎也是我所思。你要读到的就是这样的一部作品。

——西安文理学院文学院讲师 李静

达洛薇（Mrs.Dalloway）夫人说她要自己去买花。

因为给露丝(Lucy)的工作她已经安排好了，朗普尔迈耶(Rumpelmayer)公司的工人也正赶着过来要把门上的铰链卸下来。克拉丽莎·达洛薇(Clarissa Dalloway)在想，多好的一个早上啊！清新得好像是特意给要在海滩上玩耍的孩子们准备的一样。

这是那么欢乐，那么让人迫不及待啊！她好像一直都有这样的感觉，就如她在波顿(Bourton)，伴随着她现在仍能够听到的铰链轻轻曳动而发出的细微声响，猛然推开落地窗，雀跃着奔向外面的时候。那时，清晨里的空气清新而又平静，当然也远远比现在这里来得沉寂。像是海边轻轻拍打着的浪花，又像是海浪给予的一个亲吻，清冽而强烈。但对于一个如她当时才十八岁的女生来说，却显得有点过分庄严。那时候，她站在敞开的窗户前，觉得好像有什么不好的事情就要发生似的。她看着窗外盛放着的娇艳的花，看着被烟雾缭绕着的树木，看着白喙鸟飞上天空又落在地上。她就站在那里看着，直到皮特·沃尔殊(Peter Walsh)对她说："你在菜地里是在想着什么事情吗？"好像是这样说的吧，"比较起来，我还是喜欢人，多于花椰菜。"是这样说的吗？但皮特·沃尔殊，他肯定是在某一天早上，吃着早餐，看到她走了出来站在平台上的时候说的。最近他就要从印度回来了，可能在六月，可能在七月，她已经忘记了，因为他寄回来的信总是写得枯燥无味。奇怪的是，就算和他经历过的千千万万件事都从记忆里消失得一干二净，他说的话却还能让人记得清楚。他的眼睛，他放在口袋里的小折刀，他的微笑，他的坏脾气，还有他说过的几句好像关于卷心菜的话语。

她在马路边上稍稍站直了身子，等待着德特纳尔

(Durtnall)公司的货车开走。斯库鲁普·博维斯(Scrope Purvis)觉得她是一个迷人的女人——像你了解威斯敏斯特区（Westminster）住在你隔壁的人一样，他也同样了解她。她给人一种小鸟依人的感觉，可能还是一只松鸟，蓝绿色的，但是充满着朝气。尽管她已经年逾五十，而且因为常年生病，脸色变得苍白无光。她就像一只鸟儿栖息在树枝上一样站在那里，根本没有觉察到他，身子挺得笔直，只等着过马路。

因为住在威斯敏斯特区，有多少年了？可能已经是二十多年了，克拉丽莎（Clarissa）一直相信，无论是处于车流拥挤的地方，还是在午夜里翻身醒来，她都能够感觉到一种特别的平静，或者说是肃穆；但又像是一种难以言表的停顿，或者是如同大笨钟（Big Ben）敲响前的等待（但其实那只是她心脏的问题，人们都说她的心脏因为流感而受到了影响）。听！它沉沉地响起来了。起初是预告般的音调，悦耳明朗；然后就是报时，势不可当。浑厚深沉的钟声凝成音波，一圈一圈的，消失在空气里。在穿过维多利亚街(Vitoria Street）的时候，她忽然想到，我们真是愚蠢啊。因为只有上帝才知道为什么我们这样地去热爱生活，这样地去对待生活，这样地去想象生活，这样地去建构生活，这样地时时刻刻去重新创造已经被推倒的生活。而就算是穿着最邋遢的女人，就算是坐在门前阶梯上看上去颓废不堪的人（他们因为酗酒而变得堕落起来)，也是这样的。她相信议会的任何法令都无法起干预作用，只是出自这个原因：他们是热爱生活的。在人们的眼中；在他们或者轻快，或者沉重，或者在蹒跚的步履中；在欢呼中、在喧嚣中；在四人马车、小轿车、公共汽车、货车和被挂在身体前后的广告牌夹着迈着摇晃的脚步走在街上的人群中；在铜管乐器中；在欢快地走着的手风琴演奏者中；在胜利的欢叫声中和铃铛的叮当声中，还有在飞机从半空中飞过时发出的奇怪的尖啸声中。这些都是她深深喜爱着的一切啊。生活，伦敦，还有六月的这一个时刻。

现在已经是六月的中旬了。战争已经落下了帷幕，但像霍克斯库洛夫特太太(Mrs.Foxcroft)那样的人除外。她昨晚在大使馆里伤透了心，因为她得知她可爱的儿子在战争中不幸遇难了，而她那古老的庄园府宅就只能让堂兄弟继承了。还有贝克斯波罗夫人(Lady Bexborough)，人们说她在主持市场开幕的时候，手里还紧紧攒着告知她最疼爱的儿子约翰（John）在战争中牺牲的电报。但这一切都结束了，感谢上帝，都结束了。现在已经是六月份了。国王跟王后都在白金汉宫里。虽然时间尚早，但到处都已经充满了奔腾的马蹄的哒哒声，还有球拍击球时发出的啪啪声。洛斯伦敦大板球场（Lords）、艾斯柯特赛马场（Ascot）、原来的旅游胜地拉内拉（Ranelagh）以及伦敦其他所有的地方，都笼罩在这晨色里，那柔软细腻，如细网一般的灰蓝色的薄雾中。当明亮的天色渐渐过去，这一张细网将会慢慢地消失，绿草场上，小马兴高采烈地奔腾着，好像前蹄一落地就又立刻跳跃起来；还有转着圈的少年和穿着隐隐约约的薄纱衫欢笑着的姑娘，就算是在现在，在不停歇地舞蹈了一整晚之后，还牵着他们毛茸茸的可爱的小狗出来兴奋地跑来跑去；就算是在现在，在这么早的时候，慎言谨行的老贵妇们，都已经坐着她们的车子，匆匆忙忙地出门去做着什么神秘的事情。商店的老板们也是一刻都停不下来，忙着把橱窗里的人工宝石、钻石，还有长相迷人的海绿色旧胸扣放在18世纪款式的底座上展示出来，以吸引在街上来来往往的美国人，但她要把钱省下来，不能再乱给伊莉莎白（Elizabeth）买东西了。而她，也同样怀揣着看似荒谬却坚贞不渝的热情，深深地爱着这里的一切。她也是这种生活的一部分。因为她的先辈们曾经为乔治皇帝当过朝臣，她也同样要把自己粉饰得珠光宝气，去参加今晚的宴会。但是当她迈进公园的时候，周围都是静悄悄的，多奇怪啊。薄薄的晨雾；嗡嗡的声音；在湖里悠闲而开心地划着水的鸭子；迈着摇摆的步子走着的长着喉袋的小鸟；还有背对着政府大楼，提着印有皇家徽章的盒子规规矩矩地迎面走来的人，除了晓治·维特布莱特（Hugh Whitbread）还有谁呢？是她的老朋友晓治，让人仰慕的晓治啊！

“早上好啊，克拉丽莎！”因为他们从很小的时候就认识，所以晓治用很随意的语气对她说话，“你要去哪里呢？”

“我很喜欢在伦敦这里随便走走，”达洛薇夫人说，“那种感觉真的比在乡间里散步还要好。”

他们是刚刚才到伦敦的，但很不幸的是，他们是来看医生的。有些人来这里是为了看电影的；有些人是为了欣赏歌剧的；有些人是为了带他们的女儿出来四处走走的；但是维特布莱特夫妇他们却是来“看医生”的。已经记不清次数了，但那时候克拉丽莎常常去疗养院探望生着病的伊芙玲·维特布莱特(Evelyn Whitbread)。

“伊芙玲又生病了吗？伊芙玲的身体很不适。”晓治说。他撅了撅嘴巴，整理了一下整洁的衣服，挺直了富有男子气概的、极度英俊的而且修饰完美的身躯（他总是这样一副衣冠楚楚的样子，但是想来他也是一定要这样的，毕竟他也是在法庭里担任着一官半职的）。他说他妻子的身体内部有疾患，但不是很严重。作为一个多年来的老朋友，不用他多加说明，克拉丽莎·达洛薇也是能明白的。嗯，当然啊，她肯定是知道的啊：多讨厌的病啊！她就像一个姐妹一样，对伊芙玲产生了同情的感觉，同时也很奇怪地对自己现在头上戴着的这顶帽子而觉得浑身不自在。是不是因为她觉得这顶帽子不是很适合这个早晨呢？晓治好像知道她现在的感觉，快步走向前，煞有其事地抬起了一下他的帽檐，说她看起来真的就像是一个十八岁的少女，还保证说在伊芙玲的坚持下，今晚他一定会来参加她的宴会，只不过他可能会晚一点儿才到，因为他得先带吉姆(Jim)的儿子去宫殿参加派对。每每晓治跟她说话的时候，像现在，她总是感觉到自己如同一个中学少女一般局促不安。但是她喜欢晓治，一方面当然是因为自己全然了解他，而他也确实有他值得让人欣赏的地方。虽然李察（Richard）曾经差点被他气得疯掉，而皮特·沃尔殊，直到今天也还是不能够原谅她喜欢晓治的这件事。

在波顿发生的那一件件事情，她至今仍然记得，皮特为之怒气冲天的那些事情。晓治当然没有，虽然他在哪一个方面都不是皮特的对手，但却也不是像皮特说的那样，是个如理发师常用的假木脑袋一样的白痴。当他的老母亲想要他放弃射击而带她到巴斯(bath)去的时候，他二话不说就照做了。他确实不是一个自私的人，但皮特对他说的没心肝没脑子，空有英国绅士的外表和教养那样的话，也不过是亲爱的皮特在最生气的时候脱口而出的气话。他或许是让人觉得不能忍受，可能是让人觉得不可思议，但是在这样一个早晨，能和他一起散着步，却是一件让人感觉到十分愉悦的事情。

六月催促着树上的每一片叶子快快生长。皮姆利科区（Pimlico)的妈妈们在给她们的孩子们喂着奶。从舰队街到海军部，消息不断地传达着。人来人往的艾灵顿街（Arlington

Street）和皮卡迪利街（Piccadilly），似乎让公园里的每一寸空气都变得燥热起来。树叶也被克拉丽莎所喜爱着的活力非凡的气浪给撑拖起来。跳着舞，骑着马，那是她所热爱着的一切啊！

他们，她和皮特，好像有几百年的时间没有见过面了一样。她从来就没有给他写过信，而皮特寄回来的信也是写得干燥乏味的。但是忽然之间，一个念头就这样涌现了出来：如果现在，他是跟我在一起的，他又会说些什么呢？有的时候，有一些场景总是会让她平静地想起他，没有过去的怨愤和苦涩，但这也许只是她平常对人友好的回报吧？在圣詹士公园（St. James' Park）里的一个晴朗的早晨，往事就这样一幕幕地，真真切切地重回到她的心头。

但是，无论天气有多么好，无论树木、草地，还有穿着粉红色衣服的小姑娘有多可爱，皮特都一律视而不见。如果她叫他戴上眼镜，他也会从善如流地戴上，然后随意地看上几眼。世界上发生的事情才是他感兴趣的东西：瓦格纳[①]（Wagner）的音乐，蒲伯[②]（Pope）的诗歌，人的性格，还有她灵魂深处的污点。他是怎样严厉地责骂她啊！他们是怎样激烈地争吵啊！她想她会嫁给一个首相，站在地位最高的地方。他说她会是个最称职的女主人（她为此还在房间里大哭了一场），他说，她拥有一切能成为完美女人的内在条件。

所以，她还是会在圣詹士公园里跟自己做着思想斗争，还是会跟自己说没有跟他结婚是对的，事实上也确实是这

① 瓦格纳（1813—1883）：德国浪漫主义作曲家，是德国歌剧史上承前启后的人物。代表作品有《仙女》、《禁恋》等。——译者注

② 蒲伯（1688—1744）：英国诗人，杰出的启蒙主义者。代表作品有《鬈发遇劫记》、《愚人志》等。——译者注

样。因为在婚姻里，两个每天住在同一间屋子里的人，一定是需要的一点儿放纵和一点儿独立的。这些李察都能够给她，她也能够回赠。（譬如说，他今天早上去了哪里呢？或许是去了某一个委员会，但是她从来就没有问过他。）但是，如果是跟皮特在一起，所有的事情都一定要知根知底的，所有的事情都一定要仔细探究下去。这简直令人无法忍受！所以，当小花园喷泉边的事情发生了的时候，她便深知，她一定要跟他分手了，不然，他们两个都会被摧毁掉。

这么多年来，她一直都像被万箭穿心一样痛苦而悲伤地生活着。后来，有一个人在音乐会上告诉她，他已经和一个在前往印度的船上认识的女人结婚了。那个瞬间的震惊与心痛真是无法言语！她要怎样才能忘记这一切啊？他说她是个冷酷无情、没心没肺而且假正经的人。她怎样都没有办法理解，他以前所给予自己的疼爱。但是想来，那些印度女人可能是理解的吧，那些长得漂亮，但是既愚蠢又脆弱的笨蛋。可是她还在白白浪费着自己的同情心。因为他要让她相信，他相当幸福，十分幸福，虽然他没有再做过任何一件他们曾经计划过的事情。他的整段人生就这样失败了！她仍然为此而感到十分气愤！

她来到了公园的门口站立了片刻，她在等着途经皮卡迪利街的公共汽车。

她现在已经不愿意跟任何人说着别人的这样别人的那样了。她觉得自己活得非常年轻，但是同时，又有一种无以言表的沧桑。她觉得自己就像是一把锋利的小刀，能从里面割裂开所有东西，但是同时，她也只是一个身在局外的旁观者。当在外面看着出租车来来往往的时候，她总是觉得自己一个人来到了一片离所有人都好远的大海里，孤独不已。

她总是觉得活在这个世界上，哪怕仅仅是一天，都非常的危险。这倒也不是因为她觉得她自己有那么的聪明，或者有那么的特别。她根本无法想象，她是怎样靠着丹尼尔斯(Miss Daniels)小姐教给他们的零零散散的知识过了大半辈子的。她什么都不会，不会外语，不会历史。除了能躺在床上翻翻回忆录之类的书之外，她现在几乎什么书都不会去看。但是这些东西到现在对她来说都还是具有十足吸引力的。出租车在街上来来往往，她不愿意再谈论皮特，也不愿意再怎样怎样地谈论她自己了。

她一边往前走着，一边想，她唯一的天赋，或许就是几乎靠直觉去了解别人吧。如果你将她和其他人放在同一个房间里头，她会像一只受惊的猫一样弓起腰背，或者发出喵呜喵呜一样的声音。德文诗尔公爵府（Devonshire House）、贝斯公爵府(Bath House）、那些装饰着瓷质白鹦鹉的公爵府，她也曾经见过它们燃起辉煌灯火的时候。她还记着西尔维娅（Sylvia）、费特（Fred)，还有萨莉·瑟顿（Sally Seton）这么多人，通宵达旦地狂舞。载着货物的马车缓缓地行驶了过来，向市场走去，有一些则穿过了公园回家。

她还记着有一次她在公园的蛇形湖里，把一枚一先令的硬币抛了进去。但是每一个人都会记着这样的事情。但是她所爱着的是此时此地的这一切，包括她的正前方，有一个肥女人坐着出租车的地方。她在向邦德大街走着的时候，独自思忖：这很重要吗？她的生命总会有终结的一天，那么，这还是一样重要吗？在她死去之后，这些东西还是会一样继续下去，她会因为做过这样的事情而觉得后悔吗？还是相信“死亡会使一切都结束”这样的借口会让自己更加欣慰？但是有时候，她漫步在伦敦的街头，不知道为什么，在经历这样的沧桑之后，她还是幸存了下来，皮特还是幸存了下来，活在彼此的心中。她相信自己是家里那些树木的一部分，是那间长得难看、杂草丛生而且破烂不堪的房子的一部分，是她从来没有遇见过的人的一部分。她就好像是一层薄薄的雾，延展在自己最熟悉的人之间，那些像她看到树木捧起雾霭一样用自己的枝桠把她托起来的人之间。但是，她的生活，她自己，延展得那么遥远。但是，她往哈查斯商店的窗口里边望去的时候，她在期盼着什么呢？她想尝试着回忆起什么吗？她想象着的村子里的黎明是一幅怎样美丽的风景画啊，她读着翻开的书上的句子：

不要去害怕炽热的阳光，
也不要去畏惧严冬的凶猛如潮。[①]

在这个世界上最近发生着的事情都能让他们的所有人，所有的男男女女热泪盈眶。泪水与悲痛，勇气与忍耐，都是非常正直且坚韧不拔的态度。譬如说，想象着她最敬爱的那一位女性——贝克斯波罗夫人——她坚持着去主持市场开幕式的场景吧。

乔洛克斯（Jorrocks）的《野游和欢宴》（Jaunts and Jollities）[②]，《肥皂海绵》（Soapy Sponge）[③]，还有阿斯葵斯夫人（Mrs. Asquith）[④]的《回忆录》（Memoirs），还有《尼日利亚大型猎物射捕记》（Big Game Shooting in Nigeria），

---

① “不要去害怕……凶猛如潮，”出自莎士比亚《辛白林》。——译者注
② 《野游和盛宴》：最早是英国体育记者罗伯特·瑟提斯所写的一个主人公为名叫乔洛克斯的伦敦人的滑稽故事。后来在1838年出版，确认名为《野游和盛宴》。——译者注
③ 《肥皂海绵》：罗伯特·瑟提斯所写的《海绵犀牛游历》的简称，主人公的名字就叫肥皂海绵。——译者注
④ 阿斯葵斯夫人（1864-1945）：英国作家。——译者注

这里全部都有，而且全部都打开着，陈列在这里。这里有这么多的书，但是好像没有一本是适合还在疗养院里的伊芙玲·维特布莱特看的。没有什么书能够让这个干瘦得无法形容的小女人快乐起来，当克拉丽莎进门的时候，露出哪怕是一秒钟的亲切表情，然后在坐下来之后，开始漫无止境地谈着妇科病。她是多么希望能够这样啊，当她进来的时候人们的脸上露出欢乐的表情，克拉丽莎这样想着，然后转过身重新向邦德街（Bond Street）走去。她很是气恼，因为她觉得做事情之前非要找个什么理由，显得十分愚蠢。她宁愿自己像李察一样，做什么事情，都是为了自己。

但是她呢？她在过马路的时候想着，大部分时候她不单单是为着去做什么事情，而且为了让别人能够这样或者那样地想着。她知道，这样做实在是太愚蠢了（而现在，那个警察举起了他的手）！因为谁都会被欺骗啊，哪怕只是那么一秒钟的时间。啊，如果她能够重新开始她的生命，那该有多好啊！她这样想着，一边向人行道迈出步子，可能连样子都会变得不一样呢！

首先，她觉得她会想像贝克斯波罗夫人一样，淡淡黑色的皮肤，如同起皱一样的皮肤，还有美丽的眼睛。她也会像贝克斯波罗夫人一样，每个动作都放慢步调，而且庄重。或许个头还要大一点儿。还要像一个男人一样，对政治有浓厚的兴趣。她还想要在乡间拥有一间屋子。她将会非常高贵，而且真诚。而不是像现在，有着像豌豆秆一样瘦小的身材，还有和小鸟一样尖尖的脸。事实上，她的体态优雅，手和脚都长得很好看，虽然花的钱不多，但是穿衣方面也很讲究。可是她现在时常感到这个身体（她停了下来，欣赏着一幅荷兰画），这个身体，还有它所具备的一切功能，都似乎不见了，什么都不见了。她对自己有种很奇怪的感觉，她觉得自己是一个隐形人，没有人可以看到她，没有人可以知道她。现在也不再有任何关于结婚的念头了，也不能再生小孩了，只能和路上的人走在一起，然后以让人讶异的庄严的态势，向着邦德街前进。而自己，仿佛此刻只是达洛薇夫人，甚至连克拉丽莎都不是了，只是李察·达洛薇夫人。

邦德街深深地吸引着她，特别是在商业旺季里。清晨时的邦德街，它的旗帜在随风飘扬，它的商店没有铺张也没有炫耀，就像是陈列在她父亲五十年来常去买套装的商店里的一匹粗花呢布。好像是几粒珍珠，也像是冰镇的三文鱼。

“就是这样了，”她看着鱼店，自言自语，“就是这样了。”她重复着，然后在卖手套的橱窗前停了下来。在打仗之前，你可以在这里买到几近完美的手套。她的威廉老叔叔在以前常常说，淑女的样子，是可以从鞋子和手套上体现出来的。在战争时期的一天早上，他死在了自己的床上。他曾经说过：“我活够了。”可能因为这样，她在手套和鞋子间却更偏爱手套。可是她的女儿伊丽莎白，却对这两样东西完全没有兴趣。

为何没有任何兴趣呢？她想着，然后又继续向邦德街走去，她要到每一次她开聚会都会给她留花的那家店里去。伊丽莎白最珍爱的，其实是她的小狗。今天早上整间房子都是柏油的味道。但是，这只可怜的小灰狗仍然比吉尔曼小姐（Miss Kilman）好一点。就算是狗瘟、柏油，或者是其他一切不好的东西，也总比坐在一间密不通风的小房间里念祈祷书好！她几乎要说出来，真的是什么事情都比这样好。但是这可能只是一个小阶段，李察是这么说的，全部女生都要经历的。这可能是爱上什么人了。但为什么是跟吉尔曼小姐呢？当然，她之前确实遭遇了很多不幸的事情，这是应该考虑到的地方。李察说她很能干，而且很有历史头脑。不管怎样，他们就是形影不离。而伊丽莎白，她的亲生女儿，竟然也去了圣餐礼。她打扮得有多漂亮，对待客人时有多礼貌，她一点儿也不在乎，因为她的经验告诉她，一旦对宗教狂热地信仰，人们就会变得冷漠起来（在对待奋斗的事业上，也是这样）。他们在感觉上变得麻木不仁，好像是吉尔曼小姐一样，能为俄国人做任何事情，也能为奥地利人忍饥挨饿。但是在私人的方面，她却显得那样的麻木，只是常年地穿着一件绿色的防水大衣。因为经年累月的穿着，那件大衣已经破烂不堪。她常常流汗，如果待在同一间房子里，她不能在五分钟之内让你感受到她的优越跟你的粗鄙，她是绝对不会罢休的。她是那么贫穷啊，你是那么的富有啊。她是怎样的住在没有靠垫，甚至是一张床或者是小地毯的贫民窟里啊。满满的抱怨在和她灵魂相连的地方，已经锈成一体了。她在战争时期被学校开除了，真是一个既可怜又满腹愤恨的不幸者。但是人们所憎恨的不是她这个人，而是她的一些想法，那些毫无疑问本就不属于吉尔曼小姐的想法。她变成了人们夜间所要斗争着的一种幽灵，那种跨开双腿坐在我们身上，然后吸走我们生命里一半的血的幽灵，又像是暴君般的统治者。如果下辈子再投一次骰子，是黑色而不是白色占上风，她可能会喜欢吉尔曼小姐。但是不是现在，也不可能是。

但是让这样一个残忍的魔鬼在自己的心中肆意地翻动，她觉得非常焦躁不安。她在如一片枝繁叶茂的森林一样的灵魂最深处，听到了枝条断裂的噼里啪啦的声音。被这样的魔鬼的蹄子践踏过后，她没有充分的满足感跟安全感。因为任何时候，这个魔鬼会把心里的仇恨疯狂地搅动起来，特别是在她生病之后，常常使她感觉到脊柱因大力刮擦而受损，感觉到她的肉体的痛苦，并且让她在美丽、友谊、健康、被爱和家庭玩乐中获得的一切欢乐产生动摇和颤抖，甚至是扭曲。仿佛真的有一个魔鬼在残忍地拔着她心里的根，又仿佛她一切的心满意足，也只不过是自恋锻造的铠甲。这个仇恨！

胡说八道。胡说八道！她一边冲着自己大喊，一边推开马尔波利花店（Mulberry）的旋转门。

她挺直了修长的身子，轻盈地往前走着，马上就受到像是有着纽扣一样又小又圆的脸的琶沐小姐（Miss Pym）的欢迎。她的双手总是红彤彤的，好像它们总是和花朵一起泡在冷水里一样。

这里到处都是花朵啊：禾雀花，甜豌豆花，一束束的丁香花；还有康乃馨，好多的康乃馨。那边还有玫瑰跟蝴蝶花。对啊，有好多好多的花，所以她站在这里跟琶沐小姐说话的时候，呼吸里都混着有泥土气息的花园的淡香味。琶沐小姐因为得到过她的帮助，所以一直认为她是个和蔼可亲的人，她在许多年前也确实是很和蔼可亲的。非常的和蔼可亲，但是她今年看上去好像又老了一些。她半眯着眼睛，头部在蝴蝶花、玫瑰跟一簇簇上下摆动的丁香花之间转来转去。在感受完大街上的喧嚣之后，尽兴地呼吸着这让人着迷的花香，让人感动沁人心脾的清爽。然后，她慢慢地张开她的眼睛，玫瑰显得那么的清香啊，就像是刚从洗衣房带出来的整整齐齐地叠放在柳条托架上的带花边的亚麻织物。沾着浓郁红色的康乃馨美丽端庄，高高地昂起头。浅紫色的、雪白色的、灰白色的，全部的甜豌豆花都在花盆中舒展着身体。似乎现在就已经是黄昏时分，晴朗的夏日白昼已经过去，天空渐渐笼罩起了一片深蓝色的布幕，到处都是禾雀花，到处都是康乃馨，到处都是百合花。而就在这个时候，穿着薄纱衣服的姑娘们，走了出来，采摘着甜豌豆花跟玫瑰。在傍晚六七点钟之间，玫瑰、康乃馨、蝴蝶花、丁香花，每一种花，都显得鲜艳夺目。白色、紫色、大红色、深橙色的花都好像要在各自的花盆中燃烧起来。那么温柔圣洁啊！她很喜欢那只灰白色的飞蛾，它在黄昏的香水草跟樱花草丛中飞来飞去。

当她开始和琵沐小姐一起，从一个罐子走到另一个罐子，挑选着鲜花时，她自己暗暗地说道：胡说八道，简直是胡说八道！她说了起来，声音越来越轻柔，好像这些花香，这些艳彩，还有琵沐小姐对自己的好感跟信任，是一片小浪花，她只放任着它淹没了她的全身，然后去征服心里的仇恨跟魔鬼，征服一切。这片浪花将她徐徐托了起来，越来越高。忽然，啊！外面的大街竟然响起了枪支鸣弹的声音！

"天哪！你看那些汽车！"琵沐小姐说，她的手里还捧着满满的一束甜豌豆花，停在窗前往外张望。然后又抱歉地笑了笑，走了回来。好像那些汽车，那些轮胎，全部都是她造成的。

剧烈的爆炸声把达洛薇夫人吓了一大跳，琵沐小姐道着歉走到窗前。原来这来自一辆小轿车，它已经停在对面马尔波利花店橱窗前的人行道旁了。行人理所当然般地停下了脚步看热闹，刚好看到浅灰色座位靠背上的一个非常重要的人。但那个男人立刻就用手把窗帘拉上了，于是除了一片浅灰的颜色之外，别无所见。

可是流言立刻就从邦德街传了出去，一头传去了牛津街（Oxford Street），而另一边则传去了艾特金森（Atkinson）的香水店。它既不能让人看见，又不能让人听见，像是空中挂着的似面纱一样的一片云朵，随风快速地飘去山顶。它确实如云一般，庄重且安静得忽然而至到前一秒钟还是一片混乱的人们的脸上。现在神秘的翼膀擦过人们的肩头，他们听到了权威的声音。宗教的灵魂在四处游荡，她的眼睛被紧紧地蒙蔽着，嘴巴张得很大。但是没有人知道那张被看到的脸是谁，是威尔斯王子的，是皇后的，还是首相的？究竟是谁的脸呢？没有一个人知道。

艾德佳·J·沃基斯（Edgar. J. Walkiss）的臂胳上，缠绕着一卷铅色的卷纸，用人们能够听得见的声音，当然也是带着幽默的语气，说道："这是叟相（首相）的汽侧（汽车）。"瑟普提姆斯·沃伦·史密斯（Septimus Warren Smith）发现自己没有办法走过去的时候听到了这句话。他看上去大约三十岁的年纪，脸色略显苍白，有着一个鹰钩鼻，穿着棕色的鞋子跟一件残旧的大衣。他淡褐色的眼睛里露出了恐怖的神色，让其他陌生人也跟着害怕起来。这个世界已经高高地举起它的鞭子了，它会向哪个地方打下去？

全部的东西都停止了下来。汽车引擎的震动就像是人的脉搏一样，敲打着全身各处，毫无规则可言。太阳热得好不正常，因为那辆汽车在马尔波利的橱窗外停着。几个年长的太太打开了黑色的遮阳伞。这里一把绿色的伞，那里一把红色的伞，发出轻轻的"啪啪"声，陆续撑了起来。达洛薇夫人把一大束的甜豌豆花捧在怀里，来到了窗前，她粉红色的小脸疑惑地皱褶了起来，然后向外面张望着。每个人都在看着那一辆汽车，瑟普提姆斯也在看着。一个小男生从骑着的自行车上跳了下来。街上的车子越来越多，而那辆汽车就停在那儿一动也不动。窗帘紧紧拉上，瑟普提姆斯觉得上面的图案很是奇怪，好像是一棵树。这种像要把他眼前的所有东西驱逐开来一条道路引领他到一个地方来，像是什么让人觉得很恐怖的东西马上就要浮出表面，然后又立刻爆发出滔天烈焰的场景让他感觉到十分恐惧。整个世界都在动摇着，都在颤抖着，有被剧烈燃烧的危险。他在想着，是我把路给堵上了吗？别人是在看着他，然后对他指指点点吗？是他毫无理由地却生了根般地站在人行道上吗？但是这又是为了什么呢？

“我们继续往前走吧，瑟普提姆斯。”她的妻子说。她是一个瘦小的女人，黄色且又尖尖的脸蛋上长着一双大眼睛。是个意大利姑娘。

可是路克瑞其娅（Lucrezia）自己却也忍不住往那辆车子和那面窗帘上的树形图案上看去。里面真的是皇后吗？皇后是出来买东西吗？

司机一直在打开着什么，扭动着什么，关着什么，但最后还是回到了驾驶位上。

“走吧。”路克瑞其娅说。

但是跟她结了婚已经有四五年的丈夫却受了惊吓般跳了起来，然后生气地说：“好吧！”好像她打断了他的思考一样。

人们肯定是注意到了，肯定是看见了。人们，她想着，一边看着人群，盯着那辆汽车。英国人，还有他们的孩子，他们的马匹，还有他们的衣服，她对他们，在某种程度上，是艳羡的。但是他们现在只是“人们”而已，因为瑟普提姆斯说过：“我会杀死我自己的。”说这样的话实在是太可怕了。要是被什么人听见了呢？她往人群看了看，救命啊，救命啊！她真想冲着肉店的男店员还有女人们大声喊出来。救命啊！只是在去年秋天的时候，她和瑟普提姆斯两个人，在同一件披风下拥着，站在泰晤士河的河堤上。瑟普提姆斯没有说一句话，只是看着报纸。她从他的手中抢走了报纸，看到他们的老爷爷哈哈大笑起来。但是失败是一定要被遮盖起来的。她必须带他走，到某一个公园去。

“我们现在要过马路了。”她说。

她有挽着他胳膊的权利，虽然这个动作看起来并没有带着任何的感情。他也会把胳膊给她，她既简单又冲动。二十四岁的年纪，为了他才离开意大利，在英国连一个朋友都没有，身体瘦削，骨瘦如柴。

那一辆紧拉着窗帘而且神秘莫测的汽车缓缓地向着皮卡迪利大街驶去。但它依然受到人们的关注，依然能够以它不变的神秘和让人肃然起敬的气息使街道两侧人们的脸上表情产生波动。至于这种表情是对皇后、王子，还是首相，就不得而知了。车里坐着的那个人的脸，大概只有两三个人见过，但也不过是几秒钟的时间。甚至现在连那个人的性别，都产生争议了。但是里面毫无疑问，是真的坐着一个大人物的。这个重要的人物，把自己隐藏起来，想要经过邦德街。他离这些平民只有车门之隔，而这些人，也可能是这辈子第一次也是最后一次，离英国君主，国家不朽的象征，只有一步之遥。到将来，伦敦都变成了长满野草的小路，所有这个星期三早晨在这个人行道上匆忙赶路的人都变成了白骨，只剩下混在尸骨中的几只结婚戒指还有数不过来的烂牙里黄金的填补料。到了那个时候，好奇的历史学家们，会在这个岁月的废墟中仔细地寻究一番，然后，汽车里的人才会水落石出。

达洛薇夫人想着，很可能是皇后啊。她捧着姣好的鲜花，走出了马尔波利花店。是皇后！她在烈日下站在花店旁边，当那辆紧拉着窗帘的汽车停在她一英尺处的地方的时候，她的脸上立刻就出现了什么庄严的神情。可能是皇后要到哪一个医院里去。也有可能是她要去出席哪一个市场的开幕式。克拉丽莎是这样想着的。

交通在这个时候就这样变得水泄不通了。也不知道是不是洛斯伦敦大板球场、艾斯科特赛马场或者是赫林海姆马球场（Hurlingham）有什么比赛呢？她在思忖着，因为街上实在是太拥挤了。那些手里拿着包裹和雨伞，坐在双层巴士顶上的英国中产阶级，甚至还有人在这样天气里穿着皮大衣。她想着，他们可真是可笑，简直可笑得不可思议。但是随后，皇后本人也被堵住了，连皇后本人都无法通行。克拉丽莎被阻挡在布鲁克街的另一侧，那位老法官约翰·巴克赫斯特(John Backhurst)先生，也被阻挡在另一边。他们的中间隔着那一辆汽车（约翰先生这么多年来参加立法，喜欢穿着得体的女人），当汽车里的司机微微从车窗里探出身来，跟警察说了什么事情还是给他看了什么东西之后，那位警察随即敬了个礼。他举起胳膊，头有力地往侧面摆去，指挥着双层巴士开到一边，小汽车便得空开了过去。它行驶得很慢，向前开去，无声无息。

克拉丽莎猜到了什么。克拉丽莎当然知道了，她刚才看到男仆手里拿着的一个洁白的魔力无穷的圆圆的牌子，上面刻着皇后的名字，还是威尔士王子的？或者还可能是首相的。这一块圆牌，因其自身的光彩，燃开了一条通道（克拉丽莎看着街上的车子慢慢地变小，最后消失了）。那一天晚上，它将会在白金汉宫因其光芒夺人眼球，在巨型的枝条状烛台上、闪亮的星形徽章上、挺直的挂着橡叶徽章的胸膛上、晓治·维特布莱特还有他的所有同事、英国绅士们之间大放异彩。而克拉丽莎她也要举行聚会。她稍微挺直了身子，她将会以这样的姿态，站在楼梯的最顶层上。

汽车已经开走了，但还给人们留下了一点余热，流过开在邦德街的两侧的手套点、帽子店还有裁缝店。有三十秒钟的时间，所有的目光都朝着同一个方向看去——窗口。正在烦恼着买齐臂的手套还是过臂肘的、柠檬黄色的还是浅灰色的女士们，都停了下来。刚一说完话，事情就已经发生了。这样的事情单独发生的时候，还是不足挂齿的，没有用任何的精密仪器去测试。就算是用能够传送发生在中国地震时的仪器，也没有办法去记录它的颤动。但是当这样的事情全部聚集在一起的时候，却让人感到相当恐惧，甚至能动摇大众的感情。因为在所有的帽店和裁缝店里，那些彼此谁都不认识的人们都会看着对方，然后想起了死去的人们，想起了国旗，也想起了大英帝国。后街里的一间小餐馆里，一个殖民地来的人对温莎王室进行了强烈的侮辱，从而引起了争吵。他们摔破了好多酒杯，全场一片混乱。这样的吵闹声很奇怪地传到了街的对面，传到了正在为婚礼购买装饰有白色丝带的白色内衣的姑娘们的耳朵里。那辆小汽车经过时所引起的表面激动，在逐渐缓和的过程中却触碰到了某一样非常值得深思的东西。

那辆汽车敏捷地从皮卡迪利广场穿过，转弯驶去了圣詹士大街。高大的男人，精壮的男人，衣着讲究的穿着白衬衫和燕尾服、把头发向后梳起的男人，因其难以明白的事情，这时，都站在布鲁克斯饭店的橱窗门前。他们双手背在宴服的下摆，看着窗外。他们像是有一种本能似的，能够感觉到有什么大人物正在此地走过，不朽的伟人发出的光芒此刻照在了他们的身上，就像是刚才照在了克拉丽莎·达洛薇身上一样。那一刻他们的身子挺得更加笔直了，手也没有再放在背后，就像是他们随时都准备好去为他们的君主效劳。如果有必要的话，他们也肯定如他们的先辈一般面对枪林弹雨，毫不畏惧。背后的白色雕像还有放着《闲话者》杂志跟苏打水瓶子的小桌儿好像也在赞扬着什么。他们就像是代表着英格兰满仓满仓的谷物和辉煌的庄园府宅，好像连车轮轻轻滚过这么微弱的声音都能够反射出去。就像是声音沿着长廊的墙壁反射出去，在宽大空荡的教堂里变得高亢洪亮。披着围巾的莫尔·普拉特手捧着鲜花站在人行道上，说着祝福亲爱的青年们身体健康的话（当然，这里肯定包括威尔士亲王）。如果不是看到警察在用眼神阻止着她这样一个爱尔兰老妪表示忠心的话，她肯定会因为愉悦的心情跟对贫穷的鄙视，将用一听啤酒的钱买的玫瑰丢弃在圣詹士街上去。圣詹士宫殿前的士兵们敬着礼以示敬意，而亚历山德拉女王的警察们也表示着赞许。

而在这个时候，白金汉宫大门前已经聚集起了一撮人。他们都是穷人，没精打采却又信心满满地等待着。他们看着扬起国旗的皇宫，看着在在高高的台上衣服下摆飘起了的维多利亚女王，看着她身边的潺潺流水，看着她的天竺葵。林荫路上的汽车一会儿认出来了这一辆，不多时又认出了下一辆，然后向着能够开车出行的其他人们倾注着感情。当这辆或者是那辆的车子开过的时候，他们又把赞美收起来，好好保存在心里。在这段时间当中，他们任随流言蜚语在血管中集聚起来，刺激着他们的大腿神经，因为他们想到，皇室的成员们正在看着他们。皇后低着头致意，王子在敬着礼。想到上帝赐给了国王天堂一般的幸福生活、享受着的侍从们的服务还有深深的屈膝礼、皇后曾经玩过的布偶们的家、玛丽公主嫁给的一个英国人，还有王子，啊！对了！王子！他们都说他长得特别像爱德华老国王，但是他比较瘦削。王子住在圣詹士宫殿，但是他在早上的时候可能也会来拜见他的母亲。

手臂环抱着孩子的莎拉·贝奇（Sarah Bletchley）就是这样说的。她一直不停地踮着脚尖，就好像她正在她皮姆利科(Pimlico)的家里的火炉围栏旁边一样，只是她的眼睛却紧紧地盯着那条林荫道。而艾美莉·克茨（Emily Coates）则不断地扫视着皇宫的窗户，想象着里面的侍女，数也数不清的侍女们，当然还有数也数不清的寝室。一个牵着一只阿拉伯犬的上了年纪的绅士还有一些无业游民都加入了进来，人越来越多。个子长得比较矮小的包利先生在奥尔班尼饭店里有一套房间，他的生命最深源的地方已经被冰封住了，但是这样的场景——贫穷的女人，等待着皇后经过的贫困女人、可爱的孩子们、孤儿寡母、战争——啧啧啧，这样的场景，都会突然间地、不适时地、伤感地将他的冰融化开来。现在，他的眼睛里，还真的饱含着泪水呢。一阵的微风轻快地吹过稀稀落落的树木，暖融融地吹过林荫道，吹过英雄的塑像，吹得好像是包利先生心里的英国国旗都飘扬了起来。所以他在那辆小汽车转弯拐进林荫道的时候，他脱下了他的帽子，在车子缓缓向他开近的时候，又把帽子高高地举了起来。他站得笔直笔直的，连皮姆利科的贫穷妈妈们拥挤着他，他也不管不顾。小车开得更近了。

忽然，克茨太太抬起了头，看着天上。一架飞机发出的轰轰隆隆的声音钻进了人们的耳朵，像是在警示着什么不祥的东西。它正飞向树丛的上方，近了！机尾喷出曲折盘旋的白色烟雾，它竟然还在写字！在天上写着字！所有人都向天上看着。

飞机垂直着向下冲了下来，然后立刻又直线向上，在空中翻腾了几圈、疾速飞翔着、又猛然下降、又加速上升。无论怎么飞，无论飞去哪里，机尾都喷射出一股浓浓的白色烟雾，在天上形成一个个字母。但是，那是一些什么字母啊？是A和C吗？一个E，然后一个L？他们只有稍刻停留的时间，然后就渐渐地飘散开了，从天上抹去了痕迹。飞机向更远的地方驶去，开始在新的地方写下一个K，一个E，然后另外的一个，或许是个Y？

“Glaxo。”克茨太太死死地盯着天空，声音紧张却有敬畏地读了起来。她长得白皙的孩子一动也不动地躺着她的怀抱里，也跟她一样，眼睛也不眨一下地看着天空。

“Kneemo。”贝奇太太像是一个梦游者一样呓语着。包利先生手里拿着他的帽子，一动也不动地，眼睛也是直盯着天空。整条林荫道上的人，都站着看着天空。就在他们仰望着的时候，整个世界忽然之间变得寂静无比。一列鸥鸟从天上掠过，首先是一只领路的，然后是另外一只。在这样一片异常宁静的氛围之中，在这样一片灰白跟纯净之中，大钟敲响了十一下。钟声渐渐地，消失于在天空飞翔着的鸥鸟群中。

那一架飞机随心所欲地转向、加速，还有俯冲，就如一个滑冰运动者一样敏捷自由——

“那是一个‘E’字。”贝奇夫人说——

或者说是个舞者——

“那是拖肥糖。”包利先生说——

（然后，那辆车子在没有任何人留意的情况下，进入了大门里。）然后，飞机停止了喷烟，飞得越来越远，而那些在天空上留下的字，也渐渐地扩散不见，聚集在了白云的周边。

飞机就这样飞走了，隐藏在白云的后面。周围一片寂静。字母E、G和D附着着的白云自由自在地移动着，好像是命中注定它们一定要从西到东地去完成一件永远不会揭示真相的最重要的任务。但是又确实是这样——最重要的任务。可是忽然，就好像是一列火车开出了隧道，那一架飞机再次从云层里出现了。它发出的轰轰隆隆的声音钻进了林荫道上、格林公园里、皮卡迪利大街上、摄政大道上、摄政公园里的所有人的耳朵里。机尾仍旧是喷着白色的烟雾，一如之前既俯冲又爬升，然后拼写出一个又一个的字母。但是它写的究竟是什么东西？

路克瑞其娅·沃伦·史密斯紧挨着她的丈夫，坐在摄政公园的长凳上，仰望着天空。

“看！快看呀！瑟普提姆斯！”她大声喊着。因为霍姆斯医生（Dr. Holmes）之前告诉过她，要让她的丈夫（那个根本一点毛病都没有，只是闹闹情绪的丈夫）去对除了自己之外的东西感兴趣。

瑟普提姆斯就向上看着，然后想，他们是正在向我示意呢。当然这没有什么具体的言语，因为他根本还不知道上面写的是什么东西。但是这样的一种极致的美是非常地明显的。他在看着这些用白烟写出来的字慢慢地在天空上挥散而去，以博爱跟包含笑容的慈悲赠予他一种难以名状的美，并且向他示意，更多的美他们都会无偿的不断地给他提供。他的眼睛里满含着泪水，顺着他的脸颊滑了下来。

是太妃糖。他们在做着太妃糖的广告，一个保姆跟路克瑞其娅说。如果加在一起的话，他们是这样拼的：T……O……F……

“K……R……”那个保姆认真的读着。瑟普提姆斯听到她在他耳边说的“琪·艾尔”，既深刻又温柔，好像是一个音质圆润的竖琴，只是带有如草蜢一样聒噪叫声的刺耳，刺激着他的脊柱，让他感到惬意。然后这样的声波传入他的大脑，在脑子里面产生剧烈的震动跟冲击。这确实是一个很了不起的发现。在某一种大气的条件之下（人一定要讲科学，讲科学是很重要的），人的声音可以刺激树木的活力！开心的路克瑞其娅将一只手重重地搭在他的膝盖上。他因此而被压住，不能动弹。不然的话，榆树的上下起伏、所有叶子的闪闪亮亮、颜色的深深浅浅，还有从蓝色到波谷的绿色、如马头上长着的鬃毛、如女士们的首饰它们这么骄傲又壮丽地起伏着，这样的一切一切，都会让他疯狂。但是他不会。他要闭上眼睛，不要再去看这些了。

但是他们在召唤着。每一片叶子的生命都充满着活力，树木的生命也充满着活力。叶子凭借着千千万万条纤维跟它们位置固定着的身体相连，然后随风上下扇动着。当它们的枝条伸展的时候，他也做出同样的回应。拍打着翅膀在高度不一的喷泉间上上下下地飞翔着的麻雀是图案里的一部分，黑色的枝条在白云和蓝天的形成的背景前画下了一道道的花纹，声音跟思考达成和谐的关系，而它们所间歇的空间亦同样的意味深长。一个小孩子突然间就哭了起来。远方恰巧传来了一阵喇叭声。这样的存在放在一起，就好像意味着一个新的宗教的诞生——

“瑟普提姆斯！”瑞琪亚[1]说道。他吓得猛然跳起，旁边的人肯定也注意到了。

---

① 瑞琪亚：路克瑞其娅的昵称。——译者注

“我去喷泉那边散散步再回来。”她说。

因为她再也不能忍受了。霍姆斯医生可能会说他没有病，但是她更宁愿他去死！当他死死地盯着某一样东西全对她视而不见或者是把全部的事情都弄得很糟糕的时候，她一刻也不想坐在他的旁边。天空还有树木，开心玩着的小孩子们，慢吞吞走着的马车，吹着的哨子，摔倒的跟头，这些都太糟糕了。但是他也不会去自杀，她也不能告诉其他人。“瑟普提姆斯一直以来都很努力。”这是她唯一能跟她自己的妈妈说的话。爱让人变得越来越孤独，她这样想着。她不能告诉其他人，但现在，就甚至是瑟普提姆斯她都不能说什么了。她回头看看，看到他穿着那件破旧的大衣，自己一个人在座位上坐着，驼着背，认真地看着什么东西。如果一个男人说想要自杀的话，他就肯定是个懦夫，但是瑟普提姆斯曾经打过仗，他很勇敢，只是他已经不是以前的那个瑟普提姆斯了。她戴上了有花边的领子。他从来没有留意过她戴过的新帽子，而且当她没在他身边的时候，感到很高兴。但是如果没有了他，什么事情都不能再让她高兴起来了！没有任何的事情可以！他太自私了，男人都是这样的。他没有病，霍姆斯医生说他没有病。她在自己的面前摊开了手掌，看！她的结婚戒指不能再合适地套上了，她越来越瘦了。可是她不能跟其他人说一说话，这多么痛苦啊。

意大利，那里的白色房子，她和姐姐曾经坐在一起装饰帽子的房间，每天晚上都有好多人聚集在一起聊天的街道，大声地笑着的根本不像他一样半死不活的人们，都离她非常遥远了。这里只有他每天蜷缩着坐在轮椅上，看着种花盆里的几棵难看的花。

“你应该看看米兰的花园。”她大声地说着。但是跟谁说呢？

什么人都不在那里，她的话就这样渐渐消散开去，像是一个火箭消失在空中一样。它喷射出来的火花在夜空中渐而隐去，黑暗重新降临于房子跟高塔中，黯淡的山坡变得温柔，融入了黑暗之中。但是就算它们就这样消失了，整个夜晚也全部都是它们的影子。它们只是被夺去了颜色，掠夺了窗户，可是它们却更肃穆地存在着，传递出光明正大的白昼里所缺乏的东西——在黑暗里蜷缩着身子的所有事情里麻烦跟不安。当黎明降临的时候，令人欣慰的阳光投射了进来，将墙壁洗刷成白色或者灰色，照亮了每一扇窗户，驱除了农田里的淡淡雾霭，展现出红棕色奶牛吃着草这样的祥和画面。这一切一切，又再一次被装饰出来让人们欣赏了，又再一次出现了。我好孤单。我好孤单！她在摄政公园里（盯着一个印度人和他带着的十字架）的喷泉旁大声喊着。她的心里觉得现在就好像是午夜，所有的边界都消失了，这个国家回到了它最原始最古老的样子，就好像罗马人曾经看过的一样，什么都还处于朦朦胧胧之中。当它们着陆的时候，所有的山峰都还未曾有名字，河流蜿蜒曲折还没有人知道它将要流向何方。但是忽然间，就好像一个支架探出了头来，她稳稳地站在了上面，她说她是她的妻子，在米兰结婚到现在也已经过了几个年头了，他的妻子，永远永远不会告诉别人他是疯子这个事实的妻子。她一个转身，架子就这样倾倒了。一直倒下去，倒下去，最后她也掉了下来。因为他消失了，她想着，消失了，可能像他之前所威胁着的一样，他去自杀了，把自己扔在轮椅底下！但是他没有，他还在那里。还独自坐在座位上，还是穿着那件破旧的大衣，他跷着二郎腿，瞪着眼睛，大声地跟自己说着什么话。

人们不应该砍树，因为上帝是真切存在着的（他把这一些小记录都写在信封的背面），他能改变世界。没有人会因为仇恨而杀戮。要让其他人都知道（他写了下来）他在等待着，倾听着。停在对面的栏杆上的一只小麻雀叫着瑟普提姆斯，瑟普提姆斯，叫了四五次之后，用拉长着的希腊语般的尖细嗓音唱了起来，像是在歌赞着这个世界里怎样地没有邪恶。另一只小麻雀也加入了进来，一起用拉长着的希腊语般的尖细嗓音唱起来，在死者漫步着的河岸的那些富有生命力的牧草丛里，唱告着世上是没有死亡的。

这是他的手，那是一个死人。对面的栏杆背后，有一些白色的东西聚集了起来。但是他不敢看，因为爱文斯(Evans）正在栏杆的后面！

“你在说什么？”瑞琪亚坐在他的旁边突然间说。

又来了！她又打断我了！她总是打断我！

离开这些人——他们一定要离开这些人，他说（然后跳了起来），立刻去那里，那里的树下有几张凳子，公园长长的有起伏的小道像一条绿色的呢子缓缓向下倾斜，蓝色和粉色的烟雾高高升起形成大大的帐篷，远方烟雾朦胧，里面不规则的房子就像是一道屏障，来来往往的车子在环道上嗡嗡地响着，在右边，暗褐色的动物把它们长长的的脖颈从动物园的围杆中伸出来，吠叫着，狂嚎着。他们要坐在那里的一棵树的下面。

“看。”她恳求着他，指着拿着板球的一队小男孩儿，其中一个用脚在地上滑来滑去，站在脚后跟绕着自己打着转，然后又用脚滑了几下，好像他此刻是在音乐厅里表演的小丑。

“看啊。”她向他恳求着。因为霍姆斯医生曾经告诉她要让他留意真实的事物，去一次音乐厅听音乐，去打板球——霍姆斯医生说这是很好的游戏，最适合她的丈夫了。

“你看啊。”她重复着。

好像有看不见的东西在指挥着他去做着什么，有一个声音在和他交流着。他，瑟普提姆斯，人们中最伟大的一员，不久前才经历了一次生死考验，是来复兴社会的上帝。他像一条床罩一样躺着，像是一床只有太阳才能融化的白雪垫子，永远不会受损，但却一直在受苦受难。就像是一只代罪羔羊，又如永恒的受难者。但是他却一点也不想这样，他哀嚎着，挥了挥手像是驱散了那些永恒的苦难，那些无尽的孤独。

“你快看啊。”她又重复了一遍。因为他在外面的时候一定会大声地自言自语的，他听不见。

“喂，你快看看啊！”她苦苦哀求着。但是那里又有什么好看的呢？几只绵羊，就这样了。

去摄政公园地铁站的路，他们能告诉她去摄政公园地铁站要往哪儿走吗？美斯·约翰逊（Maisie Johnson）问着，她前两天才从爱丁堡来到伦敦。

“不是往这里，应该去那边。”瑞琪亚大声地说着，一边摆着手让她走开，生怕她会看见瑟普提姆斯。

这两个人看上去都好奇怪啊，美斯·约翰逊想着。所有的事情都好像很奇怪啊。这是她第一次到伦敦来，像要到利登霍尔街上（Leadenhall Street）去找他的叔叔做事情。而现在，她在早上穿过摄政公园的时候，看到这两夫妇坐在椅子上，吓了一跳。那个年轻的女人好像是外国人，而那个男人看上去好奇怪。所以就算是到了她很老很老的时候，她仍然会记得他们，记得在五十年前的一个晴朗的夏日早晨，她穿过摄政公园的场景。因为她只有十九岁，终于得偿所愿来到了伦敦。她刚才问路的这一对夫妇那么奇怪啊。那个女人像是很惊讶地摆着她的手，而那个男人——他看上去本来就很奇怪，可能他们刚刚吵了一架，可能他们就要分手了。但是她知道，他们肯定是发生了什么的。而现在所有的人们（因为她已经返回到大道上），小石盆和上面修剪得整整齐齐的花朵儿，绝大多数都坐着轮椅的老人们，对于来自爱丁堡的她来说，都好奇怪啊。而当美斯·约翰逊加入到这些缓慢走着、茫然四顾感受着微风吹拂的人群里时，松鼠在树枝上舔弄着自己的身体，小麻雀在喷泉上拍打着小翅膀找着食物，小狗跟栏杆玩耍，互相嬉戏。轻柔的风吹过它们，赠予了它们新生活时的漠然凝视以及对某些奇怪东西的平和心态——美斯·约翰逊觉得她一定要大声地喊出来，啊！（因为坐在座位上的年轻人吓了她一大跳。肯定是发生什么事情了，她知道的。）

太恐怖了！太恐怖了！她想要大声地喊出来。（她离开了她的家人，它们也曾经警告过她会发生什么事情。）

她为什么不待在家里呢？她一边哭喊着，一边捏着栏杆上的球形扶手。

那个女孩，邓普斯特夫人想着（常在摄政公园吃午饭，然后留下一点面包屑给松鼠吃的邓普斯特太太），还真的是什么都不知道呢。真的，如果她的身体足够强壮，动作放轻松，对其他事情的期望值也不要太高的话，一切都会好起来的。柏茜很喜欢喝酒。好吧，也比有一个儿子好，邓普斯特夫人想。她很辛苦才熬了过来，现在看到女孩都会情不自禁地笑了起来。你会结婚，因为你很漂亮，邓普斯特夫人想着。快结婚吧，她想着，然后你就会知道了。唉，那些厨师，还有其他的东西。每个男人都有他们办事的方式。但是就算当时我能知道得更加多的话，我也会选择那一个，邓普斯特夫人想着，她忍不住想要对美斯·约翰逊悄悄地说些话，然后让自己满是皱褶的脸能感受到一个亲吻。因为她的这一生真的是走得太艰苦了，邓普斯特夫人想着。难道她没有为这献出一切吗？红润的脸色，肥胖的身材，臃肿的脚。（她把臃肿的脚缩进了裙子的底下。）

红润的脸色，她想道，真是讽刺！这些都是废话啊亲爱的。事实上，吃喝玩乐，做爱，日子里的悲伤跟愉快，生活都不会赐予你玫瑰般红润的脸色。而且，让我再告诉你，嘉莉·邓普斯特已经对和肯提斯镇上其他女人的命运作出改变已经不抱任何希望了！但是，她恳求着，怜惜。怜惜那些红润脸色的凋残吧。怜惜啊，这就是她想要对站在风信子花丛旁的美斯·约翰逊的话。看！那架飞机！邓普斯特夫人不是一直以来都希望到国外走走吗？她有一个小侄子，是一个传教士。飞机急速地向上升起。她总是会在马盖特上船出海，无论驶去哪里都能看到陆地，但是她对怕水的女人没有耐心。飞机擦过天空俯冲了下来。她的心一下子就提到了嗓子眼。它又飞上去了。飞机上肯定有一个年轻的好小伙儿，邓普斯特夫人敢打赌。飞机加快了速度，越飞越远，越飞越远，慢慢地只剩下了一个小小的影子。飞机高高地掠过格林威治跟它所立起的根根旗杆；掠过一片灰霾的教堂建筑，包括圣保罗大教堂和其他教堂在内，最后掠过延展在伦敦两侧的田地和深褐色的树林。林中有着冒险精神的鸟儿毫无畏惧地跳来跳去，眼睛匆匆扫过，叼起一只小蜗牛就把它砸向石头，一下，两下，三下。

那架飞机越飞越远、越飞越远，最后变成一个小光点，一份渴望，一种浓缩。它象征着人的灵魂——本特利先生（Mr. Bentley）所能感到的也似乎是这样。他就在跟格林威治充满活力地平整他自己的一片草皮——象征着人是如何通过思考，爱因斯坦推测数学，孟德尔遗传学的理论来超越自己躯体跟蜗居的居心。本特利先生一边清扫着雪松一边这样想着——那架飞机继续向远处飞走了。

然后，一个不三不四的衣衫槛褛的男人手里拿着一个皮包，站在圣保罗大教堂外面的石级上，犹豫不决，不进不退。因为他不知道里面会有怎样的慰藉，有多热烈的欢迎，有多少扬着小旗的墓碑。这些都不是战胜敌军的象征，而是，他想着，而是战胜了令人可厌的寻求真理精神的象征。可是他不断寻求着真理，现在连一份工作都没有。不但如此，大教堂会给你提供工作，他想，它会邀请你成为社会的一员。伟人们都属于这样的社会，烈士们还为了它们牺牲自己。为什么不进去呢？他把塞满了小本子的包放在祭坛的十字架前面，它象征着一种超越探索和询问还有语言表达的，完全是精神方面的脱离了躯壳而言的幽灵一般的东西，所以为什么不进去呢？他想着。而正当他踌躇着的时候，那一辆飞机又出现了，飞过了卢盖德圆形广场（Ludgate Circus）的上方。

太奇怪了。到处都是一片寂静。除了车辆的行驶声之外完全听不见其他的声音。飞机好像没有飞行员一样，随心所欲地飞翔着。现在它画着弧度上去再上去，一直向上着。好像是出自于什么喜悦的事情，纯粹出于喜悦而向上升。从机尾喷出的白烟，写出了一个T，一个O，还有一个F。

“他们在看着什么啊？”克拉丽莎·达洛薇问着帮她拉着门把的女仆。

这间房子的门厅好像地窖一样寒凉。达洛薇夫人把一只手挡在眼前，然后，当女仆又关上门的时候，她听到了露丝裙子发出的沙沙的声音，她觉得自己就像是一个远离尘世的修女，头上裹着熟悉模样的修女头巾，身心都产生了对过去虔诚的反省。厨师在厨房里吹着口哨。她听到了打字机啪嗒啪嗒的声音。这些就是她的生活，她低下了头，在门厅的桌前，接受了这样的影响，她觉得自己得到了祝福和净化。当她拿起记录着电话留言的本子时，她对自己说着：这样的时候，就好像是生命之树上的花蕾，她想着，它们就是在黑暗中绽放着的花朵啊（就像是有朵美丽的玫瑰曾经专门为她绽放过一样）；她从来没有一秒钟相信过上帝，所以她更应该在日常生活中作出报答的。她拿起本子，想着，好好对待仆人，嗯，对的，也要好好对待小狗和金丝雀，还要特别地对待自己的丈夫李察，他是这里一切的根源啊——欢乐的声音，绿色的灯光，还有吹着口哨的厨师，因为沃克夫人（Mrs. Walker）是爱尔兰人，所以她整天都吹着口哨——人必须要把这个秘密藏起来的美好时光来作出报答啊，她想着，一边拿起本子，而露丝站在她的旁边，正在打算着要跟她解释着些什么。

“夫人啊，达洛薇先生——”

克拉丽莎阅读着写着电话号码的本子，“布鲁顿女士（Lady Bruton）希望能够知道达洛薇先生今天能不能与她共进午餐。”

“夫人啊，达洛薇先生，叫我告诉你，他要在外面吃午餐啊。”

“天哪！”克拉丽莎说，而露丝也正如她希望的那样，分享着这种讯息给她带来的失望感（但不是疼痛）。她感到她们之间所建立的默契，领悟到了当中的暗示，想象着这样温和的爱是怎样让她的未来镀上金色的希望。她接过了达洛薇夫人的太阳伞，像是拿着一样刚从战场凯旋的女神身上摘下的武器，然后把它放在了伞架上。

“不要再害怕了。”克拉丽莎说。不要再害怕太阳的炽热。因为波顿女士只请李察和她吃饭，而没有请她的这件事情对她来说实在是太打击了。她觉得她就像是河床上一株飘摇的植物，当船桨划过的时候又飘摇了起来。她颤抖着，栗动着。

米丽森·布鲁顿（Millicent Bruton）没有邀请她，听说她的午宴非常的有趣啊，但是她连问都没有问啊。任何庸俗的妒忌都不能把她和李察分开来。但是她同时又畏惧着时间本身，而且，就像是雕在毫无知觉的石头上的日冕，她在布鲁顿女士的脸上好像是看到了时间的倒退。她那样的生命是怎样一年一年地被片片切开，剩下非常小的空间去伸展自己。这些都已经不再如年轻时的那样，可以去吸收所有生命里的色彩、刺激跟音调。那个时候她走进一间房，那里就充满了她的存在，就好像会让跳水运动员在跃身纵入大海之前产生的犹豫不决还有焦虑不安。看到他下面的海水忽明忽暗，汹涌聚集起来的看上去有无比冲击力的波浪却只是轻轻地拍打了一下水面。掀起了翻腾着的海藻，随后以珍珠一样的细小浪花将它们给淹没。

她把本子放在门厅的桌子上。然后开始慢慢地把手搭在扶手上走上楼梯，好像她刚刚离开了一个聚会。在那里这个朋友那个朋友让她回想起她的笑容和声音。好像关上了门走到外面，形单影只地站着，独自一人对抗着这让人恐怖的黑夜。更确切来说，是独自一人对抗着这个讲求实际的六月上午里的阳光。她知道，对一些人来说，这样的一个上午温柔地散发着的玫瑰花瓣的艳彩。她在开着窗口的楼梯间停下脚步，她当然也感受到了这一点。窗外传来了窗帘飘动着的声音还有狗吠的声音，也传来了白天的熙熙攘攘、敲敲打打跟繁荣兴旺的声音。她想着，这一切一切，忽然觉得自己骤然萎缩、苍老，胸部也平平坦坦的。她好像已经越过了门，越出了窗，跑到了外面，脱离了自己的身体和已经不好使的大脑。因为布鲁顿女士——据说她的午宴非常有趣啊——但是没有邀请她。

她就好像是一个退回独居卧室的修女，或者像是一个在高塔上探索着的小孩。她走上了楼，在窗口边上停驻了一会儿，然后走进了洗手间。洗手间里面铺有绿色的地毯，水龙头滴滴答答地滴着水。生活着的心是空空荡荡的，就像是阁楼上的某一个无人居住的房间。女人们必须要褪下她们华丽而讲究的服装，中午的时候，她们一定要褪去她们服装。她把帽针插在针插上，然后把带有羽毛装饰的黄色帽子搁在床铺。床单干干净净的，像是一条很宽大的带子紧绷着罩在床上。她的床会变得越来越窄。蜡炬的二分之一已经成了灰烬。她着迷地阅读着马尔伯男爵(Baron Moscow）[①]的《回忆录》。她在深夜里阅读了关于从莫斯科撤退的故事。议会总是开会开到很晚，在她生病之后，李察坚持睡眠一定不能受到干扰，所以不能看书。但是她宁愿看从莫斯科撤退的书。他知道的，所以她的房间安排在阁楼上。她的床实在是太窄小了，她连觉都睡得不好。躺在床上看书的时候，她总是觉得自己仍然是个年轻的处女，虽然她已经生过孩子了，这张

① 马尔伯男爵（1782—1854）：法国人，拿破仑时代回忆录的作者。——译者注

床单好像会拥抱人一样，紧紧地裹着她的身体。她还是少女的时候长得非常可爱，但是忽然会有那么一个情景——就如在克里夫登树林下面的小河流上，因为她的性情淡漠，而让他觉得失望了。再后来是在君士坦丁堡，以后也是如此。她非常清楚自己缺少的是什么，不是美丽的样子，不是聪明的头脑，只是一种连贯身心的至关重要的东西。一种激烈的、能够冲破隔膜的、在跟男人或者女人相处的时候因为接触所感觉到的像寒冷得颤抖着的东西。她隐隐约约地觉察到这一点。她觉得这样东西好讨厌，她对它感到局促不安。谁会知道它是来自哪里呢？或许，正如她想的，这是大自然的馈赠（大自然永远都充满着聪慧）。然而，有时候她却情不自禁地被女人的魅力所深深吸引，不是那些年轻貌美的姑娘，是对她坦白自己的落魄还有那些可能会做出什么傻事的女人。她们经常这么做。究竟是出于对她们的同情，还是出于对她们美貌的喜爱，还是因为自己年长一点，还是其他的一些偶然的原因——譬如说是几缕淡淡的芬芳，或者是邻居出来的小提琴的声音（在某一些时刻，这些声音的力量是不容小觑的），这些都会真真切切地让她能够感受到男人能体会的感觉。虽然这只是瞬间或者是片刻的感觉，但已经足够了。这些像是突然的暗示，它的感觉就好像是脸红，你努力想要克制住，但偏偏红晕不断扩散。你只好让它随心所欲，然后冲到远远的地方颤抖着，感觉到世界正在逼近着。它像是充满着某一样惊人的意义，某一样出自于狂喜的压力。它冲破了薄薄的蝉衣，喷涌而出，填充好了所有的伤痛和裂口，带来巨大的安慰。然后，就是在那样的一瞬间，她看到了光明。像是一根摇曳的火柴在一朵藏红花上面绽放着火苗，这样的一种内在的内涵呼之欲出。但是它又缠绵着离开了，它的坚强软化了。那一个时候过去了。能和那样的时刻（包括能跟女人在一起的时候）相提并论的（她将帽子放了下来），是床，还有马尔伯男爵的书，还有燃掉了一半的蜡烛。她躺在床上，却是清醒的。地板发出了咯吱咯吱的声音，灯火通明的房子忽然间暗了下来。如果她抬起了头，就能够隐约地听到啪嗒的声音。那是李察正在尽量轻手轻脚地松开把手的声音。他只穿着袜子悄悄地上楼，却老是把热水袋掉在地上，于是他不禁咒骂起来。她笑了。

但是这个关于爱的问题（她一边收起大衣一边想），一个关于爱上了女人的问题。譬如说萨利·瑟顿，她以前和萨利的关系。不管怎样，难道这不就是爱吗？

萨利坐在地板上，这是她对萨利的第一印象——她的两条胳膊环抱着膝盖，坐在地板上吸烟。那是在哪里啊？在曼宁（Manning）的家？在金洛奇·琼斯——（Kinloch·Jones）的家？反正是在某一个聚会上（但是要问在哪里她也记不太清楚了）。因为她还很清楚地记得，她问了和她在一起的那个男人："那个人是谁啊？"他告诉了她，而且还告诉了她萨利的爸爸妈妈关系不好的事情（她觉得好吃惊——竟然有的人的父母是会吵架的！）。但是整个晚上，她的眼睛都离不开萨利，她爱慕着萨利的美。微黑的皮肤，大眼睛，还有她无拘无束的个性，好像是她什么都敢说什么都敢做。比起英国女人来，这样的个性还真是在外国女人身上要多得多。因为她自己本来就没有这样的个性，所以她总是非常羡慕萨利。萨利总是说她有法国血统，她的祖辈曾经有人服侍过玛莉·安托妮特[①]。后来被处死，砍了头，但是

① 玛莉·安托妮特（1755—1793）：法国人。路易十六的王后，在法国大革命之后被送上断头台。——译者注

留下了一只红宝石戒指传给后人。好像就是那个夏天，萨利到波顿来住了好一会儿。一天晚饭之后，她走进了门来，真让人惊喜。但是她那时候身无分文，让可怜的海伦娜姑母烦心不已，以至于后来一直都没有原谅她。她的家里人又吵架了。那天晚上她来到她们家的时候，确实是身无分文的——她把一直胸针拿去典当才凑齐了路费，因为她是一气之下离家出走的。她们聊了个通宵，萨利让她第一次觉得她在波顿的生活是那么的波澜不惊。她对性的问题一无所知，对社会的问题也是一无所知。有一次她看见一个老伯伯在田地里忽然死去了，她也曾经见过刚刚生完小犊的母牛。但是海伦娜姑母从来都不喜欢说任何事——当萨利给她威廉·莫里斯（William Morris）[①]的书时，她会用牛皮纸把书包得整整齐齐。她们坐在顶楼她的房间里，一个小时又一个小时地聊着。聊着生活，聊着她们以后要怎样去改变这个世界。她们还打算在城里建一个废除私有财产的集团，那时候还真的写了一封申请信，虽然它一直没有寄出去。当然啦，这些主意都是萨利想到的——但是刚提出来时她也跟萨利一样激动起来——早餐前躺在床上看着柏拉图的书，莫里斯的书，或者是一个小时又一个小时地看着雪莱的书。

萨利总是有着让人惊喜的力量，还有她的天赋异禀，跟惹人喜爱的性格。譬如说她摆放花朵的习惯。在波顿，大家都是把小花瓶呆呆地放在桌子上排成一排。但是当萨利出去买来蜀葵跟大丽花那些人们从来没有见过会摆在一起的花时，她会剪下花朵，让它们自由地飘荡在一只只放了清水的大碗里面。在傍晚夕阳西下的时分，走进门来吃晚饭，看到

① 威廉·莫里斯（1830—1896）：英国诗人、小说家、画家。——译者注

这样的非比寻常的摆法总是会让人又惊又喜（当然，海伦娜姑母认为那样子对待花朵真是一种罪过）。还有，当她忘记拿搓澡用的海绵时，她会赤裸着身体穿过走廊回去取。那个严肃的老女佣艾伦·艾金斯（Ellen Atkins）总是四处抱怨着："如果被哪个先生看到了要怎么办哟！"这也是事实，她总是让人吃惊。爸爸说：萨利总是邋里邋遢的。

现在想起来，她对萨利的感情的那种纯洁无暇真实让人奇怪啊，这跟对男人的感情完全不一样。因为它是毫无私心的，而且是一种只能存在于女人之间，存在于刚刚成年的女人之间的一种感情。在她的这个方面里，这样的感情是有保护性的，它能让你产生一种共鸣感，一种会有什么东西注定着把她们分拆开的预感（她们在谈起婚姻的时候，总是会把它说成是一场灾难），于是导致了这样的一种骑士精神般要保护对方的感情。而这一点，与萨利相比，在她身上体现得更加明显。那个时候的萨利根本罔顾后果，能够为了炫耀什么东西而做出什么愚蠢的事情来，像是会围绕着低矮的墙骑自行车、吸雪茄等等。她确实是一个荒唐的人，而且是非常的荒唐。但是她的魅力却又让人无法抗拒，至少对她来说，是这样的。所以她仍然能够清楚记得，她手里拿着热水罐，就站在顶楼的卧室里面，大声地喊着："她就在屋顶底下……她就在屋顶的底下！"

可是现在，这些话对于她来说已经毫无意义了。对于年久的感情，她甚至找不到一点点的反应。但是她还是能够记得曾经因为激动而浑身发抖，因为什么东西给她带来的狂欢而胡乱地梳理着头发（现在，当她把发卡摘下，放在梳妆桌上，开始梳理着头发时，那些古老的心情，又开始涌现心头）。外面有一只白嗲鸟在粉红色的霭光中得意洋洋地上下飞窜着。她已装扮好了。当她走下楼去，穿过门厅的时候，心里想着“如果能够在此时死去，那就是最幸福的事情啊”。这个就是她的感觉——奥赛罗（Othello）般的感觉，现在她也感受到了。她无比相信她现在的感受跟莎士比亚想要让奥赛罗感受的一样，一样的强烈。而这一切都是因为她要穿着白色的大衣下楼去吃饭，还有，最重要的是，能够看到萨利·瑟顿。

萨利穿着的是淡粉色的薄纱衫——这是可能的吗？但无论怎么说，她整个人看上去都光彩四溢，容光焕发，像是飞进来的一只小鸟，或者是气球，在一片荆棘之中休息片刻。但是当你爱上一个人的时候（而这不是恋爱的话，又是什么呢），最奇怪的，莫过于其他人的冷眼旁观。海伦娜姑母吃完饭之后就离开了，爸爸在看着报纸。皮特·沃尔殊可能在这里，还有年长的坤明斯小姐（Miss Cummings）。约瑟夫·布雷科普夫（Joseph Breitkopf）肯定也在这里，可怜的老年人，因为他每年夏天都会来，一住就是几个星期，然后假装和她一起念德语，但其实是来弹钢琴，然后扯着鸭嗓子唱着勃拉姆斯（Brahms）的曲子。

但是这些对于萨利来说都只是衬托。她站在壁炉边，和克拉丽莎的爸爸聊着天，声音很好听，让她说的话听起来就像是对人最柔和的抚慰。克拉丽莎的爸爸不由自主地被她所深深吸引住（他把自己的一半的书借给了她，但是对于她把书在台阶上弄得透湿这件事情还是无法释怀)。她忽然说：“只在屋子里面坐着，多么无趣啊！”于是大家都走到了外面的平台，走来走去。皮特·沃尔殊和约瑟夫布雷克普夫继续讨论着瓦格纳，而她和萨利则悄悄地跟在后面。她们经过一只装满了鲜花的石盆的时候，她一生中最美丽的时刻出现了。萨利停下了脚步，轻轻别下了一朵花，亲吻了她的嘴唇。这个世界忽然之间变得天旋地转。所有的人好像忽然间消失了，只有她跟萨利两个人在一起。她觉得自己刚刚收到了一份包装完好的礼物，有一个声音告诉她，千万不要打开，留着就好——可能里面有一粒钻石，或者是什么极其宝贵的东西，包装得非常完美。但当她们散步的时候（走来走去，走去走来），她忍不住打开了礼物，好像是有什么光芒穿透了出来。这是一份对爱的启示，是虔诚的爱情！——这个时候，老约瑟夫和皮特来到了她们的跟前："在想着什么呢你？"皮特说。

就好像在黑暗中走着的时候，脸上撞到了花岗岩的墙壁。太震惊了！太可怕了！

她不是为了自己才这样想的。她只是觉得萨利一直以来都受到粗暴的对待，这太伤害她了。她感受到了他的敌意，他的嫉妒，还有他想要介入她跟萨利两个人之间的感情的决心。她看得明明白白，就像是一个人在雷电照亮的那一瞬间看到面前的景色——但是萨利（她从来没有像现在这样敬佩过她）完全没有被打击的感觉，依然爽朗，该做什么做什么。她大声地笑着，让老约瑟夫告诉她天上的星星的名字。他十分乐意，而且很认真地去做了。她就站在那里：她听着，他说着。她听到了星星的名字。

"哼！讨厌死了！"她自言自语着，好像她一直都知道在她幸福着的时候，会有什么东西来打扰她。

但是，毕竟后来她欠了皮特多少的人情啊。也不知道为什么，每当她想起他的时候，总是会想到他们以前的争吵——可能她太希望得到他的赞赏了。他用"多愁善感"跟"礼貌端庄"两个词来形容她。她的生活也大多数是以这两个词开始的，好像他在保护着她一样。一本书很多愁善感，一种生活态度也很多愁善感。可能她总在回想着过去，这也是“多愁善感”的，她想，他什么时候回来呢？他会想些什么呢？

想她变得老多了吗？他回来之后会不会这样说啊？还是她会看出来他会这样想啊？但是这也是事实，自从她生病，她的头发几乎全部都变白了。

她把她的别针放在桌子上，忽然感到一阵抽搐，好像她在沉思着、毫无防备的时候，那只冰冷的魔爪已经趁机在她的身上安置了下来。她明明还没有老，她刚刚才五十二岁。还有好多好多个月没有过呢。六月、七月、八月，每一个月都几乎是完整的，好像要捕捉住要流逝的每一丁点的时间。克拉丽莎（正朝着梳妆桌的方向走去）全心全意地投入到每一个时刻里，让她能够停留在那里——在这个六月早晨的时候，聚集了所有的其他早晨的沉重压力的时候，她用新奇的眼光看着镜子，梳妆桌，还有所有的瓶子。（当她在照着镜子的时候）她把自己都集中在一个点上去，仿佛看见了当晚要举行宴会的那个女人粉嫩细致的脸。克拉丽莎·达洛薇的脸，她自己的脸。

她看到自己的脸好像已经有几百万次了，每次都有那种相同的但是难以察觉到的微妙表情。她照镜子的时候很喜欢撅起嘴唇，因为她想给自己的脸一个特征。那就是她自己啊——脸蛋尖尖的，像一只飞镖，犀利明确。那就是她自己啊，当某些努力或者要求让她把自己所召唤出来的自己的各部分都聚拢在一起时，只有她自己了解，她和平时有那么的不一样。她只是一个为了外人才以自己为中心，像是一粒高高在上的钻石一样独自坐在自己的客厅，给大家提供娱乐场所的女人。这无疑是某一些生活沉闷而且枯燥无味的人生活里的一点星辉，或者是某一些孤独患者的一直寻求着的庇护所。她帮助过好多年轻人，她们感激她，一直感激着。而她也一直努力着要保持着一样的姿态，不能表现出分毫她的其他方面——她的毛病、妒忌、或是猜疑。譬如像是布鲁顿女士没有请她吃午饭的这件事，她觉得（终于她拿起了梳子在梳着头）这样很低鄙啊。咦，她的衣服在哪里啊？

她的晚礼服都挂在衣柜里的。克拉丽莎将手伸进去柔软的衣服里面，温柔地拿出那一件绿色的裙子，拿到床边。衣服被撕破了，有人踩在她的长长的裙摆上。在大使馆举行的宴会上她就已经感觉到裙子腰部的皱褶处被扯开了。那条绿色的裙子在灯光下好像会发光，但是在阳光底下却一点也不艳丽。她想要把破裂的地方缝补起来。她的女仆们都有太多的事情要做了。她决定今晚就穿这条裙子。她要拿线，剪刀，还有什么来着？——针，当然还有针。她到楼下客厅找着，因为她还要写东西，还要照顾好一切的东西，让所有事情都能够在大致上准备就绪。

多奇怪啊，她想着，脚步在楼梯的平台上停住了。她把自己装扮成了一个钻石形状的单人，这多么奇怪啊。一个女主人对自己家里的重要时分，它固有的脾性竟然有着这样的了解！模糊而轻微的声音随着楼梯而上升，拖把脱水的悉悉索索的声音，轻轻敲门的声音，撞击着的声音，前门大开时的响声，地下室里重复着一个什么口信的声音，托盘上的银色餐具相互碰撞时叮叮当当的声音。这是为了宴会而准备的干净的银色餐具。这一切都是为了宴会而准备的。

（而此时，露丝端着托盘，走了进客厅。她把巨大的烛台放在了壁炉上方，将银盒子放置于中间，然后将水晶海豚转过身来，面对着钟。他们会来的。他们会站在这里，然后用露丝也能模仿的腔调说话，那些绅士淑女们习惯的装腔作势的强调。这么多人里面，最可爱的人是她的女主人，那些银色餐具、亚麻布跟瓷器的女主人。因为那个太阳，那些银色的餐具，被取下来的门，朗普尔迈耶的工人都能够让露丝得到某种成就感。这个时候，她把剪纸刀放在了镶嵌着花朵的桌子上。她的第一份工作是在坎特汉姆的一家面包店里，那个时候她正看着玻璃窗外，对着老朋友说：快，快看啊！那个就是安琪拉女士了，玛莉公主的侍从。而这个时候，达洛薇夫人走了进来。）

“唉，露丝。”她说，“这个银色看起来真是漂亮啊！”

“还有啊，”她一边说着，一边转动着水晶海豚，让它直立起来，“昨晚的戏剧还好看吗？”“哦，它们还没有等到结束，就要离开了。”她说，“他们要在十点前回来。”“所以他们都不知道结局说的是什么。”她说，“那太可惜了。”她说（如果他们有跟她说的话，他们就会待得久一点。）“那真是太遗憾了啊。”她说，然后拿起放在沙发中间的那一只破旧靠垫，放在露丝的手上，轻推了她一下，大声说：

“拿走它吧！给沃克太太，顺便帮我问候问候她。拿走它吧！”她大声说着。

露丝手拿着靠垫，在门厅口停了下来，脸微红着，显得非常不好意思，说，她能不能帮她缝补那一条裙子啊？

但是，达洛薇夫人说，她要做的事情已经很多了，如果帮她缝补衣服就更忙了。

“但是，还是要谢谢你啊，露丝，非常谢谢你。”达洛薇夫人说，“谢谢你，真的谢谢你。”她不停地说着（她坐在沙发上，膝盖上盖着她的裙子，还有剪刀跟针线），“谢谢你，真的谢谢你。”她不停地说着，向每一个侍从都表示着感谢。因为他们帮助了她，让她成为了现在的她，让她成为了她所希望的样子：温柔，心胸广阔。以至于她的侍从都很喜欢她。现在看看，这条裙子破烂了的地方在哪里啊？也是时候穿针了。这是她最喜欢的一条裙子，是萨利·柏克(Sally Park）设计的，已经是她最后设计的衣服里的一件了。唉，现在，萨利已经退休了，住在伊林。如果我能有空，克拉丽莎想着（但是她好像永远都有做不完的事情，永远都没有时间），我也要去伊林探望一下她。因为她是一个很特别的女人，克拉丽莎想着，她是一个真正的艺术家。她记得萨利的一些奇怪的小习惯，但是她设计的衣服却从来都不会这样。你在哈特费尔（Hatfield）穿，也可以在白金汉宫穿，都不会奇怪。事实上，她也穿过它们去哈特费尔，也穿过它们去白金汉宫。

宁静在她的身体渐渐蔓延开来。她感觉到了平和，满足。手里的针线一针针地，很顺滑地拉得紧直，把散开来的绿色皱着轻轻拢在一起，然后缝在裙腰处。在一个夏日里，海浪汇集起来，慢慢地失去了平衡，然后就溃散开来。然后又汇集，又溃散。这个世界也似乎越来越沉重地说着“其实也无非是这样”，连躺在海边晒太阳的人，他的心里也在无声地说着，也不过如此。不要再觉得畏惧，那颗心说。不要再害怕，它说着，然后把所有沉重的负担都托付给了茫茫大海。大海由此为所有的东西而哀伤而叹息，绵绵不断，只得一直复苏，重新开始，汇聚，溃散。只留下躯壳在倾听着蜜蜂飞过发出的嗡嗡声，还有海浪拍打着的声音，犬只吠叫着的声音。它好像离得好远，叫了又叫。

“天哪，门铃响了！”克拉丽莎大声喊着，停下了手中的工作。她吓得站了起来，侧耳倾听。

“达洛薇夫人肯定会见我的，”门廊里有一个老男人说着。“对，没错，她肯定会来见我的，”他不断重复着，然后慈祥地把露丝推开，飞快地跑上楼去。“对，没错，就是这样。”他一边跑上楼一边自言自语，“她一定会见我的。五年了，我在印度五年了。克拉丽莎肯定会见我的。”

“谁啊？发生什么事了？为什么会这样呢？”达洛薇夫人对自己说着？（她心想，在她要举行派对这天的上午十一点竟然会有人来捣乱，真是太不像话了），这时候，楼梯传来了脚步声。她听到了有人把手搭在门上。她好像要把裙子给藏起来，像是一个小处女守护着自己的贞操，保密着自己的隐私。这时候，铜门把滑开来。现在进来的人——竟然有那么一秒钟，她甚至连他的名字都叫不出来！她能够看到他，实在是太惊喜了！太高兴了！太羞涩了！皮特·沃尔殊在这天上午竟然来看她，天哪！（她还没有读他写回来的信。）

“你还好吗？”皮特·沃尔殊说。他在颤抖着，真的。他一把拉住了她的两只手，然后吻了下去，两只都吻了。她比以前要老了，他在心里说着，然后坐了下来。但是我不会告诉她的，他又想着，因为她真的老了。她看着我，他想，然后全身都感受到一股突如其来的窘迫感，尽管她已经吻过她的双手了。他摸了摸自己的口袋，然后拿出了一把大折刀，半打开了。

他完完全全就是之前的样子啊，克拉丽莎想着。都是一样奇怪的表情，都是一样的格子套装。他的脸有点儿歪，看上去也干瘦了一点，但是看上去却很健康。完完全全就是跟之前一个样子。

“再见到你了，多好啊！”她大声说着。他打开了折刀。他总爱做这样的事情，她想着。

他说，他昨晚才刚回城。但马上就要到乡下去了。你们怎样了？大家都还好吗，李察，伊丽莎白，他们都还好吗？

“这是怎么了？”他用折刀指了指她的绿色裙子问道。

他穿衣服很讲究，克拉丽莎想着，所以他总是批评我。

她在缝补着自己衣服，跟往常一样。他暗暗想道，我在印度的时候，她就坐在这里，缝补着自己衣服。或者四处闲逛，参加派对，去议院走走再回来，或者是其他的什么事情。他想到这里忽然变得好恼火，越来越急躁不安。因为对于某些女人来说，婚姻真的是这个世界上最糟糕的事情。他想，还有政治啊，她嫁了一个身为保守党人的丈夫，那个可敬的李察。就是这样？就是这样吗？他“啪”地一下把折刀合上了。

“李察过得很好啊，他现在在一个委员会工作。”克拉丽莎说。

她打开了剪刀，然后问他介不介意她先把裙子缝补好，因为他们今晚有个聚会。

“但是我没有邀请你，”她说，“我亲爱的皮特。”她说。

但是听到她这样说是那么让人快乐啊——我亲爱的皮特！但是，这些都太美好了，这片银色，这些椅子，都太美好了！

为什么她不邀请他来宴会呢？他问。

当然不是现在啊，克拉丽莎想着。他太让人着迷了，实在是太让人着迷了。我至今还记得我那时候下决心是那么不可思议——为什么我要下这样的决心——不要跟他结婚？她还在疑惑着，那这是一个可怕的夏天。

“但是你今天早上来到这里，实在是太出人意料了！”她大声地说着，一边把她的双手交叠着，放在裙子上。

“你还记不记得？”她说，“窗户总是噼啪作响啊，在波顿的时候。”

“是啊，”他说。他还记得他自己一个人，很尴尬地跟她的爸爸一起吃早餐。可是他已经去世了，只是他一直没有给克拉丽莎写过信。不过他一直都和老帕里合不来，他真是一个满腹牢骚又没有主见的老头子——克拉丽莎的爸爸，贾斯汀·帕里。

“我经常希望我能够跟你的爸爸相处得更好一点。”他说。

“可是他从来就没有喜欢过我们任何一个朋友。”克拉丽莎说。她本来应该死死咬住自己的舌头不要说话的，他不想让皮特记得他曾经想和她结婚这件事情。

我当然想过，皮特想着，而且这件事简直让我心都碎了。他沉浸在悲伤之中，他的悲伤就像是从平台上看过去的一轮明月，缓缓上升，在夕阳的残灰中显得苍白而美丽。他想着，从那时以后，我再也没有经历比这个更加痛苦的事情。他觉得自己真的坐在了平台之上，稍稍像克拉丽莎靠了靠，然后伸出了手，举了起来，又放下来。那轮明月，就高高地挂在他们的上方。她好像也和他一起，坐在了平台上，坐在了月光底下。

“房子现在是赫伯特的了，”她说，“我已经没有再回到那里去了。”

然而，这个时候，就像是在月光下的平台上会上演的戏码，一个人因为厌倦而感到羞惭，但另外一个人，依然一声不响地坐着，非常地安静，悲伤地看着月亮。但前者也不会说话去打扰，只是动了动自己的脚，清了清嗓子，或者看着自己桌子腿上涡旋形状的铁制装饰，或者玩弄一下叶子。

但是，就是什么也不会说。皮特·沃尔殊现在就是这样。因为，为什么他们还要回想过去呢？他想，为什么还要让他回想到那一件事情呢？她已经深深地折磨他了，为什么要让他痛上加痛呢？为什么？

“你还记不记得那个湖啊？”她说，声音粗哑，心里猛烈翻滚着的感情挤迫着她，连喉咙里的肌肉都像是哽到了什么一样，变得僵硬起来，甚至连说“湖”这个字眼儿的时候，她的嘴唇都在发抖。因为当时她还只是一个小孩，站在父母中间，把面包扔下去喂湖里的鸭子。但是她又好像是一个成年的女人，她把生活捧在怀里，然后它越变越大，变成了一个完完整整的，属于她全部的生活。她把这个生活放在他们面前，说：“这就是我的一生。”那她的一生是什么？究竟是什么？无非就像是今天上午一样，和皮特坐在一起，缝补着衣服。

她看着皮特·沃尔殊。她的眼睛，像是穿过了被层层剥落的岁月，还有那一份感情，怀疑地看着他，饱含着泪水地停留在他的身上，然后又转移走了，飘然而去。就像一只小鸟，稍稍歇息在枝头，又扑扇着翅膀飞去。她擦着眼泪，毫无掩饰。

“记得，”皮特说，“记得，记得啊，当然记得。”他看上去就像她把什么东西放了在他的面前，但是它又飞走了一样伤心。不要再说了，不要再说了！他几乎喊了出来。因为他还不算老，他的人生还没有结束，还没有。他才刚刚过五十岁。要不要告诉她呢？他想着。他真的好想全部告诉她。但是她太冷漠了，只顾着缝缝补补。黛丝（Daisy）在克拉丽莎的旁边肯定会黯淡无光。她会觉得我是一个失败者，从他们的角度看，从达洛薇家的角度来看，我真是一个糟透了的失败者。对，就是这样啊，他从来没有怀疑过这一点，他只是一个失败者，跟这一切相比较着的时候——镶嵌着花朵的桌子、手柄镶着宝石的剪纸刀、水晶海豚跟旁边的烛台、椅罩跟价值不菲的英国古老水彩版画——他那么失败啊！我憎恨这些东西自命不凡的样子，也讨厌李察的这些派头。当然不会厌恶克拉丽莎，但她嫁给了他这件事情除外。（这个时候露丝走进了屋子里，端着更多的银色餐具。但是她的样子仍然很可爱，身材苗条，举止优雅。在她弯下腰把银色餐具放下来的时候他想着。）可是这些年来，这些东西一直都存在着，他想，一周又一周，克拉丽莎的生活。在这同时我在做什么？好像从他身上立刻就反映了他生活里的一切——旅游，骑马，争吵，探险，桥牌排队，风流韵事，工作，还有工作，该死的工作！他毫不掩饰地拿起了折刀，他那一把牛角手柄的折刀。克拉丽莎敢打赌，这三十年来，他一直都只用这把刀。他把刀紧紧地攥着。

克拉丽莎想，这是一个多么奇怪的习惯啊，总是玩着小刀。而且这总会给人一种思想轻浮头脑空洞的感觉，好像是一个愚蠢的会说话的东西。就像是他之前说过的一样。但是我也是这样啊，她想着，拿起了针，想要帮助。就像是一个因为侍卫睡着了没人保护的女王（他的来访实在让她太吃惊了，她只觉得心烦意乱），任何一个人都可以走过来，来看着躺在垂下来的荆棘纸条下的她。她想要帮助！想要她做过的事情，她的丈夫，伊丽莎白，她自己，皮特现在都不会了解现在的她了。总之，她想要这一切东西，都来到她的身边，然后击败敌人。

“那你怎样了？”她说。就像在战争开始之前，战马仰头长嘶，腹背的鬃毛抖动得闪闪发亮，脖子有弧度地弯起来的样子。皮特·沃尔殊跟克拉丽莎并排坐在蓝色的沙发上，像是跟对方打仗一样。他体内有一股力量在汹涌翻腾，他将不同的事情都集中在了一起。他受过的表扬，在牛津的学习，他的婚姻，她对这些一无所知。他曾经那么爱他啊，他要怎样打败她呢？

“我做了好多事情啊！”他高声说着。他集聚起来的力量这时候爆发了出来，他觉得像是被一个看不见的人扛在肩上，快速地掠过空中，既兴奋又害怕。像是被这种力量驱使一样，他把自己的两只手举了起来，放在额头上。

克拉丽莎坐得端端正正，屏住了呼吸。

“我谈恋爱了。”他说，然而不是跟她说的。更像是对着高高地躲在黑暗中的某一个女人说的。你触碰不了她，但却必须将你的花环放在黑暗里的草地上。

“恋爱了！”她说。在他这样的年纪，系着的一个蝴蝶领结，居然会被那样一只魔鬼一口吞掉。你看他的脖子上什么都没有，他的手红红的，而且他还要比我大上半年呢。她把目光带回到自己的身上。但是她的心里还是觉得他确实是在谈恋爱的。他拥有着爱情的感觉，她感觉到了，他在恋爱。

但是那不折不挠的自尊心像是一定要把敌军踩在地上一样，像是一条总是往前流着、往前流着、往前流着的河一样。尽管它也承认，可能对于我们来说，它根本就没有什么明确的目标，但它还是要往前流着、往前流着、往前流着。这样不折不挠的自尊心让她的脸倏而发红，显得年轻健康。她坐在那里，眼睛非常的明亮。裙子盖在膝盖上，针线拉得紧直，然后停在那里，微微发抖着。他谈恋爱了！但是爱人不是她。当然是某一个年纪比她小的女人。

“那，她是谁？”她问道。

一定要把那个塑像从高处挪下来，放在她们中间。

“但是很遗憾，她已经结婚了。”他说，“印度陆军少校的妻子。”

在他用这样一种方式把她介绍给克拉丽莎的时候，他甜蜜的微笑里带有一点古怪而且嘲笑的感觉。

（可是不管怎样，他还是恋爱了，克拉丽莎想着。）

“她有两个小孩，”他继续说着，非常清醒理智地说着，“一个男孩，一个女孩。我回来是找我的律师讨论关于离婚的事情的。”

他们就是这样！他想着。你愿意怎样对待就怎样对待吧，克拉丽莎！他们就是这样！在克拉丽莎看着他的时候，他好像觉得印度陆军少校的那个妻子（就是他的黛丝），跟她的两个小孩，随着时间的秒秒流逝，变得越来越可爱。好像他只是在盘子里的一粒小灰球上打光，而他们兴致勃勃地在带着海水咸味的亲密气氛中，生长了一棵可爱的小树苗（因为，在某一些方面来说，确实没有人能够像克拉丽莎一样理解他，感受他所能感受的）——只有他们的亲密气氛。

她吹捧他，愚弄他。克拉丽莎想着，她用三刀就刻出那个女人的轮廓了，那个印度陆军少校的妻子的轮廓，真是委屈他了。真是愚蠢的人！皮特一辈子都好像现在一样愚蠢，首先是被牛津大学开除学籍，再后来是在去印度的船上跟认识的一个女孩子结了婚，现在又是爱上了印度陆军少校的妻子。谢天谢地她当初没有答应要嫁给他！但是，他还是恋爱了，她的老朋友，她亲爱的皮特。他还是恋爱了。

“那你想怎么做呢？”她问。在林肯法律协会工作的胡波跟格雷特里律师事务所的律师们自然就会去解决的，他说。而他拿出了折刀，修起了指甲。

天哪，你就不要再弄那把刀子了好吗？她的内心一阵愤怒，不可控制，甚至在心里暗自大叫。他那样背离传统的愚蠢表现让她愤怒。这也是他的弱点啊。他从来都忽视别人的感觉，这样的行为一直都让她愤怒着。而现在他都已经这个年纪了，再做这样的事情，多愚蠢啊！

我都知道啊，皮特想着，我知道我自己面对着的是什么。然后一边将食指沿着刀刃修理着，他要面对的是克拉丽莎跟达洛薇家以及外面的所有人。但是我想要让克拉丽莎看到——忽然，他出乎意料地被从空中飞来的一些不可控制的力量所压垮，泪水翻飞，哭了起来。他坐在沙发上毫无顾忌地哭着，眼泪顺着脸颊流了下来。

克拉丽莎向前探身，牵起了他的一只手，把他拉向了自己，然后亲吻了他——事实上，在她压抑着胸口激动飞舞着的银光闪闪地翅膀（就像是被热带气旋刮得剧烈摇摆的蒲苇）之前，就已经感受到紧贴着她脸颊的他的脸了。心中狂啸着的飓风慢慢地平静了下来，但是她仍然牵着他的手，轻拍着他的膝盖。当她靠着沙发的时候，她觉得跟他在一起是那么地轻松快乐，自由自在啊。忽然，一个念头涌现了出来：如果当初我嫁的人是他，这样的很快乐我就可以每天拥有了。

但是这一切对于她来说，都结束了。她的床很窄小，床单很紧绷，她在塔顶独自一人的时候，任由别人在阳光下摘着她的黑莓。那里大门关闭上了，在剥落的墙皮跟杂乱的鸟巢之间，景色显得好遥远啊，远处传来的声音虚弱而缥缈（她记得有一次是在里斯山感受到的）。她大声喊着，李察，李察！好像一个刚刚惊醒的人，在黑暗中伸出一只手呼救。但是，她又想到了那件事情，他在和布鲁顿女士一起吃午饭。他要离开我了。我以后就会变成孤独一人了，她想着，十指交叉，放了在膝盖上。

皮特·沃尔殊站起了身子，走到了窗前，背对着她，挥动着一条印着花朵的大手帕。他看上去很有自己的想法，冷漠而且孤独。因为身材瘦削，肩胛骨微微突起，把上衣支撑了起来。然后他用力擦了擦鼻子。带我走！克拉丽莎几乎都要说出来了，好像他下一秒就会跟她说再见，立刻投身到某一个伟大的航行里。但是片刻过后，就像是一场感人至深的话剧演完了一样，她在剧中度过了自己的一生，她离家出走了，然后跟皮特生活在一起。只是剧场谢幕了，一切都结束了。

是该做点什么了。然后她像是一个女人准备好了东西，斗篷，手套，剧场用的望远镜，站起来走出剧场来到街头一样，克拉丽莎从沙发上站了起来，走向了皮特。

真的太奇怪了，他想着。当她随着叮叮咚咚跟沙沙沙沙的声音走过来的时候，竟然充满了力量。当她走过房间的时候，竟然充满了力量，好像让他厌烦的那个月亮，在这样一个夏日，挂在波顿的平台上面。

“告诉我，”他说，一边还抓住了她的肩膀，“你幸福吗，克拉丽莎？李察他——”

门开了。

“这是我的伊丽莎白啊。”克拉丽莎激动地说着，但好像还带了一点做作。

“你好啊。”伊丽莎白走上来，说。

这个时候，大笨钟的半点报时的钟声以其惊人的气势回荡在他们之间，就像是一个壮硕，冷漠，又罔顾别人感受的青年人在用尽全力地举着哑铃。

“你好，伊丽莎白。”皮特大声回应着，一把将手帕放在口袋里，又快速地走过她那边去说：“再见，克拉丽莎”，然后头也不回地快步离开房间，跑下楼梯，打开过道的门。

“皮特！皮特！”克拉丽莎喊着，一边追出楼梯的平台上，“我今晚的聚会！记住我今晚的聚会！”她不得不提高声音来压下外面的喧闹，当皮特关上大门的时候，她大声喊道：“记住我今晚的聚会！”但声音变得虚弱无力，缥缈非常，被淹没在了时钟的报时中。

记住今晚的聚会，记住今晚的聚会。皮特·沃尔殊走在大街上，和着大笨钟直接的报时声，有节奏地自言自语着。（声波越发沉重，圈圈消失在空气之中）唉，聚会，他暗暗想着，克拉丽莎的聚会。她为什么要举办这些聚会呢？他想。他也不是在责怪她，也不是在责怪正在向他走来的这个穿着燕尾服，纽扣里插着康乃馨的男人。世界上只有一个人会像他一样爱着她。而这个人就在这里，这个幸运的人就是他自己。此时他的身影正反映在维多利亚街上一家汽车制造商厚厚的玻璃橱窗上。他的伸手，展现了整个印度，高山。那里霍乱盛行，那个面积有两个爱尔兰这么大的地方。他自己作出了那些决定。而他，皮特·沃尔殊，他现在是人生中第一次谈恋爱。克拉丽莎的心肠越来越硬了，他想，他觉得他还有点感情用事。他看着那些车子——一加仑的汽油能开多少英里呢？他有一些关于机械方面的知识。他在他家那里发明过一种耘具，从英国定制过手推车，但是那些劳动人民并不愿意使用。克拉丽莎却什么都不知道。

她说“这是我的伊丽莎白”时的语气让他好生气。为什么不只是说“伊丽莎白来了”呢？这样显得好虚伪。伊丽莎白也不会喜欢她这样说的。（那钟声深沉巨大的余音仍然在他周围震动着，半点报时，还是很早的，现在只不过是十一点半。）他能理解年轻人，他很喜欢他们。克拉丽莎身上向来就有一种冷漠的气质，他想着。就算她还是一个姑娘的时候，她也总是很羞怯，现在，人到中年，她就更加因循守旧，所以就完了，什么都完了。他想着，一边压抑地看着橱窗的深处，思忖着那个时候去找她是不是让她不高兴了呢？忽然间他觉得好惭愧，他就像个傻瓜一样！放肆地哭着，感情又冲动，跟她说了这一切。但好像一直以来都这样啊，一直都这样。

就像是一片白云飘过，把太阳遮挡住了，伦敦变得静谧一片，人的心也变得静谧一片。所有的努力都一下子停止了。时光拍打着桅杆。我们就这样停在那里，站在那里，僵立在那里。就像是只剩下了世俗所能接受的躯壳支撑着，里面却什么都没有。皮特·沃尔殊自言自语：我的感情已经被掏空了，我的躯壳里面都是空的。克拉丽莎拒绝我了，他的心里想着。他站在那里，心里想着，克拉丽莎拒绝我了。

似乎在一个钟声敲响的时候准时走进自己的客厅的女主人，却发现全部的客人都已经到场了一样，圣玛格丽特教堂的钟声好像在说着：我还没来晚，我还没来晚。她说，现在已经是十一点半了。但是，就算她一点错都没有，她的声音，作为一个女主人所发出的声音，却没有自己的个性。好像往日的某一种悲伤把它压制住了，然后默默对关注着当前的状况。现在已经是十一点半了，她说。圣玛格丽特的钟声不知不觉地进入了人的灵魂深处，然后把里面的一切都埋葬在一圈又一圈的声波之中，就像某一个想要倾诉心情，让自己放松，怀着感有愉快安详的人物——就像是克拉丽莎自己，皮特·沃尔殊想着，然后身穿着白色的衣服，在时钟敲响的时候准时走了下楼。这就是克拉丽莎啊，他激动的心情是那么地强烈那么地清晰啊！这让他想起了她，好像这钟声在多少年前就已经传进了那一个房间里，他们亲密地坐着，互吐心思，就像是一只勤劳采蜜的蜜蜂，满载成果在准点鸣钟的时刻离去。但是，是哪一个房间呢？哪一个时刻呢？时钟敲响的时候，他为什么会满怀这样深深的幸福感呢？后来，当圣玛格丽特的钟声渐渐变得微弱下来的时候，他的心里想，她生病了。那个声音又虚弱又痛苦。他记起来了，她有心脏病啊。最后一阵钟声忽然变得响亮，像是催促死亡的丧钟，在生命的中间忽然降临。克拉丽莎倒在了客厅里她站着的地方。不！不要！他大声喊着，然后大步大步地沿着白厅街走去，就像是他生命里的源源活力正汹涌袭来。

他一点都不老，也没有一点的僵硬跟干瘪。至于别人怎么议论他，达洛薇一家，维特布莱特一家，还有其他的人，他根本不在乎，一点都不在乎（虽然他以后肯定也要看一看李察能不能帮他找一份工作）。他大迈步子，眼睛瞪得大大的，看着坎布里奇公爵的雕像。他曾经被牛津大学开除了，没错。他也曾是个社会主义的倡导者，但在某种意义上却是一个失败者，这也没错。他想着，闻名的未来会掌握在那些青年人手中的，就像是三十年前跟他一样的那些青年人手中，他想着。他们偏爱抽象的法则，他们爱从伦敦订购书籍寄到喜马拉雅山的人们，他们爱科学爱哲学。未来将会属于这些年轻人啊，他想到。

身后传来了就像是树林里叶子发出的沙沙的声音，还有一些零零散散的砰砰声，这样的声音直追上他的思维，他不由自主地按着它们的节奏走在白厅街上。身穿着制服的男生们，扛着枪，眼睛直视前方，迈着整齐的步子，向前方行进。他们的手臂直挺着，脸上的表情就好像是刻在雕像地下的那些铭文：歌颂责任感，谨记感恩忠诚，以及对英国的热爱。

皮特·沃尔殊渐渐地跟上了他们的步子，他想，这是很不错的训练。不过她们看上去并不健壮，这些十多岁的男生大多数都很瘦弱，他们明天就可能站在一碗碗的米饭跟一块块肥皂的柜台后面。现在的他们，丝毫不带口腹之忧跟声色之乐，一副和从分司波利街取来的花圈一样庄重的表情，想要把花圈献在那座空墓阶上。他们已经宣誓过了，来往的车辆都尊重他们。连货车都停止了下来。

他们沿着白厅街前进的时候皮特·沃尔殊想，我根本没有办法跟上他们。果然，他们稳步向前，不停不歇，超过了他，超过了所有的人，就像是同一个意志在催促着他们的手和腿统一活动。丰富多彩的生活被压在了纪念碑跟花圈构成的小路之下，而且被纪律压制着，变得麻木非常，变成了一句句只会瞪着眼睛的僵尸。但你必须要尊重它，可能你会笑话它，但需要要尊重它，皮特想着。他们就在那里，皮特·沃尔殊一边想着，一边在人行道上停下来了。所有的那些塑像——纳尔逊、哥顿、哈弗洛克，那些伟大的军人般雄壮的身影挺立着，看向远方。仿佛他们做出了一样的自制力（皮特·沃尔殊觉得他也这样做了，那股剧烈的自制力），然后把诱惑踩在了脚下，最终变成大理石雕像上冷漠凝视着的眼光。可是皮特·沃尔殊他一点都不想有这样的眼光，尽管有什么人有这样的眼光的话，他会非常尊重那个人。他尊重那些男孩的这种目光，他们还不知道世俗的烦恼呢。行走着的孩子们渐渐消失在河滨大道的方向中，这个时候，他心里想，我已经经历了这一切。一边横穿马路，站在哥顿的塑像下，这是他小时候一直崇拜着的哥顿。哥顿孤零零地交叠双臂，一条腿抬起站着。可怜的哥顿，他想道。

除了克拉丽莎，其他人都还不知道他在伦敦。乘船航行之后，陆地对于他来说仍然也像是一个岛屿。因此，当他孤独一人，活力充沛，无人知晓地在十一点半的时候，站在特拉法加广场上的时候，他产生的奇怪感觉让他难以控制。这是为什么呢？我在哪里呢？但是为什么要这样做呢？他想，离婚好像完全就是空想了。他没有一点心情了，就像沼泽一样，低低沉沉的。有三种感情会让他不知所措：宽容的理解，广博的善心，还有难以控制的愉快，它就像是前两者所产生的结果。他的大脑像是有谁在拉动着绳索，推开了窗，而他自己却已跟这一切没关系了。他站在通往无限远处的大街路口时，如果他愿意就可以信步往前。他有多少年都没有感觉到像现在这样年轻了。

他摆脱了！已经完全自由了！——在他的习惯戒除了之后，他的头脑像没有受到保护的灯焰一样，被风吹得上下摇曳，好像立刻就会被吹翻。我已经多少年没有感觉到像现在这样年轻了！皮特想着。摆脱了原本的那个他（当然可能只会有一个多小时）。他觉得自己像个跑去户外的孩子，一边跑一边看到他的老保姆在一扇窗口向他招手。可是她确实是非常漂亮，他想——他穿过特拉法加广场，朝着干草市场的方向走去的时候，迎面走过一个年轻的女人，她在经过哥顿雕像的时候，皮特·沃尔殊觉得（他整个人都很敏感），好像面纱被一层一层掀开了，然后终于变成了他心里面一直渴望着的那个女人。年轻，但是庄重；快乐，但是谨慎。黑皮肤，但是吸引人。

他挺直了身子，不觉声色地摸着小刀，开始跟随着她，去追寻他心中渴望着的她。这多么让人激动啊，就像是只背对着他，那个女人的光都会把他给照亮。他们连接在了一起，将他烘托起来。好像国王的车子随意的响动都可以轻握双手呼喊他的名字。但不是皮特，而是在他独自一人思考的时候，私底下叫着自己的名称。“你，”她说，她用她的白手套跟肩膀，只说了一个“你”字。然后，当她走过科斯波街的丹特斯商店的时候，她薄薄长长的斗篷被风吹得飘了起来。她带着包容一切的仁慈，还有和蔼，还有一种温婉的体贴，就像是将会张开双臂怀抱劳累的人。

但是她还没有结婚，她很年轻。太年轻了，皮特想着。他看见她穿过特拉法加广场的时候，戴着的一朵红色康乃馨，再一次在他眼中燃烧着，她的嘴唇变得通红。她在人行道边上等着，她的身上有一种尊严。她不像克拉丽莎那样世故，当然也不如克拉丽莎富有。当她又走过来的时候，他心里想着，她是不是一个正经的女人呢？机智，巧舌如簧，他想着（因为人总会想象一些虚构的东西，允许自己有点消遣），或是一种冷傲的而且呼之欲出的智慧，却并不炫耀张扬。

她开始走着，横走过马路。他跟着她。他不想她觉得尴尬。但是如果她停了下来，他会说，“我们一起吃个冰激凌吧。”然后她直爽简单地回答：“好的。”

可是街上的其他人将她们分隔了开来，挡住了他，还有她。他紧紧追了上去。她好像有了一点变化，双颊发红，眼里流露出嘲讽的神情。他很有冒险精神，他想，鲁莽，敏锐，大胆，甚至（像他这样，昨晚才刚从印度抵达这里）像一个浪漫的海盗，不顾那些礼节要求，还有橱窗里的黄色衬衣，烟斗跟鱼竿。也不在意体不体面，晚间的宴会，还有背心下面白色内衣穿戴整齐的老头子。他是个海盗。她不断往前走着，穿过皮卡迪利广场，走上摄政街，走到了他的前面。她的斗篷，手套，肩膀，跟橱窗里的流苏花边和羽毛披巾，构成了华丽奇异的样子。她逐渐削弱着，在商店中散发到人行道上，宛如夜里的灯光，摇曳在黑暗的篱笆上。

她笑得很可爱，穿过牛津大街跟大波特兰街，然后拐进一条小道。就是现在，就是现在。伟大的时刻就要到来了，她放慢了脚步，打开手提包，朝着他看了一眼，但是并没有看到他。这是告别的一眼，这一眼告诉他整个情况，而且得意洋洋地把它抛在了脑后，永永远远地抛在脑后。她已经将钥匙插进门锁缝里了，打开门，然后消失了。克拉丽莎说，记住我的聚会啊，记住我的聚会啊。这样的声音忽然翻飞在他耳际。这所房子是那种垂挂着花篮的显得单调无趣的红房子，但又隐约透露几分不太正经的感觉。这件事就这样告一段落了。

好吧，我还是挺开心的。我变得开心起来了，他想着。然后抬头看着那些有单色天竺葵摆弄着的花篮。可是他开心的感觉，一下子被击得粉碎。因为他十分清楚地知道，那是捏造出来的，这一次和姑娘的调情确属虚构，只是捏造出来的。正如人们捏造了生活中比较好的部分，他想捏造一个自己，捏造一个她，然后创造非常多的乐趣跟更多的东西。但这很奇怪，但又确实这样。你永远不可以跟别人分享这些东西，它已经被击得粉碎。

他转过身去，沿着街道走着，想找一个什么地方坐下来。知道是时候去林肯法律协会跟胡波和格雷特里律师事务所了。他应该到哪里去呢？没关系的，就先沿着这条街去摄政公园吧。他的靴子在行人道上敲打出的声音，像是说着，没关系，没关系。因为时间尚早，还早得很。再说，这是一个天气晴朗的上午啊。街上到处都充满生气，就像是一个健康的心脏生机勃勃地跳动着。没有摸索跟迟疑。一辆车飞奔而来，猛地拐了一个弯，就在那一个恰当的时刻，毫无声息地在一扇门前停了下来。一个穿着高筒丝袜，幅子上装有羽毛装饰，体态轻盈，但对于他来说，并不具有特别吸引力的姑娘（因为他刚才已经经历了一时的放纵），走下车来。在打开的大门里，皮特看到了令人赞叹的男管家，黄褐色的中国土狗，间有黑白菱形图案的地板跟被风吹动着的白色窗帘的大厅，跟这里的一切都很相称。毕竟，就其本身个性而言，伦敦有着辉煌的成就：它的社交季节，它的文明。如他，出自于一个有社会地位却侨居印度的英国人家庭，家里至少有三代人去管理一个大陆事物（但真的好奇怪，他想着，像他这样一个厌恶印度，厌恶帝国跟军队的人，对它竟然有这样的感情），有时候文明，就算是这样的文明，都好像个人所有物一样，让他觉得可贵。有时候为英国而感到骄傲，为男管家，中国土狗跟有生活保障的姑娘感到骄傲。这真是够荒唐可笑的，但事实就是这样，他想。医生跟商界人士，还有能干的妇女们都在忙活着自己的事情，他们遵守着时间，活跃而机敏，身体健硕，他似乎感觉到他们完全值得敬佩，因为她们都是好人，能够以性命相托，是能同生死的伴侣，可以跟他患难与共。眼前出现的，不是这样就是那样，场面还倒真是不错。他要在树荫下面坐下，然后抽上一支烟。

摄政公园就在眼前了。对的，没错，他小时候和常溜达的摄政公园。真是奇怪啊，他想，总是不断想到童年时的情景——也许是因为看到了克拉丽莎。因为女人总是比我们男人更加多地沉浸在回忆里无法自拔，他想着。她们会对某些地方产生深深的依恋，对父亲也是如此——因为女人们总是会为自己的父亲而感到自豪骄傲。波顿真是一个好地方啊，非常好的地方，但是我永远都没有办法跟老人家相处，他想。有一天晚上我们吵了起来，吵得非常厉害——好像在争论着一件什么事情吧，但是具体的他已经不太记得了。想想觉得又好像是关于政治的。

是的，他还记得摄政公园。长而笔直的小路，左边那座卖气球的小房子，到处都有刻着碑文的长得滑稽可笑的塑像。他在找一张没有人坐的长椅，他不愿意有什么人过来问时间而打扰了他（他有一点想睡觉的感觉）。看着睡在婴儿车里的婴儿的一位花白头发的老保姆的旁边，是他能够找到的最好地方了。那就在那张长椅的另一边坐下来吧。

他忽然想起刚才伊丽莎白走进了房间，站在她妈妈旁边时候的样子，他心里想着，她真是一个长得奇怪的姑娘。个子高大，看上去也像一个打人的样子了，也不算很漂亮，却也很端庄自持，但是她最多也不过十八岁。看样子她好像和克拉丽莎的感情不是很好。“这是我的伊丽莎白”——就是这句话给他的感觉——为什么不索性只说“这是伊丽莎白”呢？——就好像是绝大多数的母亲一样，企图地想要证明着什么。他心里想，她太自信了，也有点太过分了。

香醇的雪茄烟雾随着咽喉徐徐而下，然后又被他一圈圈地喷了出来。烟圈毫不畏惧地迎上了空气，变成了蓝色的圆圆的样子。我今晚一定要找个时间单独跟伊丽莎白聊一聊，他心想着，然后把烟喷成了漏斗的形状，看着它们渐渐消失。它们的形状还真是奇怪各异，他想道。忽然他闭上了眼睛，吃力地把手举起，然后把粗粗的雪茄头扔掉。心里好像有一把巨大的刷子在清刷着，顺滑地扫着，清扫了里面摇曳着的枝条，孩子们的声音，繁乱的脚步声，来往的路人，喧嚷的车声。他觉得他不断地往下沉，往下沉，掉进了羽毛一般软和的梦里，被人紧紧怀抱着的梦乡里。

皮特·沃尔殊在她旁边的热乎乎的座位上打起鼻鼾来的时候，头发花白的保姆继续织着她的毛衣。她穿着灰色的衣服，两只手像是不知疲惫地悄然无声地织着，看上去就好像是一个维护着皮特睡觉权利的守卫，一个在黄昏时刻在天空和枝桠交缠着的森林里纷飞起舞的小精灵。他此时就像是一个孤独的旅者，出没于小道小路之间，拨乱了高草，压垮了大毒芹。抬头看去，蓦然看到站着小路尽头的巨大身躯。

也许是因为确定自己是一个无神论者，所以突如其来的愉悦总是会让他非常惊喜。他想，我们身体以外存在着的，其实只是我们的心态，或者是愿望。我们渴求安慰，渴求解脱，渴求某一些可怜的人，这些怯懦又丑陋的人里所没有的东西。可是如果他也能够把她给想象出来，那她就能以某一些形式来存在了，他想着。他沿着小道走着，抬头看着天空和树枝，然后飞快地就想象它们拥有着女人的某些特点。她们一下子变得庄重起来，他很吃惊，当风微微拂过的时候，随着叶子的颤抖，她们播撒出了博爱，理解还有宽容。然后，她们忽然又高高地往上扬，将她们的虔诚跟快乐合并在了一起。

这只是幻想。它会慷慨赠予孤独的旅者装满了水果的羊角状的大口袋，或者在他的耳边温声慰语，就像是海的精灵在绿色的浪花上腾跃着。也好像是一束束玫瑰花跟他的脸撞上了。又好像是浮在水面的渔夫们在洪水里挣扎着想要去擒获的苍白脸孔。

这只是幻想。它不停地向上地浮出来，在真实的食物旁边大步踱着，把它们的脸孔遮盖住了真实的东西。它们常常轻易就能够打垮孤独的旅者，偷走他们对凡间的意识跟回家的欲望，给他们一种表面的宁静安和，好像是（他在沿着树林里的小道走的时候，心里是这样想的）这里所有的疯狂的东西，都不过是最简单的，但它却是由无数事物组成的。而这个由天空跟枝椏构成的影子，已经从波涛汹涌的海面上升（他已经很老了，已经五十岁了），就像是可以把海水化成一个物体，然后从她那双纤纤玉手里洒下同情，理解跟宽恕。于是他想着，我再也不想要回到灯光下了，也不想要回到客厅里的，也不想要读完我的那本书了，也不想要倒掉烟斗里的灰烬了，也不想要按铃叫特纳夫人（Mrs. Turner）过来收拾自己的东西了。就让我不再偏移，继续朝着这个伟大的影子走过去吧，她会觉察到我，然后把我放在她的摆带上，让我跟其他的东西一起灰飞烟灭。

这只是幻想。那个孤独的旅者很快地就走出了树林。那边，一个眼神忧郁的老妪来到了门口，她举着双手，风抚摸着她的白色围裙，好像是在（这样的虚弱其实也是强而有力的）期待着她在沙漠中丢失的一个儿子，一个在车祸里丧生的驾驶人。她好像决心想要成为世界上所有在战争里失去儿子的母亲的代表。所以，孤独的旅者沿着女人们站着编织、男人们在花园耕耘的村街向前走着的时候，黄昏却像是隐含着什么不祥的预兆。影子静而不动，好像是它们所能够预知的、而且甘愿毫不畏惧地等待着的关乎尊严的命运，会马上把他们彻底消灭。

在屋子里面，在食橱，餐桌跟摆设着天竺葵的窗台之类的普通物品之间，正在弯身去移动一下桌布的女房东的身影，在灯光之下忽然间就变得柔和起来。她其实也是一个可爱的人，只是人们之间冷漠的联系扯断了我们想要去拥抱她的念头。她把桔子酱拿起来，放进了食橱里。

“先生，今晚没什么其他事了吧？”

可是，孤独的旅者应该要向谁作出回答呢？

就是这样，那个老保姆继续安静地在摄政公园守着熟睡的婴孩，一边打着毛衣。就是这样，皮特·沃尔特打着鼻鼾睡着了。

但是他忽然直接醒了过来，然后自言自语地说：“死灵魂。”

“上帝，上帝啊！”他大声地对自己喊着，一边伸懒腰睁开眼睛。“死灵魂”这几个字跟他刚才梦到了某一个场面好像很有关系。房间，事件。他梦见的场面变得更加清晰了，房间跟事件也渐渐地拉开了面纱。

那时是90年代初期，在波顿的那个夏天，他疯狂地爱着克拉丽莎。房间里有很多很多的人，喝完午茶之后，大家围着餐桌坐着，有说有笑。房间好像镀上了一层金黄色的光线，周围都弥漫着香烟的烟雾。他们因为附近娶了自己女佣当老婆的乡绅高谈阔论，现在他已经忘记那个人的名字了。她娶了自己的女佣，而且把她带来了波顿——真是太可怖了。她打扮过时，看上去好可笑。“就像是一只白色的鹦鹉”，克拉丽莎学着她的样子说话，而那个女人嘴巴也没有停过下来。她就一直不停地说着聊着，没完没了。克拉丽莎学着她的样子说话。忽然有人来说，萨利·瑟顿说，如果知道他们结婚之前，女人曾经有过一个小孩子，这会不会影响感情呢？（在那个时候，在男男女女都在的情况下，说这样的话实在是太不得体了。）他好像现在都还能看到克拉丽莎当时的样子，脸色因为困窘而涨得发红，身体缩了起来，说：

“唉，我以后都不想跟她说话了。”这个时候，围着餐桌旁坐着的人都一下子不知所措起来。那时候的氛围真是尴尬极了。

他也当然不会因为她在乎这样的事情而责备她。那个时候，受到跟她一样的教育而长大的女生，也是什么都不知道的。只是她的态度，她的态度让他太不高兴了：怯懦，冷淡，高傲，死板，过分拘束。“死灵魂。”他不由自主说了出来，像以往一样，他把这个时刻记录了下来——她的灵魂早已经死掉了。

在场的人都变得不知所措起来。在她说话的时候，每一个人都好像在点头哈腰极力讨好，但是站起身来时又好像变成了另外的一个样子。他仍然记得萨利·瑟顿的样子。她是一个顽皮捣蛋的孩子，身体总是向前微倾着，脸涨得通红，好像想要说什么却又不敢说出来，因为克拉丽莎确实也能把人给吓住。（她是克拉丽莎最好的朋友，常常去她的家玩。但是她又跟克拉丽莎一点都不像，她更加绚烂夺目。她漂亮，肤色较深，而且当时以胆大闻名。皮特经常给她雪茄抽，她喜欢在自己的卧室里抽。她要不就是跟什么人订婚，要不就是跟家里人闹翻，离家出走）但是老帕里，一点都不喜欢她，也不喜欢克拉丽莎。但是这样却把她们稳稳地结合在了一起。再后来，克拉丽莎仍然是所有人都冒犯了她的样子站了起来，找了个借口，自己走了出去。当她打开门的时候，那只爱追着羊群的粗野的狗跑了过来。她扑向了那只狗，欣喜若狂。好像她在跟皮特说，他知道这些事情都是冲着他来的：“我知道刚才关于那个女人的事情你可能会觉得我很不好，但是你看我多么富有同情心呢，你看我多爱我的狗罗布啊！”

他们之间拥有着不用言语也可以沟通的奇怪默契。她知道他肯定是想要批评她的了。她会做一些很明显的东西来保护自己，就好像现在这样，故意在狗的身上做着夸张的举动。但是克拉丽莎永远也骗不了他，他总是能够一眼看清她。当然，他嘴上是不说的，只是一脸沉郁地坐着在那里。但这常常是他们争吵的开始。

她把门关了起来。他的心情一下子就变得非常的压抑。这一切都好像没有用。继续谈恋爱，继续吵闹，继续重新和好。他独自一人在大宅外面的小屋子和马厩之间散着步，看着里面的马匹。（那个地方一点都不气派，帕里家里从来都没什么钱的，但是他们也一样有马匹，还有一个老马车夫，他叫什么名字来着？反正还有个老保姆，他们叫她穆迪还是古蒂之类的名字。他们给她带到一个房间去看她，房子里有好多照片跟鸟笼。）

那个晚上过得实在是太糟糕了。他的心情越来越差，其实也不单单只是因为那件事情，反正什么事情都无法让他心情好起来。但是他也没有办法去看看她，没有办法给她解释，去说个明白。她的身边总是有人，她表现得好像什么事情都没有发生过的样子。那恰恰是她最令人气愤的地方，她的冷漠、她的麻木，这些都已经是她人格深处的东西了。今天早上他去跟她说话的时候，这样的感觉又体会到了：无法穿透。但是上帝知道他是爱着她的。她有一种能够骚动你神经的神奇力量，没错，就像是能把你的神经变成琴上的弦线一样。

由于想让别人注意到他的愚蠢念头，他那天很晚才去吃晚饭。他在应该是晚餐主持人的老帕里小姐——海伦娜姑妈——帕里先生的姐姐身旁坐下来。她披着一条米白色的披巾，头靠着窗。她是一个令人望而生畏的老太太，对他却十分友好。因为他曾经帮她找到了一种十分稀有的花，而她是一个热衷于植物学的人，经常穿上厚靴，肩膀上挎着黑色的标本箱就外出研究了。他就在她旁边的位子坐了下来，但一句话也没有说。好像一切都从他眼前飞过，他就那样坐着吃了起来。后来，晚饭吃到一半的时候，他才强迫了自己第一次看了看克拉丽莎。那时候她在和一个年轻的小伙子聊着天。皮特忽然间觉得，“她会和那个男人结婚的。”他跟自己说，但那时候他连那个人的名字叫什么都不知道。

不用多说，达洛薇在那天下午，就是在那天下午来到的。克拉丽莎叫他“维克汉姆”，然后一切就从这里开始了。是什么人把他带过来的，但是克拉丽莎弄错了他的名字，她以为他叫维克汉姆，然后以这个名字把他介绍给其他人。最后，他终于说“其实我的名字叫达洛薇”——那就是他对李察的第一印象——一个头发金黄皮肤白皙的年轻人，坐在一张躺椅上说“其实我的名字是达洛薇”。萨利知道了这件事之后，总是叫他“其实我的名字叫达洛薇。”

皮特当时很容易就受到他之前的想法所影响。就是那一个——她会嫁给达洛薇的——他觉得自己什么都不知道，只觉得天旋地转。她在对待达洛薇的时候，好像有一种，——唔，该怎么形容好呢？——一种轻松自由的感觉，又好像一种母性，一种柔情。他们在讨论着政治问题，而整个晚餐期间，他都在尝试着听他们在说着一些什么。

他还记得清清楚楚。后来在客厅的时候，他就站在老帕里小姐的椅子旁边，而克拉丽莎却像是一个真正的女主人，优雅知礼地走上前来，要把他介绍给某一个人认识——但是说话的语气好像她们从来就不曾相识一样，这让他不禁生起气来。然而就算是当时，他也会因此而敬佩她。他敬佩她的勇气，社交能力，还有把事情做到底的坚持。“完美的女主人，”他对她说，她听完之后浑身一抖。但是他也正是想她有这样的感觉。看到她跟达洛薇在一起之后，什么可以伤害她的事情他都可以做出来。于是她走开了。他有这样的感觉，这些人全部都聚集在了一起，说说笑笑的，其实合谋来反对他。而他在那里，站在帕里小姐的躺椅旁，谈着野花，就像是一个木头人。他从来都没有，从来都没有像现在一样如此极度痛苦过！他连要假装跟帕里小姐说话这件事情都忘记了。但是最后他终于清醒过来，他看到帕里小姐显得很激动很愤怒，眼睛瞪得大大的。他差一点就喊了出来，他实在没有办法集中精神，因为他心里正忍受着极度的如同在地狱里受煎熬般的痛苦！人们陆陆续续地走出那间屋子。他听到她们说要去拿斗篷，说水上面会很冷什么的。他们要月下泛舟！——这也是萨利有过的一个疯狂的念头。他在听萨利形容着月亮。于是他们都走出去了，只留下他孤零零一个人。

“你不想跟他们一起去吗？”海伦娜姑妈说——老帕里小姐！——她猜到什么了。他转过身去，看到克拉丽莎又站在了那里。她是回来找自己的。她的宽容，她的好意，实在让他深深感动。

“快来啊，”她说。“他们都在那里等着呢。”

他觉得他的一生里从来都没有像现在这样幸福过！他们竟然一个字也没有说就和好了。他们走到了湖边。他过了非常幸福的二十分钟。她说话的声音，她笑起来的样子，她穿着的衣服（随风飘动着，白色跟深红色的），她的活泼，她的大胆探险。她让大家都离开船上岸去，然后到岛上探险一番。她吓到了一只大母鸡。她哈哈大笑，她欢声高歌。但是在这段时间里，他也十分清醒，他知道达洛薇正在爱上她，她也正在爱上达洛薇。但是这似乎没有什么关系，什么都没有关系了。他们——他和克拉丽莎坐在地上聊天。他们自然而然地就知道了彼此的想法。但是只是一瞬间，这样的状态就中断了。上船返回的时候，他眼光呆滞，毫不怨恨地对自己说："她会跟那个男人结婚的，事情太明显不过了。达洛薇也会娶克拉丽莎。"

达洛薇摇着桨把他们带回到岸边。他一句话也没有说。但是他们看着他跳上了自行车，沿着院子里的小路摇摇晃晃地骑走，挥挥手渐渐远去后，他穿越了树林二十英里的路程，也不知道怎样地，像是本能一样强烈地剧烈地感受到了这一些。那个夜晚，那段浪漫，克拉丽莎。他值得拥有她的。

至于他自己，却显得特别可笑。他对克拉丽莎的要求（他现在终于明白了）实在是太可笑了。他一直在要求着不可能的事情。然后又开始大吵大闹。如果他不这么可笑，可能她也会接受他的。萨利是这样想的。那一整个夏天，她都在给他写很长很长的信。她们怎样谈起她，她怎样夸赞她，克拉丽莎怎样嚎啕大哭！那确实是一个特别不一样的夏天——书信，争吵，电报！他清早就来到了波顿，在附近兴致勃勃地到处游荡直到仆人起床。早餐的时候可怕地和老帕里先生单独相对，海伦娜姑母虽然有点恐怖，也是一片好心。萨利要把他带去卷心菜园谈话。克拉丽莎感染了头痛的毛病，卧床不起。

最后的场景。那一次是他觉得是他一生之中最重要的一次争吵（可能是有点夸张——但是就是今天看了，也依然是这样）。那是发生在下午三点钟的时候，那一天非常非常的热。其实也不过是以为一件不足挂齿的小事——就是午饭的时候萨利说到了达洛薇，称他“其实我的名字叫达洛薇”；但是克拉丽莎听完之后身体忽然一僵，脸也憋得通红，然后以她特有的方式大声地说“你这样没意思的笑话我们可是已经听够了”。就是这么一句，但是对他来说，那简直就好像她直接地说，“其实我也不过是跟你玩玩而已，我跟李察·达洛薇之间才存在着真正的默契呢。”他就是这样理解的。他一连几个晚上都没有办法睡觉。“这件事总得要解决啊，”他对自己说。他让萨利给她带了一封信，约她三点钟在喷水池旁边见。信的末尾他草草写着，“因为一件重要的事情”。

喷水池在矮小的灌木丛的中间，离房子远远的，灌木丛跟小树围绕着周围。她到的时候，时间尚早，然后她们就这样站在喷泉的两旁。喷头（已经坏了），所以不断在滴着水。景色固定在人的脑海里，牢牢稳靠。譬如说，那一片草绿色的青苔。

她一动不动，他则反反复复地说：“告诉我吧，告诉我真相。”他觉得自己前额都要爆炸掉了。她好像缩在一起，呆呆地僵持站着。她一动不动。“告诉我吧。”他又重复了一遍。这个时候那个布雷科普夫老头子忽然间拿着《泰晤士报》把头伸了出来，看了他们一眼，然后目瞪口呆地走开了。他们谁也没有动。“告诉我吧。”他又重复地说。他觉得自己好像在跟一样坚硬质地的东西相磨，她毫不退缩。她就像一块铁，像是燧石，僵直着后背。当时她说，“不行了，没有了。我们之间要结束了”的时候——他的眼泪顺着脸颊往下淌。好像说了好几个小时的话，他就站在那里，像是被她打了一个耳光。她转身离开了，离开他了。不回来了。

“克拉丽莎！”他大声喊着。“克拉丽莎！”但是她没有再转过头，然后回来他的身边。结束了，什么都结束了。那天晚上他就离开了，他没有再看见过她一面。

实在是太恐怖了，他哭喊着，太恐怖了，太恐怖了！

但是，太阳还是仍然炽热。人也还是仍然能够在伤痛里痊愈。生活也还是仍然按着它自己的方式过着。仍然是这样啊，他想着，一边打着哈欠，并且开始注意周围——从他还是一个小孩，到现在摄政公园也仍然是这个样子，除了那些小松鼠。仍然是这样啊，这样想来，什么事情都是会有相得的补偿吧。这个时候，一直在捡着鹅卵石，后来又加入到她和哥哥手机在孩童房壁炉台上面的鹅卵石堆上的小爱丽思·米切尔，忽然间把小石头放在保姆的膝盖上。然后一个又一个地叠了起来，直到它们实在是太多了，不自觉地滑倒在了一位女士的腿上。皮特·沃尔殊不禁大笑起来。

可是路克瑞其娅·沃伦·史密斯，在这个时候，正在跟自己说着什么话。她的话语有点邪恶：为什么就我是应该受苦受难的呢？她一边沿着一条更宽一点的小道走过去，一边自己问着自己。不行。我再也不能忍受了，她说道。她已经从瑟普提姆斯的身边走开，他已经不再是瑟普提姆斯了，他现在坐在那张椅子上自说自话，跟一个死人说着话，但却竟然能够说出这样冷酷无情又恶毒的话来。这个时候，有一个小孩跑了过来跟她撞了个正着，然后摔倒在地上，哇哇大哭起来。

她想心里却因此而受到了抚慰。她扶起了小孩，帮她掸了掸身上的灰尘，然后亲了她一下。

但就她本身而言，她没有错。她曾经是那么地爱瑟普提姆斯啊，也曾经感觉到那么地幸福。她有过一个很漂亮的家，她的好姐妹仍然还在那里住。她一边整理着帽子，一边想着，为什么就她应该受这些苦呢？

那个小孩跑回到保姆的身旁，瑞琪亚看到保姆在训斥她、安慰她，然后放下手里编织着的毛衣，抱了她出来。尔后，那个看上去慈眉善目的男人打开她的怀表里哄着她。但是为什么，就只有她没有任何一个人来保护呢？为什么她不留在家里呢？为什么她要受这样的折磨呢？为什么！？

她的眼泪毫无征兆地流了下来。保姆，穿着灰色衣服的男人，婴儿车，都在她眼前轻轻地晃动着。她好像命中注定就要被这样一个狠毒的有虐待倾向的人摆布着。但是这是为什么呢？她就好像是一只只能躲在树叶浅处的小鸟，当树叶因为风的吹过而晃动的时候，它就会惊而跃起，甚至，连一根枯枝的断折，都能够让她吃惊。她就是这样，孤立无援，被一个冷漠的世界里的大树和厚云层紧紧包围，却得不到一点点的依靠跟保护，反而受尽了折磨。为什么她就应该受这些苦呢？为什么呢？

她紧紧地皱起了眉头，愤然地跺着脚。但是她必须立刻回到瑟普提姆斯的身边去，因为现在已经是时候要去威廉·布拉肖伯爵的家里去了。她一定要走回去跟他说，回到他坐着的绿树下面。他还是在自言自语，或者跟那个死去了的埃文斯说话。她也不过只在一家商店里匆匆见过埃文斯一次。他看上去就像是一个温柔而且会让人感到愉悦的人，也是瑟普提姆斯的好朋友，不过在战争中牺牲了。但是每个人都会遇到这样的事情的，每个人都会有朋友在战争中牺牲。每个人在结婚的时候也一定要放弃什么，而她就放弃了自己的家，来到这个无聊糟糕的城市里住。但是瑟普提姆斯却任由自己去想这样可怕的事情。如果她也去试一试，也会变成这个样子的。他变了，越来越奇怪。他说有人在房间的墙壁后面说话。菲尔摩太太（Mrs. Filmer）也觉得他太奇怪了。他还会产生幻觉——他说他见到蕨树里一个老太太的脑袋。但是只要他愿意，他也是可以很快乐的。他们坐在双层巴士的顶层去汉普顿宫里去玩，那一次他们就很快乐啊。草地上面开满了红色的黄色的小花，他说这些花儿很像漂浮的小灯，他说着笑着，跟她说着故事。忽然他说："现在到我们自杀的时间了。"那时候他们站在河岸边，他看着脚下的河水，那个表情她曾经看到过，当火车或者巴士在他面前经过的时候，他就会露出那样的表情。她觉得他要离开她了，就一下子紧抓住他的胳膊。可是在回家的时候，他却显得非常安静，而且理智。他会跟她讨论着自杀的事情，解释着说人是很邪恶的。当他们走在马路上湿乎乎的，他有办法看得出他们是在说谎。他了解他们的所有想法，他说，他什么都明白，他也清楚世界的意义。

可是回到家之后，他几乎连走都走不动了。他摊躺在沙发上，随她牵着他的手，阻止他往下掉。要掉下了，掉到火海里了！他大声喊着。他看到墙壁上有好多张脸，他们都在嘲笑着他，用恶毒又令人恶心的话讪骂着他，很多手在纱窗外对他指指点点。但是实际上，一个人都没有。可是他开始很大声地说着什么，回答着什么人，争论着什么事情，然后又笑又哭，非常激动，还要她将这一切都记录起来。都是些胡说八道的事情！关于死亡，关于伊莎贝尔·波尔小姐的事情。她再也没有办法忍受了，她想要回家，自己的家。

她现在离他很近，能够看到他双手紧握着，看着天空自言自语。但是霍斯医生说他没有病。那么他究竟是怎么回事？——他为什么要走开，为什么在她挨着他坐下的时候他会受惊地跳起来，为什么对他皱眉头，挪开了身子，指着她的手，然后捧起来恐怖地看着呢？

因为她脱下了结婚戒指吗？“我的手太瘦了。”她说，“我把戒指放在我的钱包里面。”

他甩开了她的手。他们的婚姻要结束了，他痛苦却又觉得轻松。牵绊之绳已经被割断，他跨上了马。他自由了，就像上天本就决定的那样，他自由了，瑟普提姆斯，人类的帝王，是应该获得自由的。孑然一人（既然妻子已经脱下了结婚戒指，既然她已经要离开他了），他瑟普提姆斯孑然一人，一马当先地去聆听真理，领悟真谛，现在，终于可以在建筑文明的一切努力之后——希腊人，罗马人，莎士比亚，达尔文，而现在，是他自己——将要完整地赠予……“但是赠予谁？”他大声问道。“赠予首相。”他的头上有个声音在沙沙低语。这一项绝密的事情一定要向内阁报告。首先，树木都要活着；然后，杜绝犯罪；还有爱，满世界的爱。他气喘吁吁，喃喃自语，痛苦而艰难地说出了这样深刻的道理。它们多么深奥而晦涩啊，需要多大的努力才能说出来？但是它们将会彻彻底底地改变这个世界。

杜绝犯罪，去爱。他重复着，一边还摸索着要找他的笔和纸片。这个时候，一只短腿长毛的小狗在他的裤子边嗅了嗅。他又吓了一大跳，惊得生怕。它在变成一个人！不行！他不能任由这种事情发生！看着一只狗变成一个人实在是太恐怖太可怕了！但那只狗马上就跑开了。

上帝是仁慈的，而且心胸无比宽厚。它宽恕了他，宽恕了他的缺点。但是如何科学地解释呢（因为人首先必须要讲究科学）？他为什么能够透视肉体，还能看到未来，看到一只狗变成一个人呢？想来是热浪在一个经历了千万年的进化而变得更加敏感的大脑上起了什么作用罢了。科学地解释便是，肉体会从世界上慢慢消失。他的身体将会受到溶解，最后只剩下纤细的神经纤维，像一块纱一样延展在石头上。

他的身体靠在椅子背上，筋疲力尽却又受到了鼓舞。他靠在那里休息，等着下一次费力而痛苦地跟别人作解释。他像是高高地躺在世界最高的地方。大地就在他的身子底下颤抖着。艳红色的花朵穿过了他的身体绽放着，它们的叶子在他的脑袋旁边沙沙而响。音乐开始跟高高耸立于此地的岩石发生了碰撞，发出了铿锵之声。只是下面街道的汽车喇叭声啊，他嘟哝着。但是在这样的高处，这个声音跟岩石一同鸣响，分开又汇聚，形成音波，形成平滑的圆柱体缓缓而升（音乐竟然还能够以这样的形态被人而见，真是一个新鲜的发现），形成一首圣歌。这时，圣歌跟牧羊人的笛声交响在了一起（其实不过是酒店门外一个老头在吹着六孔锡笛，他嘟哝着）。牧童在不动的时候，音乐却从他的笛子里喷涌而出，后来，当他攀得越来越高的时候，笛声优美动人，如泣如诉，而车子就在下面来来往往。这个牧童在车子来往的声响中吹着他的哀歌，瑟普提姆斯想着。现在他已经退到铺满雪的高原中，玫瑰也高高地在周围挂着——他提醒着自己，那是我房间墙壁上长着的密密麻麻的红玫瑰啊。音乐停止了。他也明白了，他得到了一个便士，向另外一个酒店走去了。

可是他自己却还待在高高耸立着的岩石上，就像一个淹死了的水手被海水冲到岸边的石头上一样。我把身子探向船外，后来就掉到海里了，他想，我沉入了海底。我曾经死过一次，但是现在又活了下来，可是，让我再休息吧，他乞求着（他又在喃喃自语了——好可怕，真的好可怕），就像是一个睡得很香甜的人在醒来之前，啾啾鸣着的鸟声和嗡嗡的车声所形成的异常和谐的响声越来越大，让他感到他自己就像被吸引到了生命的岸边，瑟普提姆斯感到自己如这般被引向生活。太阳变得越来越热，呼喊声越来越响，好像要有什么重要的事情发生了。

他要睁开双眼了，可是他的眼皮上像是有千万斤的东西压着。是恐惧，是恐惧在压着。他用尽自己的所有力气挣扎着，最终睁开了双眼：他看到眼前的摄政公园。像一条彩带一样拖着长长的尾巴，阳光在他的脚边嬉闹着。树木随风而舞。世界好像在说着：我们欢迎着，接受着，还有创造着。好美啊，世界好像在说。好像是为了证明这一点（用科学的角度），无论是他在看房子，看栏杆，还是看栅栏里把头探出来的羚羊，美都会立刻出现。看着树叶随风摇曳舞动是一种极致的乐趣。高空上的燕子扑扇着翅膀，急转弯，快来快去，一圈圈地，但始终把速度控制得刚刚好，就像被一根松紧带拴着制约着它们一样。苍蝇飞来飞去，上去了又落下来。阳光在肆意地玩耍，时不时把光电投射在树叶上，这片，那片，然后以愉悦的心情将温柔的阳光照得闪闪发亮。某一种钟声（但也可能是汽车的喇叭）在草苗间美妙地奏起——这一切虽然安静，却不张扬，虽然是由最普通的东西构成的，却是永恒的真理。美丽就是永恒的真理啊。美，是无所不在的。

“够时间了。”瑞琪亚说。

“时间”这个词冲破了它的甲壳，将自己的宝藏倾倒在他的身上。坚实的，洁白的，不朽的词语在他的嘴边自动说了出来，好像是炮弹，好像是从飞机上掉下来的刨花。它们飞到了时间的颂歌里，小小的却不朽的时光颂歌里，占据了它们的一席之地。他不禁唱起歌来，埃文斯在树的后面也附和着唱了起来。埃文斯唱道：死去的人，现在都在色萨利[①]的

① 色萨利：希腊北部一地区。——译者注

幽兰里。他们在那里等着战争的结束，而现在死者跟埃文斯他自己——

“看在上帝的分儿上，不要过来！”瑟普提姆斯大声喊着。因为他还没有办法去面对这些死去的人。

但是那些枝条渐渐分了开来，一个穿着灰色衣服的男人，真的朝着他们走来。是埃文斯！但是他的身体没有被泥巴沾染着，也没有伤口。他还是以前的那个样子。我要告诉其他人！瑟普提姆斯说，还举起了他的手（当穿着灰色衣服的死者走得越来越近的时候），像是一个双手紧紧抱着额头，脸上刻满绝望的沟壑，千百年来孑然在沙漠中感叹着人类悲惨命运的巨人。现在，他看到了沙漠尽头出现的光，那道光慢慢扩散开来，照在那个黑色的影子上（瑟普提姆斯从椅子上弯着身体站起来）。他背后倒下了千百万人悼念着的巨人们，他的脸上在一瞬间表现出他能接受的表情——

“但是我过得很不快乐啊，瑟普提姆斯。”瑞琪亚说，她尝试让他坐下来。

这千百万人在悲伤地叹息着，千百万年来，他们一直都在悲叹着。他要转过身去，然后告诉他们，只要再过一会儿，他就要告诉他们这样一种宽慰的感觉，这样的快乐，这样让人吃惊的暗示——

“几点了，瑟普提姆斯，”瑞琪亚又问了一遍，“现在几点钟了？”

他在说话，他大吃一惊。这个男人肯定是注意到他了。他在看着她们。

“我一会儿会告诉你时间的。”瑟普提姆斯用非常缓慢的语速昏沉地说着，脸上还带着神神秘秘的微笑。他坐在那里，向身穿着灰色衣服的死者笑着的时候，一刻钟报时的时候到了，报时声想起来了——还有一刻，就十二点了。

年轻的人就是这样啊，皮特·沃尔殊在他们身边走过的时候心里想着。一个上午就这样争吵着过去了，那个时候，可怜的姑娘看上去真的是绝望极了。但是为什么要争吵呢？他在思忖着，那个穿着大衣的年轻人对她说了什么，会让她的脸上出现那样的表情呢？他们把自己带进去一个那么可怖的困境啊，在这样一个晴朗的上午，这两个人看上去竟然显得如此的绝望无助。在离开英国五年之后再回到这里，有趣的是这一切的事情都变得像是前所未见一般，至少在第一天时，是这样的。恋人在树下吵闹着，公园里到处都是人们携家带眷玩耍着的景象。他从来没有看见过这样迷人温柔的伦敦——柔和的远观，多姿多彩，青草油油，人们的文明生活。特别是经过了在印度的生活之后，他信步穿过草地，心里想着。

毫无疑问，容易受自己的想法支配是他的致命缺点。在他的这个年纪，还会跟一个年轻人一样情绪无常，毫无缘由地时好时坏。一张漂亮的脸蛋会让他觉得快乐，看到一个肮脏邋遢的女人又会让他觉得痛苦不堪。那当然，在印度生活之后，他相信每一个人都会爱上每一个遇见的女人。她们的身体环绕着清香的气息，就算是最贫穷的女人，也不可否认的比五年前穿得更好看。如他所见，潮流顶端的服装搭配也从来没有比现在这样随意的搭配好看：黑色的长款斗篷，苗条的身材，优雅的气质，还有习惯性地化着的令人赏心悦目的妆容。每一个女人，就算是身份地位都高高在上的女人，脸颊都如温室里盛开着的玫瑰花，嘴唇都像是玉琢而成的一般，蜷曲的头发黑得跟墨汁一样。到处都像是精妙的设计跟艺美的加工。这是可以肯定的，他们发生了什么变化。这些年轻人都在想些什么呢？皮特·沃尔殊在自己问着自己。

那五年的时间——1918年到1923年——某些缘故的关系，是非常重要的五年，他想着。人们看上去已经不一样了，报纸也似乎改变了版式。譬如说，现在有一个人在一家正经的周刊上都能够公开谈论着抽水马桶。十年前是不可以这样做的——像这样，在一家正经的报刊上公然说着抽水马桶。还有在大庭广众之下拿出粉底跟口红来化妆，都是不可以这样做的。在回英国的船上，有好多的年轻男女——他对贝蒂跟伯蒂的印象尤为深刻——公开地调情。一个老母亲，坐在一边织着毛衣，泰然自若地看着他们。那个女生就这样站着，一动也不动，在众人面前用粉扑化妆。可是他们甚至还没有结婚，只是开开心心地在一起玩耍而已，也不伤害到对方的感情。她根本就不会顾及其他人——那个好像叫贝蒂的女生，但是她是一个好人。到了三十岁的时候，她肯定会成为一个很好的妻子的——她觉得喜欢的时候，她肯定会结婚的。嫁一个有钱人，然后在曼彻斯特附近的一间大宅里安顿下来。

让我想想，是谁想要这样做来着？皮特·沃尔殊想着，一边转弯走上了大路。——嫁一个有钱人，然后在曼彻斯特附近的一间大宅里安顿下来？这肯定是一个最近才给他写信的人，信的篇幅很长，到处洋溢着热情，还骄傲地谈论着她的“蓝色绣球花”。肯定是这个人。他在看到“蓝色的绣球花”才想到她、还有过去的日子——当然是萨利·瑟顿！是萨利·瑟顿——真的怎样都想不到她会嫁给一个有钱人，然后住在曼彻斯特附近的一间大宅里，那个浪漫又任性，性格冒失的萨利！

但是在所有的那些老朋友之中，在克拉丽莎的朋友之中——维特布莱特一家，金得利一家，坎宁汉一家，金洛克·琼斯一家里——萨利大概已经是最好的一个了。至少她还会对于事物力争公平，至少，在克拉丽莎跟其他的人都在赞赏着晓治·维特布莱特时，萨利就已经看透他了，那位让人景仰的晓治。

“维特布莱特家的人？”他仍然能够听到她在说，“他们是谁？贩卖煤炭的商人。真是让人可敬的卖家。”

因为某种原因，她很讨厌晓治。她说他喜欢的就是自己的外表。他觉得自己应该要做一个公爵，肯定会娶某一个皇室公主为妻。但是不用多说的是，在皮特所知道的人里，晓治对英国贵族怀有最不寻常，最自然却最崇高的敬赏。就连克拉丽莎，也不能不去承认这一点。唉，但是他那么可爱啊，而且无私。为了让自己的妈妈高兴而放弃了捕猎——还记得姑母们的生日，还有好多的事情，列举不过来。

公平地说，萨利已经看透了这一切。那件事情他记得清清楚楚——那是一个星期日上午，在伯顿开展的一场关于女权的争论（还是那个古老的题目），萨利忽然间大发脾气，怒气冲冲地说晓治代表了应该是中产阶级生活里最令人憎恶的一切。她对他说，她认为他对“皮卡迪利大街上那些可怜的女生”的所有状况都应该肩负起责任——晓治，这位堂堂正正的绅士，可怜的晓治！——听到这句话的时候，没有任何一个男人会比他自己更来得震惊。后来她说，她是故意这样做的（因为他们经常在菜园里见面，然后交换着彼此的看法）。“他又不看书，又不想问题，连感觉到都没有，”他到现在都似乎能够听到她用强硬的语气说着这样的话，她的声音比她想象的传得更远。她说，小马倌都比他更活泼。他就是英国学校造就出来的十足例子。没有其他的国家，只有英国才能够把他制造出来。也不知道究竟所为何事，她对他有满满的怨气，像是心里梗着的一根刺。大概是在吸烟区里发生过什么事情吧——可是他记不清楚了，他羞辱了她——是不是亲吻了她呢？真是太难置信了！当然，没有谁相信关于晓治的任何坏话。谁又会相信呢？在吸烟区亲了萨利？如果是某一个尊贵的伊迪丝小姐说着是维奥莉特夫人，这倒还是有可能的。但是绝不会是那个一分钱也没有但又在蒙特卡洛染上赌瘾的爸妈，穿着平凡的萨利。因为在皮特所认识的人里面，晓治是最势利的一个，最懂得巴结逢迎的一个——不，他也不是完全只会卑躬屈膝的，他本就自命不凡，所以不会完全地阿谀奉承的。可是很明显，把他比喻成一流的贴身男仆肯定是最合适的了——一个跟在主人后面提着箱子的人，你还可以让他去发电报——真是女主人不可缺少的好助手啊。而他现在也找到了他的职责——娶了贵族小姐伊芙玲为妻，在宫廷里也谋到了一官半职，做一个小小的差使，照料着国王的酒窖，还负责擦皇家的鞋扣，穿着制服短裤跟带着花边和饰带的衣服当差。生活可真是无情啊！在宫廷里担任着小小的差使。

晓治娶的这位小姐，尊敬的伊芙玲女士，他想他们可能就住在附近吧（他看了一下能够俯瞰公园的那些奢华的大宅），因为有一次他曾经在那里的某间大宅里吃午饭。晓治的这所大宅里的东西，跟他其他的一切一样，在晓治的心中都是不存在的——可能是放着床单，桌布或者其他亚麻布编织的东西的柜子。你一定要亲自去看看才行——不管是什么东西，你一定要花上很多很多的时间去赞美，这样才可以——亚麻布制的柜子，枕头套，旧的木质家具，画，等等的这些，都是晓治捡便宜买回来的。但是有的时候，晓治的太太会露出破绽来。她是那种平凡又胆小如鼠的瘦弱女人，一向倾慕个子高大的男人。她几乎无足轻重。但是她有时候会忽然说出什么出人意料的话语来——而且，还挺尖刻的。她可能还残留着一些贵族的派头。锅炉用的煤的气味对她来说太刺鼻了——它让空气变得混浊起来。总之他们肯定就住在那里，跟他们的亚麻布制成的柜子，他们的名家画作，他们镶着花边的枕头套一起，凭着一年大约五千或者一万英镑收入的过着生活。而他自己呢，比晓治还大上两岁，现在却还在找着工作。

在他这样五十三岁的年纪，还要去求他们在秘书室里给他安排一份工作，或者给他找个教小孩拉丁文的助教的工作，但这还要听从办公室里某一个官吏的安排，这样他一年可能还能挣上个五百英镑。但是如果他和黛丝结婚，就算加上他的那些退休金，如果收入少于这个数，还是无法维持生活。维特布莱特可能可以帮他，或者是达洛薇。求达洛薇做一些什么事他也不会在乎的。他是一个很老实的好人，死脑筋，思维局限。事实也是这样，但他却是一个很老实的好人。无论做什么事情，他都以同样讲究实际却又理智冷静的态度去看待，不带丝毫的想象，也不带灵感的火花，但却带有他这样的人特有的，难以去解释的细心跟慎重。其实他更应该去做一个乡官——参政对于他来说真是太浪费了。在户外遛狗弄马才是他最适合的生活——譬如说，有一次克拉丽莎的长毛狗掉进了陷阱里面，一只爪子都快要被撕裂了，克拉丽莎急得晕了过去。剩下的事情都是达洛薇处理的：包扎，用夹板固定，还说克拉丽莎傻瓜。或许这些是她喜欢他的原因——她需要的只是“好了好了，亲爱的，真是个傻瓜，抓紧这个拉着就好了”，然后对着那只狗说着什么，好像它真的是个人一样。

可是她真的不能忍受他关于诗歌的那套言论。她又怎么能任由他说着莎士比亚的什么呢？李察·达洛薇很严肃又一本正经地站着，说，任何正派的人都不应该读莎士比亚的诗歌的，因为那就像凑上门板上偷听一样（再说，他也不认同里面写的那些关系）。正经的男人都不应该允许妻子去探望死去的已婚女人的姐妹。简直难以置信！唯一的办法是向他丢糖衣果仁——那个时候他们正在吃晚饭。开始克拉丽莎却全部都认真听进去了，她觉得他是一个诚实的人，老实又有主见。天啊，如果她不认为他是她所认识的最有见解的人，那才是奇怪的事情。

这是使他和萨利连接起来的一条纽带。那里有一个花园，他们常常去那里散步。围墙高高地把花园围住，里面有很多玫瑰花跟硕大的花椰菜——他仍然记得萨利一边摘下一朵玫瑰，停下脚步赞美着月光写的甘蓝叶子是多美啊（他这么多年来都没有再回忆起的事情此刻竟然如此生动地展现了出来，真奇怪啊），然后一边恳求着他，当然是用半开玩笑的语气说，快点把克拉丽莎抢走吧，免得他落入晓治和达洛薇或者是其他“完美的绅士们”的手中，他们会“让她的灵魂窒息”（那段时间萨利写了好多的诗歌），然后把她变成一个家庭主妇，鼓吹着要她发展世故的为人之道。对克拉丽莎也应该要说句公道话，无论如何，她都不会嫁给晓治的。因为她非常了解自己想要得到的东西是什么。她的感情只是很表面的一部分，在她的内心深处，都是她精明的算计。譬如说，在判断别人的性格上，她就比萨利要强得多，但这一切都纯属女人的本能。她很有天赋，女人的天赋，无论她在哪里，她都能自己创造一片属于自己的小天地来。她走到了一个房间里面，站在门口的地方，周围总是簇拥着很多很多的人，就好像他平常能够见到的那样。但是人们却能够记住这样的克拉丽莎。并不是因为她有惊鸿之貌，她长得也不算漂亮；也没有什么别致的地方，她也从来没有过什么聪明才智妙语连珠。可是她就存在于你的心里，总是存在于那里。

不，不能，不要这样！他已经不爱她了！他只是在上午看到她拿着剪刀针线，还有为宴会而忙碌做着准备之后，才会觉得难以控制地想到她。她一直回荡在他的脑海里，就好像是火车厢里睡着了的陌生人不断撞到他的身上一样。但这当然并不是代表着爱情，他只是想到了她，然后对她作出什么评论，或者说，在三十年后又再次想要去解释她。可是他很明显地发现，她变得世故了。她太重视身份地位，上流社会，还有所谓的成功。在某些意义上说这是事实，她也曾对他承认了这一点（如果你不怕麻烦的话，总可以让她承认事实的，她还算是一个诚实的人）。她说过她很讨厌顽固保守而且失败的人，想来可能就是在说他这样的人吧。她也认为人是没有任何权利可以把双手插在口袋里然后悠悠闲闲地虚度光阴的。人是应该要去做一些什么事情，然后争取成为成功者。在她的客厅里你可能会遇到那些有头有脸的人，公爵夫人，或者是满头白发的伯爵夫人，他觉得她们实在是远超过任何有价值的事物。而对于她来说，他们却是某一种存在，而且是真实存在着的。有一次克拉丽莎说，贝克斯波罗夫人的身体挺得很直（其实克拉丽莎她自己也是这样，她从来就不会去依傍着什么而立；直得像跟标枪一样，事实上她直得好像都有点僵硬了）。她说，她们都有一种勇气，她越老就会越去敬佩这样的勇气。但是这里面当然有很多都只是达洛薇的观点。热心的公益活动，大英帝国，税务改革，统治阶级的精神层面，等等，都能对她产生日益加深的影响，这也当然是必然的趋势。她的智商很高，是他的两倍，可还是必须要透过他的眼睛去看事情——这就是婚姻生活里的悲哀啊。她有自己的观点，可是她还是必须要去引用李察的话——好像你在早上读过了《晨邮报》之后，还不能一丝不差地去了解李察的想法。这些聚会，譬如说，就是为了他才去举办的，或者说是为了她想象的他而举办的（但老实说，李察更喜欢在诺福克做农活）。她把她自己的客厅装扮成了聚会的地方，在这一个方面她确实也是一个天才。他曾经多少次看到她将一些乳臭未干的孩子保护在她的羽翼之下，然后折腾着他们，让他们觉醒，继续踏上人生之途。当然，也确实有这么多枯燥无味的人聚集在她的身旁。但是，也是会有一些你想象不到的天才人物：有时候会是一个艺术家，有时候会是一个作家。但他们在那样的气氛之中明显的格格不入，因为这一切的背后是完整而庞大的社交网：登门造访，互留名片，亲切对人，带着鲜花礼物四处奔走。什么人要去法国——还需要一个气垫，这还真是让她伤脑筋。像她这样的女人应该时时刻刻保持着这些无休无止的交往，但是她确实是出自真心地做着的，这些都是本能驱使她去做的。

奇怪的是，她是他所认识的人里面，彻彻底底地坚持无神论，可能（这是他以前捏造出来用以解释她的理由，她在某些方面如此透明，在另一些方面又却难以理解），可能她曾经对自己说，既然我们已经是同一条沉船上锁在一起的人，是注定要灭亡的民族（她小时候最喜欢读赫胥黎[①]跟廷德尔[②]，他们的作品都爱用航海方面的比喻）既然这一切都是蹩

① 赫胥黎（1825—1895）：托马斯·亨利·赫胥黎。英国生物学家，达尔文主义者。——译者注

② 廷德尔（1820—1893）：英国物理学家。——译者注

脚的玩笑，那么至少我们也要出我们的一份力，减轻我们朋友的苦痛（又是赫胥黎的风格）。用美丽的花朵跟气垫尽量地装饰，我们还能活得更体面一些。那些凶残的人们，那些神明，都不可以让他们胡作非为——她想，那些神明就算是从来都不肯放弃任何一个可以伤害，破坏跟糟蹋人命的机会，但你也要变现得像一个有教养的淑女，它们看到后士气就会锐减。她的这个心态，是塞维亚死了之后出现的那些可怕的事情。眼睁睁地看着自己的亲姐妹被一棵倒下的树砸死（但这是贾斯汀·帕里的错，因为他太粗心了），也确实会让人充满对世间的愤恨的。克拉丽莎总说，那是一个将会步入生活的少女，也是姐妹中最有天赋的一个。后来克拉丽莎可能就没有这么绝对了，她认为这个世界上是没有神明的，谁都不能去怪责。所以她渐渐地就形成了这种无神论的信仰，行而为善。

当然她也享受着她的生活，过得很愉快。她天生就是享受快乐的人（虽然说，上帝才知道她有含蓄内敛的一面，但就算是他，也常常觉得，在这么多年之后，对克拉丽莎的了解都太过于粗线条？）总而言之，她现在也没有怨气，但也没有好女人身上的那一种让人觉得厌烦的道德，反正她什么也都喜欢。如果你跟她一起在海德公园散步，她会赞美花坛里的郁金香，也会赞美童年时期的孩子，还会忽然间给你编出一个好笑的故事来。（如果她看到一对恋人，觉得他们不怎样开心，她也很有可能会过去跟他们谈谈心。）她有很强的喜剧天赋，可是也需要人，永远都需要有别人在，她才能够发挥出来。但结果却往往是她无休无止地举办着宴会，说一些没有任何意义的话，说一些言不由衷的话，不仅把自己的时间都浪费掉，而且还让她的头脑迟钝，丧失了分辨的能力。

她坐在餐桌的主人位置上，费尽心机地跟每一个可能对达洛薇有帮助的人聊天——他们认识整个欧洲最让人厌烦的人。或者是当伊丽莎白进来的时候，什么都以她为中心。她还在读中学，上次皮特去到她的家时，她还正处于不爱跟人打交道的年纪。她长着一双圆圆的眼睛，脸色苍白而且不善言辞，是一个木讷的姑娘，跟她的妈妈一点都不像。她理所当然地接受着一切，听由着妈妈对她体贴入微的祝福，然后如一个四岁的小孩应一声："那我现在可以走了不？"于是克拉丽莎解释道，她要去打曲棍球，语气里还带着高兴和骄傲，这种感情就像是达洛薇夫人在她的灵魂里焕发起来的。想来，现在伊丽莎白也该是要参加"正式"社交活动的年纪了，她会把他当成一个老顽固，还会笑话她妈妈的朋友们。但是，唉，随她吧。皮特·沃尔殊拿着帽子走出了摄政公园。他想，人老了，所能得到的莫过于热情如旧，但是却只能获得，或者说最终获得了能够给生存添加情趣的那些力量。珍惜生活中的体验，并由此而慢慢地提高品味。

想要去坦白承认，但这又太可怕了（他又戴上了帽子），但是现在，他已经五十三岁了，身边已经不再过于渴望有什么人陪伴了。生活本身，它里面的时时刻刻，一点一滴，此时此地，在阳光之下的现在，在摄政公园，就这样，已经足够了。但是实际上，已经有太多东西了。他已经获得了这样的一种力量，去品味生活里的情趣，去吸收点点滴滴里的快乐，去体会每一样东西里所包含着的细碎的含义。太多东西要做了，就算用尽一生的时间，都不够。但是这两样东西都太实在了，相比之下个人色彩在里面充当的角色要少得多。以后，他再也不可能感到克拉丽莎曾经给予他的痛苦了。他会不停地（感激上帝，但又要提防不被别人偷听到！），不停地做着自己的事情，然后不去想起黛丝。那是不是因为他想起以前的痛苦跟折磨，还有让人惊讶的热情而爱上了黛丝呢？但是这一次是不一样的——要快乐得多——当然，现在是她爱上了他。或许这就是为什么当轮船起航的时候，他竟然会感到极大的安心，只想要自己一个人待着。但在船舱里看着她对自己献小殷勤——雪茄，便签，旅游用的小毛毯的时候——竟然感到生气。任何一个诚实的人都会说：五十岁之后就不再需要什么人陪伴了。他也不想在继续对什么女人说她们长得很漂亮，大多数到了五十岁之后的人，如果他们是老实人，也会这样说的，皮特·沃尔殊想。

但是这种让人觉得惊奇的感情忽然发作起来——就像是今天下午突如其来的泪流满面，究竟是怎么回事呢？克拉丽莎又会怎么想呢？可能会认为他是一个傻瓜吧，而且应该还不会是第一次这样想了。但是这根本就是因为嫉妒啊——皮特·沃尔殊拿着小折刀，伸直了胳膊，想着：嫉妒是人类唯一不会消失的一种感情。黛丝在她新寄来的一封信里说她最近常常和奥德少校见面；他知道这是故意说给他听的；因为她想让他嫉妒。他可以想象出她写信的时候紧紧皱着眉头，一边还思考着要怎样写才能够伤害到他，但是这没有用。他很生气！来英国找律师这一些折腾并非为了和她结婚，他只是为了防止她嫁给别人。折磨他的只是这一点，当他看到克拉丽莎这么平静，这么冷漠，只是专注在缝补她的裙子什么的时候，心里想到的也只是这一点。他意识到她本来可以让他免受这一切折磨与痛苦，可以意识到是她把他变成这个样子的——一个神神经经的老傻瓜。但是女人啊，他把折刀合上了，想道，都不知道什么是激情。她们只知道激情这样东西对男人来说意味着什么。克拉丽莎的性格跟冰一样冷。她会坐在他旁边的沙发上，让他牵着她的手，然后给他一个吻——而他站在十字路口，犹豫不决。

忽然，他的思路被一个声音打断了。那是一个虚弱又颤抖的声音，不知从哪里来，没有力气，绵延不断，一直流淌出来，尖细而无力，没有任何人能理解它的意义：

咿嗯发嗯嗦

佛嘶吐咿噢——

这个声音难以分辨出年龄和性别，像是古老的泉水从地下喷出的声音。又好像是来自摄政公园地铁站对面一个高大的，发抖着的模糊形象，像是一个漏斗，又像是一个锈泵，更像是一棵被风吹打得片叶无存的树，任凭风在它枯烂了的枝条间穿动着，唱着：

咿嗯发嗯嗦

佛嘶吐咿噢——

那树便在这永不歇止的风中舞动着，发出呜咽的声音跟哀悼的声音。

经过了这么多年——当人行道还是草地跟沼泽的时候，经过了长牙兽和长毛象出没的时代，经过了万籁俱寂的日出时代，那个精疲力竭的女人——因为她穿着裙子，所以应该是一个女人——裸露右手，左手紧紧贴在身边，站立着歌颂爱情——歌颂延续了百万年生命的爱情，攻无不破的爱情。她低声吟唱，想念着她死去已经多少个世纪的情人。他在几百万年前曾和她在五月天一起散着步。但是她还记得，随着长如夏昼，只有艳红如火的紫苑花在绽放着的岁月渐渐消逝，他离开了。巨大的死亡镰刀横着扫过高大的山峰，当她终于将自己花白又苍老的头放在已变成一堆冰碴的大地上时，她恳求着神明们能在她身边放上一束紫色的石楠花，放在她那个可以感受太阳的余辉的，温暖的于高岗之上的葬身处。因为那个时候，宇宙壮丽的庆典都将会成为过去。

当这样一首古老的歌，在摄政公园地铁站的对面淌水般清溢出来的时候，大地仍然鲜花盛开，到处一片郁郁葱葱的景象。虽然美妙的歌声来自这样荒芜的出口，只是地上的一个洞，而且还泥泞不堪，缠绕着树根和杂乱的小草，但是那首古老的汩汩流淌着的歌曲，却如同渗透了经过无尽的岁月交缠的根莲，渗透了枯萎的骨头和有一定历史的宝藏，形成了涓涓的细流，淌过人行道，沿着马里勒波恩街向尤斯顿街流去，在这样一片肥沃大地上，留下一片湿湿的痕迹。

脑海中还始终记得在某个远古的五月，她跟情人一起散着步。这个右手裸露着去乞讨铜板，左手紧贴身子的精疲力竭的老妇，这一台锈泵，一千万年以后都仍然会在那儿，回忆着她曾经在五月里以怎样的心情散步，而现在这里已经变成了一片江洋大海。至于她当时是和谁在一起散步，现在已经无关紧要了——那只是一个男人，对啊，没错，一个爱过她的男人。岁月的流淌已经使那个久远的五月天变得模糊了；那些花瓣鲜艳欲滴的花朵蒙上了一层银白色的霜，而变得一片灰白；当她恳求着他（就像她现在这样清晰地说着那样），“用你温柔的双眼热切地看着我的眼睛”的时候，她再也看不见了，再也看不见那双棕褐色的眼睛，黑色的络腮胡子或着晒得有点黑的脸孔。她看到的只是一个模糊的轮廓，一个影子，她以一个老人家所具有的如同小鸟般清新的声音，颤抖着唱道，“把你的手给我吧，让我把它轻轻牵着”（皮特·沃尔殊在坐进的士之前也情不自禁地给了这可怜的老妪一枚铜板），“如果有什么人看见了，那又有什么关系呢？”她问道。她的拳头紧紧贴在身上，微笑着，把那一枚硬币放进口袋，所有因为好奇而盯着她看的眼睛的动作似乎都消失了，过去的那一代代人都消失了——人行道上挤满了来来往往的中产阶级人士，就像是树叶一样，被人踩在脚下，被那永恒不绝的喷泉浸润着，然后变成沃土——

咿嗯发嗯嗦

佛嘶吐咿噢——

“真是一个可怜的老太婆。”瑞琪亚·沃伦·史密斯等着要过马路的时候说。

唉，真是一个可怜而且不幸的老太婆！

如果现在是一个下着雨的夜晚呢？如果你的父亲，或者是某一个在你过得不错的时候认识你的人刚好这时路过，看见你这一副穷途末路的穷酸样子，会怎样呢？她晚上又会在哪里睡觉呢？

那首经年不衰的歌曲欢乐地，几乎是轻快地像是农舍烟囱里的升起的袅袅炊烟盘旋着升在空中，升到山上的毛榉树丛上，化成一缕缕蓝烟，从树叶顶端的叶片中飘散开来。“如果真的有什么人看见了，那又有什么关系呢？”

因为雷齐娅已经连续很多个星期觉得很不开心了，她觉得这些发生这种事情都具有它们的特殊意义。有时她好想在街上看到某些面慈心善的好人就去拦住他们，然后对他们说："我过得好不开心啊”。但是听到这个老妪在街上唱“如果有什么人看见，那又有什么关系呢？”她突然相信，这一切东西都会好起来的。他们是时候要去见威廉·布拉德肖爵士了。他的名字很是好听，他还可以立刻把瑟普提姆斯的病治好。后来驶过了一辆酿酒厂的马车，拉着车的灰色的马尾巴上还沾着竖起来的稻草根，还有一张贴着剪报的牌子。她忽然觉得不开心真的是蠢而又蠢的想法。

瑟普提姆斯·沃伦·史密斯夫妇一起穿过了马路。究竟他们有什么东西能够吸引别人的注意呢？有什么东西会让路人们疑惑呢？是一个胸中装有世界上最伟大启示的年轻人呢，还是这个世界上最幸福的但同时又是世界上最痛苦的人呢？也许他们走得比别人要慢一些，男人的步伐里含着犹豫和拖沓。但是对于这样一个这么多年来从来没有在工作日的这个钟点来到伦敦西区的小职员来说，不断地抬头望天，东张西望，已经是最自然的事了。波特兰街就像是主人长久离家后回来一个房间，大吊灯装在白色的亚麻布袋里，看屋人拉起了长长的遮帘的布，道道有尘土飞扬的光照在了空荡荡的房间里，样子奇怪的椅子上，然后跟游客说着这曾经是一个那么美好的地方。那么美好啊，他看着那些桌子椅子，心里想着，但是又那么奇怪啊。

从他的外表看来，他很有可能只是个小职员，不过也有可能是比较高级的那种；因为他脚穿着棕色的皮靴，他的手也能表明他是读过书的，他的侧面也使人产生同样的感觉。他的脸棱角分明，有一个很大的鼻子，据说这是聪明敏感的意思。但是他的嘴唇却不可以跟它们相提并论，松垮垮的。而他的眼睛（眼睛一般都会这样，其实就是一般的眼睛罢了），是淡棕色的大眼睛。所以，他总的来说是属于两可状态的，既不是这一类的也不是那一类的。可能他最后能在波利拥有一所大宅和一辆汽车，但也有可能这辈子都在某条后街租住的公寓度过了。一个通过自学受着一半教育的人所能够学习的一切，全都是靠着写信征求了有名的作家的意见之后，在公共图书馆里借到图书，在每天工作之后的晚间阅读而得的。

至于其他，那些人们在卧室里，或者在办公室里，或者在田间，又或者是在伦敦街头散步时自己所能获得的经历，他也还是有的。他从小就离开了自己的家。因为他的母亲欺骗了他。因为他第五十次，还没有洗手就下楼来吃点心，因为他看不到任何一个诗人在斯特劳德能有什么前途。所以，他跟妹妹说了心里话之后就来到了伦敦，留下了一封可笑的信——就像伟人们所写的那样，那种如果日后他们奋斗多年而出名之后，世人都会去细心阅读的信。

伦敦里有了几百万个名叫史密斯的年轻人。对于父母为孩子所取的，想要与众不同的像瑟普提姆斯这样的特别的名字，在伦敦也显得一样平常。住在尤斯顿路分叉路的小街上的他，有许多经历，譬如说这两年的时间让他的脸从红润光泽，天真无邪，椭圆有肉变成了尖尖瘦瘦，皱纹满布，充满敌意。但是对于这样的一切，就算是最具有观察力的人又可以说些什么呢？也不过是像花匠在早上打开温室的门后，看一株植物上又开了一朵花的时候说的话一样——又开花了。这些都是虚荣，野心，理想，热情，孤单，勇气跟懒散这样普通的种子生长而成的。这一切混杂在了一起（在从尤斯顿路分叉路的小街上的一个小房间里），让他变得性格畏缩，说话结巴。让他渴望着要去提高自己，让他爱上了在滑铁卢路教莎士比亚诗歌的伊莎贝尔·波尔小姐。

难道他跟济慈[①]不是一样吗？她问道。她想着怎样才可以让他感受到《安东尼和克利奥佩特拉》还有莎士比亚的其他作品。她借很多书给他看，还给他写一些简短的信息。在他心中点燃起了他这一生中只可能燃起一次的烈火，没有热量，但可以在波尔小姐周围闪耀着虚幻缥缈的金红色火焰；

① 济慈（1775—1821）：英国著名浪漫派诗人。——译者注

《安东尼和克利奥佩特拉》，还有滑铁卢路。他觉得她很漂亮，觉得她很聪慧。他常常会梦到她，还写诗送给她。她不会去理睬诗歌的主题，直接就会用红笔改正诗中的错误。在一个夏天的傍晚，他看见她身穿着绿色裙子在一个广场散步。如果花匠打开了温室的门，他可能会说“又开花了”，但是如果他走了进来，也就是说，在任何一个晚上差不多这个时候走了进来，就能够看见他在写着什么东西，然后也可以看见他把写好的东西撕个粉碎。还能够看见他在凌晨三点写完一篇作品之后，跑到街上走来走去，有时也去参观教堂。他生活很不规律，一天绝食一天暴吃，不知疲倦地读莎士比亚，达尔文，《文明史》以及萧伯纳。

发生什么事了吗？布鲁尔先生知道，肯定是发生什么事情了。（布鲁尔先生是西伯利和阿罗史密斯公司的主管，这家公司从事拍卖，估价和房地产经营。）发生什么事了，他心想。他像是父亲一样对待着手下的年轻人，而且还对史密斯的能力赞不绝口，说他会在十到十五年的时间里坐上里面天窗下那个皮扶手椅的位置，那个办公室四周满是文件和契约箱。“如果他能保持健康的话，”布鲁尔先生说，但是危险的事情也正是在这里——他看上去太虚弱了。他提议他去踢足球，还请他吃晚饭，考虑着建议上层给他加薪。开始这个时候突然发生了一件事情，布鲁尔先生的许多打算作废了。他们夺去了他手下最有能力的年轻人，最后，欧洲战争那只险恶却又无所不至的手砸碎了谷物女神的塑像，在天竺葵的花坛里炸出了一个坑。彻底地摧毁了布鲁尔先生在穆斯滩尔山的大宅子里作为一名的厨师的内心世界。

瑟普提姆斯是第一批自愿入伍的人。他去了法国，为了拯救几乎完全由莎士比亚的剧作还有跟穿着绿色裙子在广场上散着步的伊莎贝尔·波尔一样的人构成的英国。在战争中，布鲁尔先生建议他踢足球的时候，他身体的变化立刻就出现了。他身上的男子汉气概渐渐地就增加了，各方面都得到了提升。他不仅引起了名叫埃文斯的长官的注意，而且还博得了他的好感。这情况就像是两条狗在壁炉前的小毛毯上嬉戏，一只在玩纸团，吠叫，撕咬着，还不时地去蹭蹭老狗的耳朵。另一只则懒懒地躺在那儿，眨着眼睛看着壁炉里的火，然后举起爪子，转过头来温和地叫上两声。他们俩一定要一起的，分享着一切，然后打打闹闹。但是当埃文斯（只见过他一次的瑞琪亚说他是一个"文静的人"。他很健硕，一头红色的头发，在有女人出现的场合都不会流露感情）在停战之前，在意大利牺牲时，瑟普提姆斯不单是没有表现出任何的悲伤，或者觉得这是他们友谊的尽头，反而为他的无动于衷和冷静理智态度感到庆幸。战争给他上了好多课。战争是至高无上的。他经历了一切：深刻的友谊，残酷的战争，还有死亡。然后再次获得了更高的提升，他还没到三十岁，肯定能够继续活下去。这么说来，其实他是对的。最后的那一阵炮弹并没有击中他。他只是漠然地看着它们爆炸。和平到来时他在米兰，被分配去住在一个旅店老板的家里。他们家有一个院子，盆子里种着鲜花，放着露天的小桌子上，这家的女儿们喜欢装饰帽子。一天晚上他发现自己没有了感觉的能力，惊恐至极，然后决定和老板的小女儿路克瑞其娅订婚。

现在一切都已经结束了。已经签署了停战协议，也已经埋葬了死者。但是他却会忽然间感到像是晴天霹雳一般的恐惧感，特别是在晚上。他丧失了感觉的能力。当他打开意大利姑娘们坐在里面装饰着帽子的那扇房门时，他可以看见她们，也可以听见她们。她们要把金属线盛着彩色珠子的小盘子里揉搓着。她们要把硬麻布制成的帽子形状转来转去。桌子上放着羽毛，闪亮的金属饰片，丝绸，缎带。剪刀跟桌子发生着碰撞。但是他就是觉得自己缺少了一点什么——他丧失了感觉的能力。但是剪刀跟桌子的碰撞声，姑娘们嘻嘻哈哈的笑声，还有一顶顶帽子的制作，都在保护着他。他相信他自己是安全的，他有一个避难的地方。可是他不可能整个晚上都坐在那里。清早的时候就会醒来。但是他觉得床在掉下去，他也跟着掉落下去。唉，要是能有这些剪刀，灯光跟硬麻布帽子的保护那该有多好啊！所以他决定向路克瑞其娅求婚，她是两姐妹中较小的一个，性格乐观快活，长着艺术家们所拥有的纤纤细指。她常常会伸出自己的手指说，“我的本事啊，其实都是它们的功劳。”丝绸缎带，羽毛，还有一切能够被她的手摆弄的东西，都仿佛具有了生命。

“最重要的还是那些帽子，”当他们一起出去的时候，一边散着步她就会这样说。她会仔细观察着经过她身边的每一顶帽子，斗篷跟裙子，还有穿着它们女人的姿态是怎样的。她既看不上随意的穿着也看不上过于拘束的装束，但是态度也并不强硬，只是用手上动作的不耐烦地表示出来，就像是一个画家叫人把没有恶意但却粗俗的赝品从面前拿走的时候所做的动作那样。然而她会对把自己的那身行头穿着得还满像样子的女店员大度又挑剔地表示着赞叹。或者，她还会对一位正走下马车，身穿灰色的鼠皮衣，披着披肩，佩戴着珍珠首饰的法国贵妇以行家的眼光满腹热情地大加赞扬。

“真美啊！”她会自言自语道，还会用手肘捅捅瑟普提姆斯，让他也去看看。但是她和他就像是隔着一层玻璃。就连美食（瑞琪亚喜欢吃冰激凌，巧克力。喜欢各种甜食)对他也没有什么吸引可言。他把杯子放在大理石铺的小桌子上，看着外面的人们。他们看上去好像很幸福，聚集在街心笑着叫着，但又会无缘由地吵吵闹闹。但是他却不知道那是什么感觉，他丧失了感觉的能力。他坐在茶室里，坐在茶桌和叽叽喳喳聊着天的侍应之中。一阵可怕的恐惧感突然而至——他失去了感觉的能力。他可以思考，可以阅读，譬如说，他也可以很轻松地读但丁的作品（“瑟普提姆斯，不要再看了，”瑞琪亚说着，还轻轻地合上他们《地狱篇》）。他还可以清楚地计算着自己的账单，大脑也十分健全完好。那么，他为什么会失去感觉的能力呢——这肯定是这个世界的错。

“英国人都不爱讲话吗，”瑞琪亚说。她说她喜欢这一点。她尊敬着这些英国人，她想去看看伦敦，想去看看英国的马匹还有式样及剪彩都很考究的服装。她还记得她听说一个嫁到英国然后定居在索霍区的姑姑说过，那儿的商店真的太棒了。

在他们乘火车离开纽哈文的时候，瑟普提姆斯看着车窗外面的英格兰，心里暗暗想道：有很大的可能，很有可能这个世界本身就是没有意义的。

在办公室里，他们晋升他到一个相当重要的职位上去工作。他们为他而觉得骄傲，因为他曾获得过战争的勋章。“你已经尽了你的责任，现在，也该由我们——”布鲁尔先生开始说着，但他太高兴太激动，以至于说不下去了。他们在离托特汉姆大院路的不远处租下了一套很好的房子。

他又一次翻开莎士比亚的作品。少年的时候对语言所产生的陶醉之情——《安东尼和克利奥佩特拉》——已经荡然无存。莎士比亚是有多厌恶人类啊——穿衣服，生儿育女，还有口腹之欲！这一些观点现在已经揭示在了瑟普提姆斯的面前。这一份信息被文字的优美所掩盖了。一代人伪装着把信息传递给另一代人，但它们是那么的厌恶，仇恨，绝望。不单止是但丁这样，亚瑟库勒斯[①]（所翻译过来的版本）也是如此。瑞琪亚坐在那里她为菲尔摩太太的朋友一个小时又一个小时地装饰着帽子。他觉得她看上去很苍白，很神秘，就像是一朵淹没在水下的百合花。

“英国人太严肃了，”她说，然后伸出一条胳膊搂住瑟普提姆斯，和他脸脸相贴。

在莎士比亚看来，男女之爱是令人憎恶的。对于他来说，两性交媾本就是一件肮脏的事。但是瑞琪亚说她一定要有一个孩子。他们已经结婚五年了。

他们一起去伦敦塔[②]那里玩，去参观维多利亚跟阿尔伯特博物馆[③]，去人群之中观看国王主持议会的开幕式。还有那些商店——卖帽子的店，卖服装的店，橱窗里展示着皮包的商店。她再看到这些商店的时候，会驻足往橱窗里面凝视着。但是她一定要生一个儿子。

她说，她一定得要生个像瑟普提姆斯的儿子。但是不可能有什么人能够像瑟普提姆斯。他是这样的温柔，但是又这样的严肃，还这样的聪明。她问他，难道她不能跟着一起读莎士比亚吗？莎士比亚是一个很难读懂的作家吗？

人是不能让孩子出生到这样的世界上来的。也不能让苦难永远延续下去，或者去繁衍这种充满着情欲的动物，他们

---

① 亚瑟库勒斯（公元前525—公元前465）：希腊戏剧家，希腊悲剧之父。——译者注

② 伦敦塔：英国皇室要塞跟伦敦的重要标志，位于泰晤士河的北岸，伦敦城的东面。曾长期用作国家监狱。——译者注

③ 维多利亚和阿尔伯特博物馆：位于伦敦，展有英国重要的装饰艺术品和英国水彩画，细密画，版画和素描。——译者注

不会有持久的感情，只有幻想跟虚荣，然后把他们时而推转到这边，时而推转到那边。

他看着她在剪裁着、制作着，就像一个人看着小鸟在草丛中蹦蹦跳跳，飞来飞去，但却连一根手指头都不敢动一动。因为事实是（让她忽视这一点吧），人既没有善心，又没有信念，也没有宽容，有的只是能够增加眼前快乐的东西。因此他们成群结队去猎食，一次次地搜遍沙漠，然后尖叫着消失在荒野之中。他们抛弃死者，长得满脸怪相。就说在办公室里的那个布鲁尔，小胡子打了蜡，戴着珊瑚状的领带夹，穿着白色的套头内衣，有着令人愉快的感情——可是内心却完全是冰冷和漠然的——他的天竺葵在战争中毁掉了——他的厨师神经崩溃了。或者说那个叫阿米利亚还是什么的女人，会准时在五点钟把一杯杯茶给大家——她是个眼神风骚，态度轻佻的小荡妇。而那些衬衫的假前胸浆得笔挺的叫汤姆或者伯蒂的人们身上，却在渗出浓浓的罪恶感。这些人从来没有看见过他在笔记本上画着的赤身裸体故作丑态的他们。在大街上，运货车发出轰隆隆的声响驶过他的身边。标语牌上张贴着的是醒目的残酷事件，男人被困在矿井中，女人被活活烧死了。有一次，一队精神病患者被放出到托特纳姆大院路上锻炼或展示，让老百姓取乐（他们哈哈大笑），他们点着头，傻笑着，不疾不徐地走过他的身边，每个人都半带歉意而又半得意扬扬地将毫无盼头的的悲苦加给人们。他会不会也跟着发疯呢？

喝下午茶时瑞琪亚告诉他菲尔摩太太的女儿要生孩子了。她不可能没有孩子就这么步入老年！她会非常孤独而且非常不幸的！结婚以来她第一次哭了，他远远地就听到了她在抽泣。他听得很真切，而且他非常清楚地注意到了她在抽泣。那声音好像活塞的重击声。但他什么也不能感觉到。

他的妻子就在那里抽泣着，但是他什么感觉也没有。但是每当她像现在一样无声地，深深地，绝望地饮泣着时，他觉得他自己又向地狱跌下了一步。

最后，他终于作出了如机械般的，自己完全知道是了无诚意的却又夸张的动作，把头埋在了手中。他已经投降了，必须要有什么人过来帮助他。必须要去叫什么人来。他投降了。

什么东西也没有办法将他叫醒。瑞琪亚只好把他扶上床去。她请了一个医生来帮他看遍——给菲尔摩太太看病的霍斯医生。霍斯医生做了详细的检查，说瑟普提姆斯根本什么病也没有。哦，这下可放心了！瑞琪亚想，他是一个那么和蔼，那么善良的人啊！霍斯大夫说，在他自己的心情也像这样时，他就会跟妻子一起去音乐厅休息休息，或者打打高尔夫球。其实也可以试试在睡觉前服用溴化剂溶片冲的药的。布鲁斯伯里区的这些老宅，霍斯医生敲着墙壁说，其实他们的墙壁装有非常讲究的嵌板，可是房东却非常愚蠢地用墙纸把它们给糊了起来。就在不久前，他到贝福特广场去给一个什么爵士看病——

看来没有任何借口了，他什么病也没有，除了人性判予他死刑的那一份罪孽，那就是因为他已经丧失任何感觉了。埃文斯牺牲时他一点也在乎，那还在真是最大的罪过啊。但是他身上的其他罪过都在清晨时候，在床栏旁边抬起了头来，向着摊躺在那儿的躯体指责着，用冷嘲热讽的语气谴怪着他。他知道自己很堕落：他一点都不爱他的妻子，但却和她结了婚，他欺骗了她。他还勾引了她，这使伊莎贝尔·波尔小姐义愤填膺。他全身密布满他堕落的罪恶疤痕，女人在街上看到他都会浑身瑟瑟发抖。人性对他这样卑鄙可耻的人，早就判决死刑了。

霍斯医生又来给他看病了。医生个子高大，脸色红润，一表人才。他轻掸了几下靴子，照着镜子，说：头痛，失眠多梦，恐惧，这些都算不了什么的——这些都只不过是神经方面的症状罢了。但如果霍斯医生发现自己的体重比一百六十磅低了哪怕是半磅，也会叫妻子在早餐时多上一盘麦片粥。（瑞琪亚还要去学会煮麦片粥）但是，他继续说着，其实健康的身体主要是靠我们自己来控制的。我们要把自己投入到对外界事物的兴趣之中，譬如说培养某些爱好。他翻开了莎士比亚——《安东尼和克利奥佩特拉》，他把莎士比亚的书放到了一旁。某些爱好，霍斯医生说，他自己身体这么好（他工作起来跟伦敦里任何一个男人一样努力），都不过是归功于他总可以把注意力从病人转移到古旧家具上。啊，如果他能够冒昧地说上一句的话，沃伦·史密斯太太头上的这把小梳子真的很漂亮啊！

当这一个该死的笨蛋再来给瑟普提姆斯看病时，他拒绝见面。他真的拒绝见我吗？霍斯医生说，一边愉快地微笑着。真的。他只能友好地推开那个娇小可人的史密斯太太，然后走到她丈夫的卧室里。

“这么说来，你现在是吓坏了吗？”他坐在病人旁边，愉快地说着。他还真的对妻子说过要自杀。她是一个很不错的姑娘，还是个外国人。这肯定会让她觉得英国的男人都很古怪了。男人是应该对妻子负起责任的。譬如说去做点什么，也比躺在床上更好一些。他有着四十年的从医经验，瑟普提姆斯是可以相信霍斯医生的——他没有病。等到下次霍斯医生再来的时候，他非常希望看到史密斯已经可以下床，不要再让他的夫人，那位娇小可爱的妻子，再为他担心了。

总的来说，人性——是一个有着血红色鼻孔的令人讨厌的畜生——和他干上了。霍斯和他干上了。霍斯医生几乎每天都按时来给他看病。你一旦失足，瑟普提姆斯在一张明信片的背面写道，人性就和你干上了。解决他们的唯一出路是逃跑，但不能让霍斯知道。他要逃到意大利去——反正哪里都行，哪里都行，只要可以离霍斯医生远远的。

但是瑞琪亚却没有办法理解他。霍斯医生多么热心啊，他对瑟普提姆斯也是这样关心。他只想帮助他们，他说。他有四个年幼的孩子，他还会邀请她去喝下午茶。她对瑟普提姆斯说。

这么说来他又被抛弃了，整个世界仿佛在喊着：为了我们，自杀吧，自杀吧！可是他为什么就应该为了他们而自杀呢？这里有美味的食物，炎热的太阳。但是自杀这种事，应该怎么做呢？用餐刀割脉吗？但是血柱喷涌，会让人恶心——或者是凑在煤气管道吸煤气吗？可是他太虚弱了，简直连手都抬不起来。而且，现在他既然已被谴责，被抛弃，又孤独又寂寞，和垂死的人一样，却也可以从中获得了一种让人享受的充满了庄严的孤独，或是有羁绊的人永远无法享有的自由。当然霍斯还是胜利了；有着血红色鼻孔的畜生还是胜利了。但是即便是霍斯本人也没有办法去伤害这个飘零在天涯的残存者，这一个被抛弃的人。他回头凝望着人间世界，他就像是一个躺在世间之岸但因溺水死去的水手。

就在这时（瑞琪亚出去买东西了），他觉得自己领悟到了伟大的启示。屏幕后面传来了一个声音，是埃文斯在说话！死去的那些人一直都和他在一起。

“埃文斯，埃文斯！”他大声喊着。

史密斯先生又在大声自言自语呢，女仆艾格尼斯对厨房里的菲尔摩太太说。她端着盘子到他房间里去的时候，他正在大声喊着“埃文斯！埃文斯！”她还真的吓了一跳，吓了一大跳。她连忙跑下楼来。

瑞琪亚捧着花回来了。她穿过了房间，把手里的玫瑰花插进了花瓶。阳光从窗口投入进来，洒在花瓶上，光斑嬉戏着在室内四处跃动。

瑞琪亚说她只能从街上那个贫穷的男人手里买下这些玫瑰。可是花都快枯死了，她一边插着玫瑰，一边喃喃说着。

这么说外面有一个男人，这样一想可能是埃文斯。还有瑞琪亚说那些是已经快枯死的玫瑰花，那肯定是他从希腊的田野里摘来的。“沟通就是健康，就是幸福，沟通就是——”他嘟哝道。

“你又在说着什么呢，瑟普提姆斯？”瑞琪亚问道。她吓了一跳，因为他又在自言自语了。

她打发艾格尼斯去找霍斯医生。她说，她的丈夫在发神经。他快要连她都不认识了。

“你这个畜生！你这个畜生！”瑟普提姆斯看到人性，其实也不过是霍斯医生，然后在他走进房间的时候大声喊着。

“唔，你又怎么了啊？”霍斯医生用这个世界上最亲切的语气问着。“胡说八道然后吓唬你的妻子，这样真的好吗？”不过他还是要给他一点药吃，让他可以安静睡觉。如果他们是什么有钱人的话，霍斯医生会带着讽刺的表情打量着这个房间。他们要是不信他，也尽可以去看哈利街①上的医生，霍斯医生说，样子却没有之前那么和蔼了。

---

① 哈利街：伦敦收费极高的私人医生聚集处。——译者注

现在已经是十二点整了。大笨钟是十二点，报时声蔓延到伦敦城的北部。它跟其他时钟的报时讯号相汇合，然后又轻轻地跟云彩及缕缕青烟相混合，最终消失在天空飞翔的那群鸥鸟之间。正好十二点的时候，克拉丽莎·达洛薇正在把她的绿色裙子放在床上。而沃伦·史密斯夫妇正沿着哈利街走着。十二点钟是他们约好的时间，瑞琪亚想。可能那间门前停着灰色车子的屋宅就是威廉·布拉肖爵士的家。沉闷的钟声在空中渐渐消散了。

果然没错——那是威廉·布拉肖爵士的车子：灰色的，车身低，但马力大，车门板上很简单地印着他的姓名的缩写，但字母交织在了一起。好像是如他这样神灵的助手，传播科学的教士，炫耀家世是很不恰当的。好在车子是灰色的，就能和它那朴素庄重的颜色相般配了。车子里堆放着灰色毛皮跟银灰色的小毯子，可能是爵士夫人在等待的时候这些可以为她保暖。因为威廉爵士经常会开车到六十英里或者是更远的乡间，去给有钱的病人治病。那些人付得起威廉爵士恰如其分实际上确是强取豪夺的高额诊疗费。爵士夫人的膝盖上裹着毛毯，背靠在座位上，坐着等一个小时或更久。有的时候心里会想着病人，有的时候却也会情有可原地想着一面金墙。这面金墙在她等待的时候在逐渐地加高，这面金墙，他们二人，还有一切沧桑的事情以及一切的焦虑不安（她曾经勇敢地接受一切，他们也有过艰苦奋斗）之中不断升高，直到她觉得自己能够安全地地置身于平静的海洋之上。那里只有微风吹拂，她受到人们的尊敬，赞美和嫉妒。她几乎没有什么是不满足的了，虽然还是对自己身材肥胖而感到遗憾。而且，每星期四晚上都要为医界人士举行盛大的宴会，偶尔还会去主持义卖市场的开幕式，或者去向王室致意。可是，唉，她和丈夫在一起的时间实在是太少了，丈夫的工作也变得越来越多。儿子在伊顿公学[①]念书，成绩还算不错，但是她本来还想要个女儿的。她兴趣还算广泛：儿童福利，癫痫病人发病后的护理，还有摄影。这样一来，当她在等待着丈夫的时候，如果她看到一座教堂，或者一座即将拆迁的教堂，她就会去买通教堂司事，然后拿上钥匙进去拍照。她的照片跟职业摄影师的作品已经几乎不相上下了。

威廉爵士的年纪也已经不小了。他一直很拼命地工作，他是完全靠着自己一直着坚持下来的事业，才能获得了今天的地位的（据说他的父亲是个店主）。他真的很爱自己的职业，他在各种庆典上也是一个很好的傀儡，而且他的口才很好——直到他被封为爵士时，他以前做出的努力已经让他变得沉重，疲惫（慕名而来的病人绵绵不绝，医德跟责任，还有特权又显得格外的繁重艰巨），这疲惫的神情，再加上他灰白色的头发，让他的风度变得出众非常，而且给他带来了卓著的名声（这在他治疗神经疾病上有很特殊很重要的帮助）。他不单只有熟练的技术跟几乎无误的诊断，而且还富于同情心。他老练机智，还了解人的灵魂。他们两个一走进房间时，他就明白了一切（他们的名字是沃伦·史密斯夫妻），他一看到那个男人，就知道他病得非常严重。他在两三分钟内就已经确定，他是一个在身体跟精神上都彻底崩溃的病人，他的所有症状都在表明着他已经到了最严重阶段（他在一张粉红色的卡纸上写下了他们对他谨慎而低声询问的回答）。

霍斯医生给他看病有多久了？

也有六个星期了。

---

① 伊顿公学：英国著名的私立学校。——译者注

给他开了一点溴化剂吗？说他并没有什么病？哦，是的（那些通看各科的医生！威廉爵士心里想。他花了一半的时间纠正他们愚蠢的错误，有些还是无法弥补的错误）。

“你参加了战争，而且表现得很英勇，是不是?”

病人很是疑惑地重复了一遍“战争”这个词。

他给词语加了象征性的含义——这又是个严重的症状，他记在了卡纸里。

“战争?”病人问道。是欧战——那场小学生玩火药而搞出来的闹剧吗？他在战争中表现得很英勇？他还真的是忘记了。正是这场战争，才让他活得如此失败。

“是啊，他表现得非常英勇，”瑞琪亚对医生很肯定地说:“他得到了晋升。”

“在办公室里，他们对你的评价都很高吧?”威廉爵士低语道，一边还扫看了一眼布鲁尔先生写给瑟普提姆斯的那封充满表扬句子的信。“这样说来，你并没有什么可担心的事情吧。没有经济的忧虑，什么需要担心的事情也没有吧?”

可是他犯了一宗很可怕的罪，他被人性判处了死刑。

“我——我，”他开始说着，“我犯了罪——”

“可是他什么错事也没有做过，”瑞琪亚很明确地补充了一句。如果史密斯先生能等一等的话，威廉爵士说，他想和史密斯太太在隔壁的房间里谈一谈。她的丈夫病得很严重，威廉爵士说道。他有没有威胁过说要自杀?

有啊，说过啊，她大声说着。可是他不是当真的，她说。当然不会是，这只是一个休息的问题，威廉爵士说，他需要休息，休息，休息，尽可能长时间地卧床休息。他的乡下有个挺不错的疗养院，她丈夫在那儿会受到很好的照料。他要离开她吗？她问。很遗憾地说，确实是这样的；在我们生病的时候，我们最爱的人对我们都没有什么益处。有时是他没有疯，对吧？威廉爵士说他从来不说“疯”这个字。他的说法却不具有均衡感。但是她丈夫不喜欢医生，他肯定会拒绝去疗养院。威廉爵士简短而和蔼地对她解释了她丈夫的状况：因为他威胁过说要自杀，没有其他的办法了。这涉及法律的问题，他会在乡下的一所漂亮的房子里卧床休息。护士们都很好的。威廉爵士也会每个星期都去看他一次。如果沃伦·史密斯太太肯定没有别的问题要问的话——他从来也不会催促病人——他们现在就可以回到她丈大那儿去了。她没有问题要问了——没有要问威廉爵士的问题了。

于是他们又回到了在天窗下坐着扶手椅子的瑟普提姆斯·沃伦·史密斯的身旁。这个人类中最高尚的人，这个面对法官的罪犯，这个被放在高处示众的牺牲者，这个逃亡者，这个被淹死的水手，这个写下了不朽颂歌的诗人，这个经历过生死的上帝。他的眼睛盯在布拉萧爵士夫人身穿着朝服的相片，嘴里念念有词，说着一些关于美的启示。

“我们稍微谈了一下。”威廉爵士说。

“他说你病得很厉害。”瑞琪亚大声地说。

“我们商量好了，你应该去疗养院静养的。”威廉爵士说。

“霍斯开的疗养院吗？”瑟普提姆斯冷笑道。

这家伙留下了很让人讨厌的印象。因为威廉爵士的父亲是一个商人，他对教养和人的衣着具有天生的敬意，如果有什么人衣衫褴褛的话，那么这会使他恼怒。但是威廉爵士从来没有多余的时间读书，所以在他内心深处只能妒忌那些有教养的人，他们走进他的诊室，示意着医生不是受过教育的人，尽管做这一行需要不断地使用最高的智力。

“我的疗养院啊，沃伦·史密斯先生，”他说道，“我们会在那里要教会你休息。”

现在就只剩下一件事了。

他相信沃伦·史密斯先生在没病的时候是世界上最后一个会让妻子觉得害怕的人，但是他说过要自杀的。

“我们都会有觉得抑郁的时候。”威廉爵士说。

可是你一旦堕落，人性就和你干上了，瑟普提姆斯再次对自己说。霍斯和布拉肖和你干上了。他们搜遍沙漠，尖叫着奔进荒野，还会使用拉肢刑架跟拇指夹这样的刑具。人性是多么无情啊。

“他有时会突然这么冲动吗？”威廉爵士的铅笔停在粉红色的卡纸上。

那是他自己的事情，与他无关，瑟普提姆斯说。

“没有人可以只为着自己而活。”威廉爵士说，一边还瞄了一眼妻子穿着朝服的相片。

“你面前还有辉煌的前途呢，”威廉爵士说。布鲁尔先生的信还在桌子上。“很辉煌的前途。”

但是如果他把那一切都说出来呢？如果他跟人们交流呢？那他们，折磨他的那些人，会不会放过他？

“我——我——”他结结巴巴地说。

可是他到底犯的是什么罪呢？他想不起来了。

“说下去呀。”威廉爵士鼓励着他。（但是时间已经不早了。）

爱情和树木，没有犯罪——他想说的究竟是什么啊？

可是他记不起来了。

“我——我——”瑟普提姆斯结巴着。

“尽量少一点想你自己的事情。”威廉爵士亲切地说。老实说，他现在一点都不适合到处走动。

他们还有什么事情要问吗？威廉爵士会安排好一切的（他低声对瑞琪亚说）。他会在那天傍晚五六点钟通知她，他轻轻地说道。

“都交给我吧，”他说，然后就让他们离开了。

瑞琪亚一生中还从来没有像现在一样感到痛苦，从来没有过！她过来求助，却被他们抛弃了！他辜负了他们！威廉·布雷肖爵士不是个好人。

他们离开他家来到马路上时，瑟普提姆斯说，就单单是养护那辆车肯定就要花一大笔钱。

她紧紧抱住他的手臂。他们被人抛弃了。

可是她还能奢求什么呢？

他给了病人三刻钟的时间。如果这门难以理解的科学——毕竟这是我们一无所知的事物，譬如说神经系统，人的大脑等，一个医生失去了平衡感，那么作为一个医生他就非常失败了。我们必须拥有健康，而健康就意味着平衡。所以当一个人走进你的房间，说他是耶稣基督（但这也是一种常见的错觉），并且有什么基督的启示（他们经常会有这样那样的启示）的时候，而且威胁说要自杀（他们也经常这样说），你就要采取平衡的方法了。首先要命令他上床休息，独自休养，安静地休息，不能见朋友，不可以读书，也不要通任何的信息。就这样休息六个月，直到进院时体重一百零五磅的人出院时体重能够达到一百六十八磅为止。

平衡，神圣的平衡，这是威廉爵士的女神。来自他去巡视医院，钓捕鲑鱼，还有布拉肖夫人在哈利街生儿子的各种时刻。布拉肖夫人自己也喜欢去钓捕鲑鱼，她照出来的相片和专业摄影师的作品相比简直没有什么区别。由于威廉爵士崇拜平衡，他不仅自己生意兴隆，而且还使英国兴旺起来。他把精神病人隔离开来，不允许他们生育，惩罚着绝望情绪，使身心不健康的人不能宣传他们的观点，直到他们也具有他的平衡感为止——如果是男人，就一定要接受他的观点，如果是女人，就要接受布拉肖夫人的观点（她会刺绣，会编织，而且每个星期七个晚上中有四晚是在家和儿子一起度过的）。所以，不仅他的同行尊敬着他，他的下属惧怕着他，就连病人的亲友也对他存有最强烈的感激。因为他坚持这些预言，世界末日或者是基督降临的预言，男男女女的基督式的预言家们都应该如他所命令的那般卧床喝牛奶。威廉爵士以他三十年治疗着这类疾病的经验和他一贯正确的直觉，知道这类感觉就是神经失常。而事实上，他也具有很强烈的平衡感。

但是平衡有一个姐妹，她不苟言笑，更令人生畏，是一位女神，现在甚至破坏着——在印度的酷暑和沙漠中，在非洲的泥泞和沼泽中，在伦敦的贫民窟中破坏着，总之，在一切败坏的社会风气或残酷的自然魔鬼引诱着人们背弃真正的信仰的地方，也就是她自己的信仰的地方——正在冲毁着神像，破坏着人们的榜样，然后以自己严肃的面容取而代之。她的名字叫转变，她削弱人的意志，爱吸引人的注意，还把自己的想法强加于人，然后欣赏着铭刻在人们脸上的自己的面容。在海德公园的一角她站在一个遗弃的大桶上说着教，她把自己包裹在白色的大衣中，然后假扮成对同胞博爱的使者，带着忏悔的神色，慢慢地走过工厂跟议会。她乐于助人，但渴望得到的是权力。她粗暴地打击异议者或对她不满的分子。她恩赐那些仰望着她，恭敬地从她的眼中获得光明的人们以无限的福泽。这位女神（瑞琪亚·沃伦·史密斯凭着直觉想着)在威廉爵士的心中也会占据着一定的地位，尽管和她在和绝大多数状况下一样，会掩盖在某一些看似可信的伪装之下。她是一个令人肃然起敬的名字，包括了爱，责任跟自我牺牲。他拼命地工作着，辛辛苦苦地去筹集资金，宣扬改革，然后创立革新机构。但是转变这一位难以讨好的女神，鲜血跟砖头想必更爱前者，并且会极其阴险地削弱掉人的意志。譬如说布拉肖夫人。她早在十五年前就已经妥协了。你不能指出什么具体的例子来：没有吵吵闹闹，也没有脾气发作，但是她的意志却像浸透了水一样慢慢变重、慢慢下沉，沉入到他的意志之中。她的微笑很甜美，她的妥协也是迅速的。哈利街的宅子里用八九道菜去款待十位或者是十五位专家的宴会进行得很顺利。只是当夜渐变深的时候，她有些沉闷，或者说是不安，她的肌肉神经质地抽搐，说话的时候迟疑踌躇而且慌乱都在表明着，这可怜的女士在说谎——但你要相信这一点确实是痛苦的。想当年，她也曾自由地捕钓鲑鱼，而如今，为了迅速满足她丈夫的眼睛放出对权力和统治的渴望光芒，她束缚着，克制着，修节着自己。她退缩到一旁，偷偷地观看。所以，尽管她并不知道究竟是什么使得宴会不愉快，然后引起她这样的头昏脑涨的感觉（这也许归咎于过于专业的谈话，或者因为一个医生过于劳累。布拉肖夫人说过，一位大医生的生命“只属于他的病人却不属于他自己”）。反正宴会是令人不悦的，所以当钟声敲十下之后，客人带着甚至可以称得上狂喜的心情在哈利街上呼吸着自由的空气，但是他的病人却不能得到这种解脱。

在那间墙壁上挂着画，地板上放着贵重家具的灰色房间里，毛玻璃的大窗下，病人们知道自己的罪过。他们蜷缩着身子坐在扶手椅中，看着他为了他们而用胳膊进行的一种奇怪的练习：他会突然伸出双臂，然后又迅速将它们收回臀部，来证明（如果病人实在是过于固执的话）威廉爵士能控制他自己的动作，但是那些病人则不能。在那间屋子里一些意志软弱的人挺不过去，哭了起来，然后渐渐顺从了。另一些人则不知从何处受到了某一些狂烈疯劲的鼓舞，会当面骂威廉爵士是个死骗子，并且还会更为大不敬地质问起生活的本身意义来，他们要知道为什么要活着——威廉爵士回答说，因为生活很美好啊。布拉肖夫人那顶装饰着鸵鸟毛的帽子就挂在了壁炉台的上方。至于说他的收入嘛，一年存一万两千多英镑呢。但是对于我们来说，他们辩解着，生活可没有那么的慷慨。他也默认了。他们缺乏平衡感。也许只是那个问题——上帝并不存在吗？他耸了耸肩。总之，这活不活得下去难道不是我们自己的事情吗？可是他们却正是在这一点上犯了错误。威廉爵士在萨里有一个朋友，在那儿他们教着一种他自己也坦白地承认是非常困难的艺术——如何具有平衡感。此外，还有家人间的感情，荣耀，勇气跟光辉的事业。威廉爵士是这一切的最坚定的守卫。如果这一切会让他失望，他就只能支持警察和社会的善心了。在萨里，威廉爵士平静地说，这些力量会阻止因出身贫贱而引起的反社会的冲动压制。然后，那位女神会慢慢地从她藏身之处出来，登上了她的宝座。她贪婪的欲望是镇压反对的力量，在他人的祭坛上烙上自己不可磨灭的形象。筋疲力尽，无亲无故的人们，既没有防备，又没有保护，只能接受威廉爵士的强存的意志。他猛地扑上去，贪婪地吞噬着。他把人关了起来，但却正是这样的决心还有人性的结合才会使受害者的亲属对他倍感亲切。

可是瑞琪亚·沃伦·史密斯却沿哈利街走去，还大声地喊着她不喜欢那个人。

哈利街的时钟在逐渐啃噬着这个六月天。它把这个六月切割成条、成片，再切成细碎，钟声在劝着人要顺从还有维护权威，还要大声说出平衡感的优越性，直到街上荡漾着的报时声逐渐减弱到只有挂在牛津街一家店子上面的广告钟亲切友好地宣布着现在已是一点半了。但这对于格比和朗兹公司来说，这是一件让人愉快的事情，因为它免费提供着时间信息。

抬头望过去，似乎里格比和朗兹这两个姓中的每一个字母都代表着一个时辰。人们会下意识地感谢他们提供格林威治天文台认可的标准时间，而这种感激（晓治・维特布莱特在那个橱窗前闲着逛时，心里就是这么琢磨着的），他以后自然会到里格比和朗兹公司去买鞋子或袜子来报答。他就是这样琢磨着的。这是他的习惯，他并不会去深入思考。他只是在表面打量几下。已经无人使用的语言，正在广泛使用着的语言，在君士坦丁堡、巴黎或者罗马的生活，就连骑马，射击，打网球这些运动，他也都曾经涉及过。有些人心怀恶意地说他现在只是一个穿着短裤和长款丝袜在白金汉宫放哨站岗的小差使，谁也不知道他看守的是什么人或者是什么东西，但是却他非常胜任这份工作。五十五年来他一直致力于英国上流社会中活动。他认识了几位首相，听说他跟他们的感情还挺不错。如果说他当时从未参加过任何伟大的运动或者担任过什么要职的话，有一两件小改革却是理应记在他的功劳簿上：一是改善庇护所，二是保护诺福克的猫头鹰。女仆们说要感谢他，还写署名信去《泰晤士报》来争取基金，呼吁人们保护环境，清除在公共场所的垃圾，减少吸烟，杜绝公园中的不道德行为等等，这些事情都使人肃然起敬。

一点半钟的报时声逐渐消失了。这时他在橱窗前停留了片刻，带着挑剔和权威的眼光看着里面的鞋子和袜子。他一表人才，不可击破，而且还殷实富有，好像他就是来自某一个显赫的高处俯瞰着的世界，而且他的衣着打扮也与他的身份相称。但是他意识到他身份，财富，健康所要求他承担的义务，所以即使在并非绝对必需的情况下，也要小心翼翼地注意着哪怕是最细微的礼貌跟古老的礼节，这些都使他的举动显得高贵，使人可以去模仿，然后因此而记住他。譬如说，他和认识了已经二十年的布鲁顿夫人一起吃午餐时，肯定会带一束康乃馨花过来，然后亲自伸手献给她。还向布鲁顿夫人的秘书布拉殊小姐问候着她在南非的兄弟的生活状况。但就算布拉殊小姐没有任何女性的魅力，也不知道为什么，对他的问候却非常反感，只一句说“谢谢，他在南非过得很好，”而其实六年以来他一直在朴茨茅斯过得十分穷困潦倒。

布鲁顿夫人更喜欢李察·达洛薇，他紧跟着也到了。其实他们两个是在门口碰上的。

布鲁顿夫人当然更喜欢李察·达洛薇！他是一个好得多的人才啊。可是她不会允许他们贬低她可怜的晓治。她永远也不会忘记他的仁慈，他心肠也确实非常好——她已经记不得是什么具体的事情了，但是他确实是——心肠非常好。反正，两个男人间的区别也没有什么重要。她从来不会像克拉丽莎·达洛薇那样，把人折磨得体无完肤，然后又缝合起来，这样有什么意义；至少当你已经五十二岁的时候，已经没有什么意义。她棱角分明的脸上带着严肃的微笑接过了晓治的康乃馨。她是把他们骗到她这儿来帮她摆脱困境的——

“不如我们先吃饭吧。”她说。

于是，穿着围裙和白色帽子的女仆们开始优美而且无声地在门间进进出出，其实她们并不需要这些侍女，但她们是帮助梅费尔地区的女主人，在一点半到两点之间作神秘剧或大骗局的循例演出的行家。到了那个时候，只要她们一挥手，一切往来的交通都会立即停止下来，然后代以意味深长的想象，首先当然是关于食物的——不用花钱的食物，然后是餐桌上能够自动摆满高档的玻璃杯和银制餐具。小桌垫，红色的水果图案小碟子，还有涂了薄薄的一层奶油的棕色比目鱼。蒸锅里还浮着蒸好的鸡块，炉火熊熊，发出了一般家庭中少见的鲜艳色彩。在葡萄酒和咖啡（当然，也是不用花钱的)的力量作用之下，欢快的幻觉在沉思着的眼前浮现出来。那是温柔的却又满是怀疑的眼睛，是能够感到生活闪耀跟神秘的眼睛，是现在已经燃起了光芒亲切地欣赏着被布鲁顿夫人（她的动作总是这样利落分明的)放在她盘子旁边的美丽的红色康乃馨花的眼睛。晓治·维特布莱特觉得自己与整个宇宙相处和谐，同时也对自己的地位具有完全的把握，于是他放下了叉子，说道:“把花衬托在你衣服的花边，会显得更加可爱。”

布拉殊小姐对他的放肆行为非常的反感。她觉得他是一个教养极差的鄙俗之人。她让布鲁顿夫人轻轻笑了起来。

布鲁顿夫人举起了康乃馨，僵硬地捧着，和她背后的那幅有个将军捧着纹章绶带的画差不多。她一动不动地站在那里。李察·达洛薇心中暗暗地想，她究竟是将军的曾孙女，还是曾曾孙女？罗德里克爵士，迈尔斯爵士，塔尔波持爵士——没错，这还真是奇怪，在那个家族里竟然是女人把相貌的特征继承了下来。她本人就应该是龙骑兵的将军。有时候李察德也会高高兴兴地在她手下服役，他对她很是尊敬，他对出身名门而且生活富裕的老妇人都能够怀有着罗曼蒂克的想法。而且，以他那样平和的性格，他真的很想把他认识的那几个鲁莽的年轻人都带过来跟她共进午餐。好像和蔼可亲而且热衷喝茶的人，就能够培养出她这样类型的人一样。他对她的故乡很是了解，他也了解她的家人。她的老家有一架葡萄藤，现在还在结果，不是洛夫莱斯的①就是赫里克的②——反正她自己从来就不会读诗歌，但是传说就是这么的——她曾经在那葡萄架下坐过。最好等一下再对他们提出那些会使她觉得局促不安的问题吧（那些是关于向公众提出呼吁的事情，要不要提呢？如果要提的话，一会儿要怎样说呢），最好等到他们结束了，还要喝完咖啡以后，布鲁顿夫人心里想。于是她把康乃馨又重新放回到了盘子的旁边。

“克拉丽莎还好吗？”她突然问道。

克拉丽莎总是说布鲁顿夫人不喜欢她。但是也确实如此，布鲁顿夫人也有这样的名声：她对政治的兴趣远远超过对人的兴趣。她讲起话来就像一个男人一样。她曾参加80年代时候的那一个臭名昭著的阴谋。这件事情现在也渐渐开始会在回忆录中被提到。肯定无疑的是，她的客厅里有一个密室。密室里有一张小桌子，桌子上有现在已经去世了的将军塔尔波特·穆尔爵士的一张相片。就是在这里，他们当着布鲁顿夫人的面（那是80年代的一个晚上），可能还是在她完全知晓的情况下，也许她还出了点主意，将军草拟了一份电报，在某一个历史时刻命令英国军队向前挺进。（她保留了那一支笔，还向别人讲了这件事。）因为这样，在她漫不经心地说“克拉丽莎还好吗？”的时候，丈夫们很难让妻子相信她对

① 洛夫莱斯（1618—1658）：英国诗人。——译者注
② 赫里克（1591—1674）：英国骑士派诗人。——译者注

女人是真正关心着的。并且，无论他们对布鲁顿夫人怎样忠心，也在暗自怀疑过这一点。女人总是会防碍丈夫做事的，阻止他们接受国外的职务，会期才过了一半就必须因她们得了流感而把她们带到海滨去治疗养病。但是，即便如此，女人们认为，“克拉丽莎还好吗？”也毫无疑问是对她们怀有良好祝愿的人给予的表示，来自一个平时几乎沉默无言的朋友。她说的话里（在一生里也许会说那么六次)可能会意味着她承认对某个女性的亲密情谊，它款待男人的午宴更深。然后把布鲁顿夫人和达洛薇太太这两个极少见面，就算是见了面也会冷淡相待，甚至还互相怀有敌意的女人很奇妙地联系在了一起。

“今天早上我在公园碰见了克拉丽莎，”晓治·维特布莱特说，他一边还埋头吃着蒸锅里的鸡块。他总是急于无伤大雅的自夸，因为他只要到伦敦来就会立刻碰到所有的人。可是他还真是贪吃，米莉·布拉殊心里想着，他真是她认识的人里最贪吃的。布拉殊小姐以她坚定不移的严格态度观察着男人。她能够保持着不变的忠诚，特别是对待跟自己同性别的人。虽然她自己皮肤坑坑洼洼，又骨瘦如柴，一点没有女性的魅力。

“你知道现在谁在伦敦吗？”布鲁顿夫人忽然想了起来。“我们的老朋友皮特·沃尔殊。”

大家都微微一笑。皮特·沃尔殊！米莉·布拉殊心里想着，达洛薇先生还真是高兴。而维特布莱特先生心里只想着盘子里的鸡。

皮特·沃尔殊！这三个人——布鲁顿夫人，晓治·维特布莱特和李察·达洛薇，全都想起了同一件事情——皮特曾经怎样陷入热恋，然后遭到拒绝，之后远走印度，经历了多年惨败，最终陷入困境。而李察·达洛薇却还非常喜欢这个亲切的老家伙。米莉·布拉殊看出来了。她在他棕色的眼眸里看到了深情，看到他的踌躇跟思考。这实在引起了她的兴趣。她一向对达洛薇先生很感兴趣，她心想，关于皮特·沃尔殊，他会想些什么呢？想的是，皮特·沃尔殊曾经爱过克拉丽莎？他以前经常在饭后直接去克拉丽莎的家里去找她，他还确定告诉了她他爱她。是的，他这样说了。

米莉·布拉殊一度爱上这样沉默的时刻。达洛薇先生总是这样的可靠，还是那样的一个谦谦君子。如今她已经四十岁了，布鲁顿夫人只要点一下头，或突然稍一回头，米莉·布拉殊都能够领会到她的意思，无论她当时处于怎样沉思的状态。因为这是生活所无法欺骗的，而且未经腐蚀的心灵所产生的超然和沉思，因为生活从来就没有给她什么有价值的东西。没有给她漂亮的卷发，灿烂的笑容，丰润的嘴唇，红润的面颊，高挺的鼻子。什么也没有给她。她只是会在布鲁顿夫人稍稍点一下头的时候，指示珀金斯赶快给夫人上一杯咖啡。

“对啊，皮特·沃尔殊回来了。”布鲁顿夫人说。这使大家都有那么点得意，因为他回来了，而且是备受打击一无所成地回到了他们置身安全的岸上。但是，他们在想，他们可帮不了他，他性格中有某种缺陷。晓治·维特布莱特说，当然他们可以向一些什么人物提起他的名字。他一想到他可能要给政府机关的某一些负责人们写推荐信，提起“我的老朋友皮特·沃尔殊”什么的那些话，就做出了一副悲哀而自负的样子，然后紧紧地皱起了眉头。但是这不会有什么结果的，起码不会有什么长久的结果，因为皮特的性格实在不是很好。

“他好像是和一个女人有了什么麻烦的事情啊。”布鲁顿夫人说。他们也早就猜到这就是事情的关键了。

“不过，”布鲁顿夫人急着想摆脱这个话题，说道，“我们以后会从皮特本人的那里听到全部情况的。”

（咖啡上得还真的是挺慢的。）

“那他现在住在哪里呢？”晓治·维特布莱特嘟囔着。这个回复立刻在冲洗着布鲁顿夫人的灰色衣服的仆人之中激起了阵阵涟漪，他们为她拾掇着东西，拦截了干扰，还将她包裹在一层精密的织物之中。然后再缓和地动作，减少打扰，在布鲁克街的宅子里铺开一张细细的密网，一切东西都能够各有所归。而灰白色头发的，已经在布鲁顿夫人身边服侍了三十年的珀金斯也能够马上准确地拣出所需之物。这时他写下了皮特的地址，交给了维特布莱特先生。晓治拿出了笔记本，扬了扬眉毛，然后把地址夹在了最重要的文件夹中，然后说他会让伊芙玲请他来吃午饭。

（仆人们等着维特布莱特先生吃完后好上咖啡。）

晓治吃得可真慢啊，布鲁顿夫人心里想。她看到他发胖了。而李察，却总是保持着最佳状态。她开始变得不耐烦了，她的身心都全部倾注与肯定无疑地，或者专横地把这些不必要的琐事推到一边，然后注意那件吸引她的事情上。那件事情不仅占据着她的注意力，而且占据着构成她灵魂的重要物质。其实就是她身上最本质的那一部分，没有了这个，她——米利森特·布鲁顿就不是米利森特·布鲁顿了。那件事情就是计划把高门大户人家的男女青年移民到加拿大，而且帮助他们确立好的发展前景。但她言过其实了，可能因为她失去了平衡感。对于别人来说，移民并不是明显的良方，也不是最高高在上的设想。对于他们来说（对晓治，李察，甚至是忠心耿耿的布拉殊小姐来说，都是这样的），这些都是不能使被压制的自我思想得到释放的，而像布鲁顿夫人这样，如此健硕威武，出身名门，性格率直，不藏感情却又缺乏内省（其实也就是明朗而单纯，可是为什么不能每个人都明朗而单纯呢？她问道）的女人，却感到，青春一旦过去，以自我为中心的思想就会在她内心翻涌起来，她必须朝某个目标前进发泄——可能是移民，也可能是解放。反正不论是什么，她的灵魂每天都要围绕着这个目标分泌出身体的菁华，使她变得光彩夺目，光华可鉴，一半是镜子，一半是宝石。时而小心藏匿怕人嘲笑，时而又将它骄傲地展示在世人面前。总之，移民，在很大程度上已经变成布鲁顿夫人生活的一部分。

但是她不得不写信。她常对布拉殊小姐说，给《泰晤士报》写一封信，比组织一个到南非的远征队还要难（她在战争的时候也确实组织过）。但是在整整一上午写了撕、撕了写以后，她觉得自己作为一个女人竟然如此的无用，这也是她在别的任何时候都没有感到过的。这时候她就会满怀感激地想到了晓治·维特布莱特，因为他确实拥有给《泰晤士报》写信的文笔跟艺术——这也是谁也不能怀疑的。

一个和自己的素质完全不符的人，对语言却是如此精通，能按编辑的喜好来措辞，还具有着你没有办法简单称之为贪婪的热情。出于对男人和宇宙规律之间的神秘而和谐关系的敬重——女人却没有这种和谐关系，布鲁顿夫人常常不急着对他们做出判断。他们知道如何措辞，如何去理解别人的意思。因此当李察给她出主意，晓治给她写信的时候，她多少可以肯定里面也确实有几分道理。于是她让晓治吃她招呼的蛋奶酥，小心地问候可怜的伊芙玲。一直等到他们吸烟的时候才说道：

“米莉，你能去把信纸拿来吗？”

于是布拉殊小姐走了出去，然后回到房间里，把信纸放在桌子上。晓治拿出了他的钢笔，他的那支银钢笔，已经用了二十年了，他一边说，一边拧开了笔帽。这笔还是完好无损的，他之前拿去给制造厂家看过，他们说这笔没有任何磨损。这多少都要归功于晓治，以及他这支笔所表示的感情（李察·达洛薇是这样认为的）。晓治开始认真地写下了花体的大写字母，字母与字母的间隔处还带着圈。他就这样奇迹般地把布鲁顿夫人紊乱的思绪变成了意义明确而且合乎语法的句子。布鲁顿夫人看到这奇迹般的变化，心想，连《泰晤士报》的编辑也一定会对此心存尊敬的。晓治写得很慢。晓治是个很固执的人。李察总对他说人总得冒点险。晓治建议为了照顾别人而写得和缓一些，当李察笑他的时候，晓治尖刻地说，人们的感情“是必须要考虑上的，”而且念了他写的如下一段：因此，我们认为时机已经成熟了……在我们不断增长的人里的那些过剩的青年……这是我们对死者应尽的责任……”，李察认为这都是些废话，但当然，写进去也没有什么坏处。修改后继续起草稿，把字母ABCD各式排列，然后把思想一条条列出，一边还掸掉落在背心上的雪茄灰，还不时总结一下进展情况。最后，他终于写完了，轻声念了一遍，布鲁顿夫人觉得肯定这是一篇杰作。仅仅是她写的ABCD的话，意思听起来还会是那样的吗？

晓治不能保证编辑肯定会把这封信登出来；但是他也会在午餐会上能见到某一位人物。

听到这句话的时候，很少有优雅举动的布鲁顿夫人把晓治给她的康乃馨花，全都塞到衣服的胸口上，两只手往外一张，把他唤作“我的首相！”她真不知道没有他们两个人，她应该怎么办。他们站起了身来，李察·达洛薇还是老样子，溜达着过去看了一眼将军的画像。因为他打算一有空就写写布鲁顿夫人家的历史。

米利森特·布鲁顿对她的家族是非常骄傲和自豪的。但是她看着画像的时候，说，他们也可以先等一等，他们也可以先等一等。她的意思是说，她家族的成员全部都是文官武将，海军的军官，是实干的人，他们也都已经尽到了自己的那份职责。李察的第一职责是国家的任务，看上去那真是一张杰出的脸，她说。所有档案的材料都已经准备好了，都在奥尔特密克斯顿，到时候李察想要写的时候就可以用上。他们也可以等一等，她的意思是指等工党政府垮台以后。“啊，快来看看从印度过来的消息吧！”她大声喊道。

后来，当他们站在过厅里面从孔雀石桌上的一个大盘子里拿起黄色的手套时，晓治以完全没存必要的殷勤送给布拉殊小姐一张没有人会想要的什么票。或者想表达着某一类的小意思，布拉殊小姐一向从心底里反感着这样的事情，脸一下子就涨成了砖红色。李察手里拿着帽子，转身对着布鲁顿夫人说道：“今晚我能在我们的宴会上见到你吗？”听了这句话之后，布鲁顿夫人又恢复了被刚才写信破坏了的高贵风度。她可能会来，也可能不会来。克拉丽莎还真的有太多精力了。宴会实在让布鲁顿夫人感到害怕。话又说回来，她已经变得越来越老了。她站在门口的时候这样说道。她站得直挺挺的，端庄而优雅。她养着的小狗平躺在她的背后，布拉殊小姐手里拿着什么纸张文件，退到了屋子里不显眼的地方。

布鲁顿夫人缓慢而端庄地走到楼上的房间里面去。她躺在沙发上，一只胳膊伸直着。她叹了一口气，发出了细微的鼾声。可是她并没有睡着，只是觉得昏昏欲睡。她就像躺在了这炎热的六月天里骄阳暴晒下的一块蓿苜地上，蜜蜂在四周飞来飞去，有时还能看到黄蝴蝶。她常常回想起德文郡的那一片田野，那时候她常常爱骑着她的小马帕蒂，和兄弟莫蒂马还有汤姆一起跃过小溪，还有那些小狗，还有那些田鼠。他们的父母坐在草坪的树阴下乘凉，茶具也摆在了外面。院子里还有种有大丽花，蜀葵跟蒲苇的花坛。而他们的小捣乱跟恶作剧也总是淘气不堪！他们会偷偷地从灌木丛里钻回来，小心翼翼地，不让人看见，衣服也总是因为恶作剧而弄得又脏又乱。听听，老保姆还在唠叨着她是怎样把衣服弄脏的！

哎呀，天啊，她终于想起来了——现在是布鲁克街的星期三啊。那两个好心的人李察·达洛薇和晓治·维特布莱特在这样一个大热天穿过一条条的大街回去了。街上喧嚣的声音一直传到躺在沙发上的她的耳畔。她有权势，有地位，有收入。她曾经生活在她那个的时代的潮流前列。她也曾经有过不少好朋友；结识过当年最有才华的男人。伦敦嗡嗡的车子声不断地向她的耳边涌来，放在沙发靠背上的那只手握在了一根想象出来的，可能她的祖先也握过的那种官杖上。她昏昏欲睡地握着这根廷杖，好像她站在了战场上，统领着大批的部队向加拿大挺进。而现在，那两个好心的人，正在伦敦里穿街过巷，回到他们的家。那片小得跟地毯似的地方，叫做梅费尔的地方。

他们离她越来越远了，但是他们和她之间有一条细细的线连接着，牵绊着（因为他们刚才和她一起吃了一顿午饭）。在他们穿过伦敦回去的时候，这条线会越拉越长，渐渐地变得越来越细。就像在一起吃过午饭后，就有一条联系的线把你的朋友跟你的身体彻底地连接了起来。这条线（在她打着瞌睡的时候）伴随着广场上报时的钟声，或者是教堂召集人们去做礼拜而敲的钟声，慢慢地变得模糊起来，就像是一根细长的蜘蛛丝被雨点重砸，在重压下不堪所负而逐渐弯垂下去。她就这样慢慢睡着了。

正当米利森特·布鲁顿躺在沙发上，任随那条细线被打断，打起鼻鼾来的时候，李察·达洛薇和晓治·维特布莱特，却在管道街拐弯的地方犹豫不决。在那个街角，有两股从相反方向刮来的风在自由搏击着。他们朝着一家商店的橱窗里面看进去，他们并不想买什么东西或者交谈什么话题，他们只想在此刻分手。只是因为这两股从相反方向刮来的风，在街角自由搏击着，使得早晨与午后的这两股力量汇集成一个旋涡，让体内的精力如同潮水退下般有所下降，他们才停下脚步。某一家报纸的广告飞上了天空，一开始像一只风筝，翩翩优雅，后来它停顿了一下，颤颤抖抖地扑了下来，像是一块女人的面纱挂在那儿。黄色的遮篷随风抖动着。车辆比上午减少了很多，常常有单辆马车在显得有点空荡荡的街道上毫不在意地驶过。在李察·达洛薇全心全意地想着的在诺福克发生的事情时，一股温暖的夏风把两周的花瓣吹得合拢起来。它拂起了水面的涟漪，吹皱了开满鲜花的草地。在草地上晒太阳的人在经过了一上午的工作后，在树篱下小憩了一会。这时候绿色的叶片和随风吹拂的一丛丛颤动着的欧芹仰望着天空，夏天里那蔚蓝不变的，光辉的天空。

李察忽然意识到自己正在看着一只詹士一世时期[①]的双柄

① 詹士一世时期：指英王詹士一世统治的时期（1602—1625），或泛指17世纪早期英国文艺复兴时代的艺术风格。——译者注

银杯，而晓治·维特布莱特以行家的态势骄傲地欣赏着一条西班牙项链，他想去问一下这个多少钱，也许伊芙玲会喜欢这个款式的——但是即便如此，李察仍然感到麻木，他既不能随意思考又不能任意移动。生活制造出了这么多的渣滓，橱窗里满是五颜六色的人造宝石。人们站在外面往橱窗里看，像一个了无生气的老人一般拘谨，又像是僵化的老人般呆滞。伊芙玲·维特布莱特可能会喜欢这条西班牙项链——说不定她真的会的。他忍不住了，一定要打上一个哈欠了。晓治正在走进商店里面问价钱去。

“你做得太对了!”李察说着，也跟晓治进去了。

天才知道他并不想和晓治一起去买项链的。但是他体内好像汹涌着精力的潮水。早晨与午后的相遇就像是一叶脆弱的小舟，在深之又深的洪流中浮浮沉沉。布鲁顿夫人的曾祖父跟他的回忆录，还有他在北美的战争都被这洪水慢慢地吞没，直到沉入了水底。米利森特·布鲁顿夫人也是一样的。她也跟着沉了下去，慢慢地沉了下去。李察根本一点也不关心移民这件事的结果，也根本不关心晓治写的那封信，也不管杂志编辑会不会把那封信登出来。那条项链展示在晓治那令人称羡的修长的手指之间，如果他一定要买这样首饰，就让他送给一个姑娘吧——街上随便一个姑娘，随便哪个都行。因为李察确实强烈地觉得这样的生活——给伊芙玲买一条项链——是那么没有价值啊。如果他有一个儿子，他肯定会对他说，工作至上，工作至上。可是他有一个女儿伊丽莎白了，他也非常爱他的伊丽莎白。

“我想见一见迪博尼先生。”晓治用他那世故的语气简短地说着。原来，这位迪博尼先生有维特布莱特太太颈围的尺寸，或者更为奇怪的是，他掌握她对西班牙首饰的那些观点跟欣赏的方式，还有她对这一类首饰的拥有状况（反正晓治是真的记不得这些东西了）。在李察·达洛薇看来，这些都非常怪异。因为他从来都不会给克拉丽莎送礼物的，可能只在两三年前给过她一只手镯，但是想来她并怎么喜欢，反正她也从来没有戴过。一想起这件事，他心里就很难过，她竟然一次也没有戴过他送的手镯。这就像一根蜘蛛丝飘来摆去之后，终于附着在了一片叶子上，李察的心灵从了无生气中恢复了过来。这时他的所有想法集中在他的妻子克拉丽莎的身上，皮特·沃尔殊曾经那样热烈地爱过她啊。李察的眼前突然间出现了她在餐桌旁吃着午餐的景象，他自己和克拉丽莎一起时的景象，只有他们两个共同生活的景象。于是，他把一盘老旧的首饰拉到自己面前，一会儿拿起这枚胸针看看，一会儿又拿起那枚戒指瞧瞧，不时还问着“这个多少钱？”但是他又有点怀疑自己的眼光。他希望他一会儿在打开客厅的门走进去的时候，伸出的手里能拿着一件什么东西来送给她，一件给克拉丽莎的礼物。问题是他应该买什么礼物呢？但晓治又开始走动了，他真是太自负了。真是的，他都已经和这家店打了三十五年的交道了，肯定不会让一个对生意一窍不通的小孩子来敷衍搪塞他吧。看来迪博尼先生不在，如果迪博尼先生不在店里，他是什么东西都不会买的。那个年轻人听了后脸瞬间涨得通红，然后对他端端正正地鞠了个躬，一切礼仪行为都显得非常得体。但是就是要他的命，李察也不会这样说的！他真的很不明白为什么他要这样做。

他们怎可以容忍晓治那该死又傲慢的态度啊。晓治真是一头令人无法忍受的蠢驴！李察·达洛薇最多能忍受一个小时让自己跟他待在一起。李察轻轻掸了一下圆顶硬礼帽，也算是告别了。然后他在管道街口处拐了个弯。他很急切地，没错，是非常急切地像要沿着那条能够连接他和克拉丽莎的蜘蛛丝走去，他想要径直地走到威斯敏斯特里去，想要回到家里，她的身边去。

可是他在走进家里的时候，手里应该拿着什么东西比较好呢？鲜花吗？好吧，就鲜花吧，因为他没有信心自己能够在众多的黄金首饰里选到她喜欢的那一条。反正送花的话，随便多少枝花也可以——玫瑰，兰花。送她礼物还真是一件不管你怎样考虑都是比较重大的事情啊。他们在午餐的时候谈起了皮特·沃尔殊之前对她的感情。但是他们却从来不谈起这种感情，也有很多年都没有谈过了。他的手里紧紧捧着他的红玫瑰和白玫瑰（用薄薄的纱纸庄重地包装着的一大捧花）时，心里想着，这真是世界上最大的错误啊。他到最后都变得说不出口了，是不好意思，他想道，一边还把买花人找给他的一两个硬币放进口袋。然后，他把那一大束鲜花捧在了胸口，向着威斯敏斯特区走去。他要把这束鲜花献给她，还要直截了当地对她说（也不管她会怎么想他了)“我爱你。”一定要这样做啊。他想到了战争，觉得还真是个奇迹。有上百万个可怜的小伙子年纪轻轻就因为在战乱中丧生而堆在一起埋掉了，现在他们的大半部分人已经渐渐地被遗忘。他却可以在这里穿过伦敦，然后向克拉丽莎直截了当地说他爱她，这还真是个生命的奇迹啊。他想，他从来就没有说出过这句话，一方面是由于懒惰，另一方面是由于羞涩。但是克拉丽莎——想念她也是一件很困难的事情，除非在某一些比较突然时刻，譬如说在刚才午宴的时候，他就很清晰地看到了她，看到了他们在一起时的全部生活。他在十字路口停了下来，反复说着——他的天性单纯，道德也还没被腐化；他翻过千山万水到处跋涉，也开过枪；他性格执拗顽强，支持着被压迫的人；他在下议院中按自己的本性来行事；他保持了自己的最单纯的本性，但同时却变得沉默寡言而且行为拘谨生硬——他反复地说着。他能够娶到克拉丽莎真是太幸运了，真是一个奇迹啊。他想，他的生活还真是充满着奇迹。他还在犹豫着要不要过马路。但是当他看到年纪才五六岁的小家伙们独自穿过皮卡迪利街时，他愤怒极了，那些警察是应该立刻让车辆停下来的。他甚至已经对伦敦的警察不抱任何幻想了。实际上，他也正在收集警察利用职权胡作非为的证椐：为难那些卖蔬菜水果的小贩，还不允许他们把手推车停在街上做生意；还有那些可怜的妓女，上帝啊，她们并没有错啊，那些年轻的嫖客也没有错啊，错就错于我们可恶的社会制度。当头发灰白，态度强烈，衣冠楚楚而又干净利落的李察穿过公园，想要立刻回去告诉他的妻子他爱她时，他在思考着这一切，而且也十分明显地看得出来他在考虑着这一切。

一会儿他走进房间的时候，他就要立刻直接地把话说出来。因为他想，如果永远都不把自己的感情说出来，那真是一件遗憾的事情。他一边想着，一边穿过了格林公园。他很高兴地注意到，这里许多贫困的人带着全家大小，一起随意在树阴下坐着或躺着，乘凉或娱乐。孩子们在空地上向上踢腿，或者喝着牛奶。纸袋到处可见，但是如果有什么人对此是有意见的话，只要叫那些穿着制服的胖先生去收拾一下那就可以了。因为他觉得，在夏季的月份里，每一个公园跟广场都应该向儿童免费开放（公园里的草被阳光照得时明时暗，映着威斯敏斯特地区贫穷的妈妈们还有她们在地上爬行玩耍着的婴儿，仿佛有一盏黄色的灯在草地上面移动）但是对于他能给这些女流浪者什么帮助，他就不知道了。譬如说那一个可怜的女人，她的胳膊肘撑着躺在地上（好像她能够彻底地摆脱大地的束缚，身子往地上猛地一扑，然后好奇地观察着，大胆地推测着思考着一切事情发生的的因由；她说话无礼，冒失却又不乏幽默）。李察·达洛薇像捧一件武器一样庄严地捧着那束鲜花。他走近那个女人，全神贯注地从她面前走过。但是仍然有那么一瞬间，他们之间闪现出了火花——她看到他的那个滑稽的样子不禁笑了起来，他也和蔼亲切地向他微微一笑，然后心里又继续思考着女流浪者的那些问题，当然他们永远都不会有什么机会交谈。但是他还是要告诉克拉丽莎他爱她，直截了当地告诉她。从前他曾经妒忌过皮特·沃尔殊，妒忌他跟克拉丽莎的那个时候，那段感情。但是她常常对他说，她没有嫁给皮特·沃尔殊真是一个对的选择。他非常了解克拉丽莎，所以知道一旦她说出来了，那些话就是真心话了。她非常需要支持。但是这倒并不是因为她很软弱，但是她需要支持，单纯地需要支持。

至于，白金汉宫（它就像是一个年老的歌剧女演员，穿一身白衫祥和地面对着观众）？你不可以否认它具有某一些庄严的气派，他这样想着，对于千百万人来说（还有一小群人正等在门外，想看国王乘车出宫呢)，它毕竟只是一个象征，尽管这个说法确实很荒唐可笑。所以，我们也不应该鄙视它。一个小孩子随便用积木搭出的东西也会比它更好看，他想着。他看到维多利亚女王的纪念碑（他还能记得女王戴着角质镜框的眼镜，乘着车穿过肯辛顿），看着那个白色的象征王权的宝球还有她如慈母般富态的身体。他喜欢受到霍萨的统治，他喜欢继承性，还有将过去的传统传于后世之感。他所生活的时代是伟大的。真的，他自己本身的生活就是个奇迹。在这一点，他也明白；你看这就是他啊，正当壮年，现在正在走向威斯敏斯特的家中，然后大声地告诉克拉丽莎他爱她。他想，这就是幸福吧。

就是，这就是幸福。他说着，一边还走进了牧长园。大笨钟开始报时了，先是悠扬的预报声，然后是如箭冲脱般的报时钟声。他走进家门的时候心里想着，这个午宴浪费掉了整个下午的时间了。

大笨钟的钟声涌进了克拉丽莎家里的客厅，她心里非常恼火地坐在客厅写字台的旁边。她很担心，很恼火。但是也确实，她并没有邀请艾力·亨德逊来参加她的宴会，而且她是故意没有请的。现在玛莎太太却写了封信说："她把宴会的事情告诉了艾力·亨德逊，她想求求克拉丽莎，艾力也非常希望能够参加。"

可是她为什么要把伦敦所有没有任何意思的女人都请来参加她的宴会呢？为什么玛莎太太要干涉她这件事？还有，伊丽莎白把自己和多丽丝·吉尔曼一起关在房间里已经持续了好长一段时间了。她真的没有办法再想出有什么是比这更加让人恶心的事了。在这样的时刻跟那样一个女人一起做着祈祷！大笨钟令人伤感的声波盈溢在了屋子里，然后渐渐退去，但很快又重新聚集起来再次涌入。这个时候，她显得更加心烦意乱。她似乎听到了什么东西窸窣在门框刮着的声音——这个时候，又会是谁呢？三点钟了，天啊！已经三点钟了！因为大笨钟这时以其摧毁玩物的力量直截了当而且极端威严地敲了三下。她其他什么声音都没有听见，但是门的把手转动了一下，李察走了进来！真是太出人意料了！李察走了进来，还把捧着的鲜花给她。她曾经使他无数次地失望过，有一次是在君士坦丁堡，听说布鲁顿夫人的午宴非常有意思，但她还是没有请她。他把鲜花给她——玫瑰花，有红色有白色的玫瑰花。（但是他仍然没有办法让自己说出那句爱她，仍然没有办法直截了当地说出来。）

啊，多漂亮的花啊，她说着，把花接了过来。她明白的，就算他不说，她也是明白的，他的克拉丽莎。她把花插在了壁炉台上的花瓶里。她说，这太好看了！今天的午宴有意思吗？她问道，布鲁顿夫人问候她了吗？皮特·沃尔殊回来了。玛莎太太也来信了。她一定要请艾力·亨德逊吗？那个女人，那个基尔曼还在楼上。

“来，我们一起坐五分钟吧。”李察说。

整个房间看上去空荡荡的，所有的椅子都靠着墙放着。他们都做了些什么呀？哦，好像是为了准备宴会。嗯，准备宴会，他没有忘记今晚的宴会。皮特·沃尔殊回来了。对啊，没错，他回来了。而且他可能已经来过了，他打算要离婚。他爱上了印度那边的某一个女人。他一点儿也没有变。而她，就在那儿，缝补她的裙子……

“我的心里想着波顿，还有那时候的事情。”她说。

“晓治今天参加午宴了。”李察说。她也遇到他了！咳咳，他变了，简直让人无法忍受。还给伊芙玲买什么项链。现在还长得越来越胖，真是一头让人无法忍受的蠢驴。

“当时我突然间就想到，‘我差点和你结婚了，’”她一边说着，一边在心里想着皮特今早戴着他的小蝴蝶领结坐在那里的情景。他的手里还是拿着那一把折刀，不断打开，又关上。“你知道的，他一向就是这个样子。”

李察说，他们在午餐的时候谈起了他。（但是他还是没有办法对她说他爱她。他牵着她的手，心里想着，这样已经很幸福了。）他们替米利森特·布鲁顿写了一封信寄给《泰晤士报》。晓治也只适合去干这种事了。

“咦，我们那亲爱的吉尔曼小姐呢？”他问道。克拉丽莎觉得那些玫瑰好看极了。一开始它们簇拢在了一起，现在自己慢慢分散开了。

“吉尔曼在我们刚吃完饭的时候就来了，”她说道。“伊丽莎白看见她就脸红了。她们把自己关在了房间里。可能是在祈祷吧。”

天啊！他可不喜欢做这事。不过如果你随着它去，这样的事情也会慢慢过去的。

“她穿着防水外衣的时候还拿着一把雨伞。”克拉丽莎说。

他还是没有说“我爱你”，但是他紧紧握着她的手。可是幸福就是这样啊，就是这样，他想道。

“可是我为什么一定要把伦敦所有没有意思的女人都要请来参加我的宴会呢？”克拉丽莎说。而且如果现在玛莎太太开宴会的话，不是由她负责邀请自己的客人吗？

“可怜的艾力·亨德逊。”李察说道——他想，克拉丽莎竟然会如此在乎她的宴会，还真是一件奇怪的事情。

但是李察根本就不知道房间应该装饰成什么样子。但是——他刚才想说什么来着？

如果她总是为这些宴会而烦恼担心的话，他以后都不让她开办了。她现在是不是希望当年嫁的人是皮特？不过他要走了。

他要走了，他说着，然后站了起来。可是他就这样在那里站了一刻，好像想说什么似的。她心里琢磨着，他想说什么呢？为什么呢？为什么送那些玫瑰花？

“是什么委员会开会的事吗？”他开门的时候她问道。

“可能是关于亚美尼亚人的，”他说，“但也有可能是阿尔巴尼亚人。”

人都有尊严，还有孤独。就算是在最亲密的夫妻之间也会有一道鸿沟。这是你必须要尊重的事实，克拉丽莎看着他开门时想道。你自己也不愿意去放弃它，也不愿意违背丈夫的意愿去夺取它，不然就会让你失去独立跟自尊了——这毕竟是无价之宝。

他拿着一个枕头跟一床被子回到了房间里。

“午餐后要好好地休息一个小时啊。”他说完就离开了。

他就是这样的一个人啊！他会不断地说“午餐后要好好地休息一个小时”直到末日为止，就因为之前给她看过病的某一个医生曾经这样要求过。他就是会这样，一丝不苟地按着医生说的话去做。这是他可爱而且淳朴的一部分，谁都是可爱的，但谁也不会可爱、淳朴到这个程度。这是他坚持做下去的事情，而她和皮特却会把所有的时间都浪费在小吵小闹上。李察安顿好她在沙发上，让她欣赏他的玫瑰花之后，现在已经走着在去下议院的路上了。他要去参与讨论他的亚美尼亚人，他的阿尔巴尼亚人。大家都会说，克拉丽莎·达洛薇给他惯坏了，因为她对她的玫瑰花要比这些亚美尼亚人关心得多。他们其实是暴行和不正义行为的受害者，被驱赶得无处容身，被加害，而且饥寒交迫（她曾经听到李察一再地这样说着）——而她，对阿尔巴尼亚人却感觉不到任何同情，啊，其实也可能是亚美尼亚人吧？她不清楚。但是她爱她的玫瑰花（这是不是对亚美尼亚人毫无好处？）这是她唯一能够忍心看到被人从枝节上剪下来的花。但是李察应该已经到了下议院了吧。他已经给她解决了所有的困难，现在他在开他的委员会了。不过，不对啊，唉，不是这样。他根本就不明白她不愿意请艾力·亨德逊来宴会的原因。当然，如果他希望她请她，她也会这样去做的。但是既然他已经把枕头被子都拿来了，那她就随意再躺一会儿吧。……但是——但是，为什么她会突然间地无缘无故地感到这么伤感呢？她就像个把一粒珍珠或者钻石掉在了草丛里的人，然后小心地拨开这些或者那些高高的草叶，开始找了这边那边，却怎么也找不到，最后，终于在一些草根中找到了。她就是这样，一件件事情地回想着。不是，不是因为萨利·瑟顿曾经说过，李察的脑子不太好使，所以才永远不能进入内阁（她忽然想起了这句话）。不是，不是的，她并不在意这一点啊，这也和伊丽莎白和多丽丝·吉尔曼也没有关系，这就是现实的存在。她有一种感觉，一种不愉快的感觉，可能是今天比较早的时候就开始了的。可能是因为皮特说的什么话引起的，再加上她自己一个人在卧室脱帽子时感到的沮丧。而且李察的话更是大大加深了这种感觉，可是之前他究竟说了些什么呢？那是他送给她的玫瑰花。噢，对了，是她的宴会！对了！是她的宴会！因为她的宴会，他们两个人都很不公平地批评了她，而且很不公正地对她加以嘲笑。噢，对了，正是这个原因！正是这个原因！

那她应该怎样为自己辩护呢？现在已经找到了原因，所以她觉得现在非常快乐。他们认为，至少是皮特认为，她就是喜欢把自己的想法强加于人，喜欢身边总有一大堆名人簇拥着她。在那些大人物面前她根本就是个势利之辈。好吧，皮特很可能会这样想。而李察则是仅仅认为，她明知道这样的热闹跟激动会对她的心脏不好，却还大肆开办聚会，人来人往，热闹激动，这实在是太愚蠢了。他觉得她这样太幼稚了。可是他们两个的想法都错了。她热爱的不是这些，她热爱的仅仅是生活本身罢了。

“我只是为了这我才举行宴会的。”她向着生活大声说道。

因为她躺在沙发上，独自居住，所以也不必承担什么责任。她如此明确地感觉到的这个东西变成了具体的物体。现在大街上响着的明快的声音是他身上披着的袍子，他灼热的气息呼呼地吹动着窗帘。但是，假如皮特对她说：“对啊，对啊。那些都是你的那些宴会——可是你那些宴会又有什么意义呢？”她也只能说（而且她也不指望有什么人会明白她）：这就是一种奉献啊。这话说得非常含糊，可是皮特又有什么资格说生活就是一帆风顺无风无雨的呢？——这样一个总是恋爱着，又总是爱错人的皮特，你的爱究竟是什么呢？她可以这样反问他。她当然知道他的答案：爱会怎样地成为世界上最重要的事情，而且在他看来，根本没有一个女人会理解他。好吧。但是又有哪个男人能理解她的想法呢？起码只是理解她对生活的看法，都没有。她没有办法想象皮特或者是李察也像她一般，会毫无缘由地而且不辞辛劳地举办着宴会。

但是，在人们所说的这一切的下面（这些判断是那么肤浅、那么支离破碎啊！），在她自己心里想得更深一点，这个她叫做生活的东西对她到底意味着什么？啊，真是奇怪得很。某某在南肯辛顿；某人在贝斯沃特。而一个人比方说在梅费尔。她不断感到他们的存在。感到这是那么无谓的浪费。她感到那么可惜啊。她感到要是能把他们聚集在一起有多好；因此她就这样做了。这是一种奉献。去联合，去创造。但，是给谁的奉献呢？

可能是为了奉献而作出的奉献。总之，这是她对生活的馈赠。她没有其他别的什么有重要意义的东西了。她又不会思考，又不会写作，甚至连最基本的弹钢琴都不会。她也分不清亚美尼亚人跟土耳其人，向往着成功，憎恨着困苦。但是一定要有什么人喜欢她，然后跟她尽说一些毫无意义的废话。但是直到今天，如果你问她什么是赤道，她也一点都答不上来。

虽然是这样，但日子还是要一天接着一天地度过，星期三，星期四，星期五，星期六。她在早上醒来的时候，能够看到蓝蓝的天空，然后到公园散步，还会忽然遇见晓治·维特布莱特，后来皮特忽然走了进来。再后来就是这些玫瑰花。但这已经够了。在这之后，死亡是那么恐怖，那么难以相信啊！——这一切都必须要结束的。而这个世界却没有一个人会知道她曾经那么地热爱这一切，是怎样的热爱着，每一个时刻都热爱着……

门打开了。伊丽莎白知道妈妈正在休息，所以她蹑手蹑脚，悄悄地走了进来，一动不动地站在那里。是不是一百年前有哪一个蒙古人在船只失事之后来到了诺福克的海岸上呢（就正如西伯里太太所说的那样），又或者，他和达洛薇家的某个女人有了纠缠？因为达洛薇家的人一般都是金发碧眼的，但是伊丽莎白则恰恰相反，长着黑色的头发，苍白的脸上却长了一双中国式的眼睛，让她立刻就有了一股东方的神秘色彩——温柔，体贴，安静。小时候她非常幽默，但现在她十七岁了，却变得不苟言笑。克拉丽莎也一直不明白这是为什么。她就像是一棵被绿色的叶子覆盖着的风信子，花苞上还沾染着淡淡一层颜色，但她就是一棵不能沐浴到阳光的风信子。

她就这样静静地站在那里，看着她的妈妈。房门是半开着的，克拉丽莎知道，门外是吉尔曼小姐。那个穿着防水衣的吉尔曼小姐，在外面听着她们说话。

事实也是如此，吉尔曼小姐站在了楼梯平台上，还是穿着那一件防水衣。但她穿这种衣服也是正常的。因为首先，它比较便宜；再者，她已经四十多岁了；毕竟不会再像是年轻女生一样，再为了要取悦什么人而好好地装扮自己。而且她真的很穷，穷到了身份卑微的地步。不然她也不会为达洛薇家里的人工作，不会给有钱人打工。他们总是喜欢对着穷人表现出很慈悲的样子。但是说句公道话，达洛薇先生一直都对她很和善。但是达洛薇夫人就不是这样。她单单只是出于恩赐罢了，她来自一个最没有价值的阶级——反正就是有钱阶级，只有那么一点肤浅的文化教养。他们的家里到处都是昂贵重要的物品：油画，大地毯，还有大批大批的仆人。她认为达洛薇家这样的人为她所做的一切也完完全全是她应该得到的。

但是她受骗了。是的，这样说真的不是夸张。因为毫无疑问，一个女孩子还是应该有权利享受到幸福吧？可是她又穷而且又笨手笨脚的，从来都没有真正得到过幸福。再加上她刚刚才在多比小姐的学校里得到可能发展的机会时，战争就爆发了，而且她在任何事情的看法上也不会说假话。多比小姐认为，吉尔曼小姐如果在对德国人的问题上和与她想法一致的人在一起，生活就会快乐很多。但是她不得不离开学校。但事实也是如此，她的家族里有德国血统，18世纪的时候他们姓的拼法是“Kiehlman”而不是“Kilman”。但是她的兄弟是在战场上牺牲的。学校把她开除了，因为她有德国的朋友。可是她生命中唯一的幸福的时候是在德国度过的，她不肯跟他们一样，把全部德国人称作是坏人！而且，她毕竟还是读过历史的。她却只能找到什么工作就干什么工作。

达洛薇先生是她在给公谊会工作时遇到她的。他让她来教自己的女儿历史（他还确实是一片好心），另外她还教伊丽莎白一些夜校函授的课程。后来上帝给让她愿望实现了（说到这里时她总是慢慢低下头去）。在两年零四个月前她才看到了圣光。现在，她已经不再妒忌像克拉丽莎·达洛薇这样的女人了，她对她们也只有怜悯。

当她站在柔软的地毯上，看着墙上那一幅刻着一个戴皮手套的小女孩的版画时，她从心底里对她们产生怜悯和鄙视。像她们这样处处奢侈的生活，还怎么能够希望生活能够变得好些呢？伊丽莎白说："我妈妈正在休息，但是她不应该躺在沙发上的。"对，她应该在工厂干活，或者站柜台售卖商品，达洛薇夫人跟所有的那些所谓高贵的女士们都应该要干这些工作！

怀着满腔愤怒和不满的吉尔曼小姐在两年零三个月之前走进了一座教堂。她听了爱德华·维特克牧师宣布着什么庄严的圣告；她还听了唱诗班的男孩唱着赞美诗；她好像还看到了圣光的降临。但是究竟是因为音乐，还是因为牧师说话的声音（她自己平常在晚上独处时也常常拉小提琴解闷，但是她拉出来的琴声却实在让人难以忍受，她没有这么好的乐感）呢？当她坐在教堂里的时候，本来在她的心中翻腾汹涌着的愤怒感情渐渐的平息了下来。她泪如雨下，然后到维特克先生在肯辛顿区的私宅里去拜访了他。他说，这肯定是上帝所为。主给她指出了一条明路。所以，到了现在，每当她内心翻腾起那种对那些所谓高贵女士们的痛苦愤怒的感情时——就像是这种对达洛薇夫人的憎恨，对世界的憎恨时，她就会想起上帝。她就会想起维特克先生。于是，她深深呼吸，平静慢慢地取代了怒气，愉悦轻快的感觉渐渐地充溢在血管之中。她微微张着嘴唇，身穿着防水衣，让人觉得恐怖地站在楼梯平台上，然后以一种安详中带着坚定跟厌恶的眼光看着和她女儿伊丽莎白一起走出来的达洛薇夫人。

伊丽莎白说她忘了拿手套了。其实是因为基尔曼小姐和她母亲互相憎恶对方。她无法忍受看到她们在一起。她跑上楼去找手套去了。

但是吉尔曼小姐其实并不恨达洛薇夫人。她把她那大大的棕褐色的眼睛看着克拉丽莎，观察着她红润的小脸蛋，娇小柔弱的身体，还有那明显的上流社会做派。而吉尔曼小姐心里的感觉是，你这个傻瓜！你这个笨蛋！你这个没有经历过任何悲伤也没有享受过任何快乐的可悲的人！你知道吗？你在白白浪费着自己的生命！她的身上忽然涌起一股强烈的欲望：她要征服她，要揭露她。如果她可以把她打倒，可能心里就会感到轻松一些。但是她希望征服的并不是她的身体，她不想和她打架，她想征服她的灵魂和她表露出来的假象，还想要克拉丽莎感受得到她对她的控制。如果能够让她哭，让她就这样毁灭掉，还能尽情地羞辱她，让她跪在地上朝着自己大声喊叫：你才是对的！你才是对的！那该多棒啊。但这些都不是上帝的旨意，也不是她吉尔曼小姐的旨意。这只是宗教所获的一种胜利。于是她瞪大着眼睛，怒目看着达洛薇夫人。

克拉丽莎真的惊吓到了。这个人居然是一个基督教徒——这个该死的女人！这个女人竟然把她的女儿抢走了！她竟然还能跟冥冥中的神灵心意相通！她身材又笨重，相貌又丑陋平庸，而且性格还不亲切和蔼，心肠也不宽厚仁慈，但她却如此深刻地了解生活的意义！

“你要带伊丽莎白去商店吗？”达洛薇夫人问道。

吉尔曼小姐说是的。她们就这样站在那里，反正吉尔曼小姐一点也不打算去讨什么人喜欢。她一向都是靠自己的力量去干活挣钱。而且她在现代史方面的知识掌握得非常透彻。虽然她的收入微薄，但还是要为自己所深深信仰着的事业拿出一定数目的钱来支持。但是眼前的这个女人却不做任何贡献，也没有任何的信仰。把女儿教养得——这时伊丽莎白过来了，气喘吁吁的，长得漂亮的那个姑娘。

这么说她们还真的要去商店了。不过真的很奇怪，当吉尔曼小姐站在那儿的时候（她也确实站在了那里，挺直着身体，像是一只身披铠甲准备着要进行一场原始战争的史前怪物，她拥有着无穷的力量和沉默），克拉丽莎对她的那种不好的想法随着时间一分一秒地过去而慢慢减少，而憎恨的心情（当然，这是对思想的憎恨，而不是对她这个人的憎恨）也慢慢消失了。吉尔曼小姐像是失去了她的恶毒，她的个子也渐渐变得矮小。而且，一分一秒过去着的时间还原了吉尔曼小姐的本来面目。她还是身穿防水衣。对于她，天才知道，克拉丽莎也是很乐意去帮助一把的。

看到她化作的怪物在逐渐缩小，克拉丽莎忽然大声笑了起来。她大声地朝着她们笑着说再见。

而她们，基尔曼小姐和伊丽莎白，转过身子，一起走下楼去。

克拉丽莎觉得自己的心里翻腾着一阵突然的冲动，一阵剧烈的痛苦。因为这个女人要把她的女儿抢走了。她把身体探出了楼梯栏杆喊道："要记得宴会啊！记得我们今晚的宴会啊！"

但是伊丽莎白已经打开前门出去了。一辆货车正从门口呼啸着开过，她没有回答一句。

爱，还有宗教！克拉丽莎心里想着，然后走回客厅，她浑身瑟瑟颤抖。这两样东西是那么可恶，那么可恶啊！现在，吉尔曼小姐的身体已经不在她的眼前了，可是这个念头却重重地压在她的身上。她看到她们这样的人不仅笨拙又虚伪，激烈而专横，而且妒忌心非常强烈，心肠又极其残酷，做事肆无忌惮，还擅长偷听，然后穿着防水衣站在楼梯的平台上竖起耳朵，这真是世上最残酷的事了。爱跟宗教，真是世界上最可恶的事情。她之前有没有想要去改变过任何人的信仰呢？为什么她不希望每个人都自自然然地是怎样就怎样吗？她朝窗外看去，看见对面的那个老太太正在上楼。她想要上楼就让她上吧，然后让她停下来，像克拉丽莎常常看见她那样，摸索着钥匙开门走进卧室，最后还不忘拉上窗帘，再一次隐没不见。不知道为什么她会对那个老太太的举止肃然起敬——她看着窗外，完全没有意识到有什么人在看她。这样的场景有着某一种庄严的成分——但是爱，还有宗教，会把灵魂深处的私密给摧毁掉。不管你的私密事情是什么，那个可恶的吉尔曼会把它毁灭掉。但是这个场景却让克拉丽莎一直想哭。

爱也是具毁灭性的。它习惯毁灭一切美好的而真实的东西。譬如说皮特·沃尔殊吧。他其实是一个聪明而且可爱的男人，对什么事都有自己的一套看法。如果你想知道什么，譬如说，关于教皇或者是爱迪生的事，或者只是想随便瞎扯，像是某些人是怎样的人，某些事意味着什么之类的，皮特比谁都知道得多。皮特以前帮助过她，他借过很多书给她。但是他爱上的那些女人——却是庸俗轻浮，而且平凡非常的。想一下现在恋爱着的皮特吧——这么多年后他再回来看她，可是他尽谈着一些什么呢？他自己的事情而已。真是可怕的激情！她想道。还会使人卑微的激情！同时，她想到了吉尔曼小姐正和她的伊丽莎白走在去陆海军商店的路上。

大笨钟在敲响着报半时的钟声。

那么不同寻常啊。是的，那么的奇怪，那么的感人啊。看到那位老太太了吗？（她们做邻居已经有不知道多少年了）她正在离开窗口，好像她和那阵钟声，还有那条纽带是联结在一起的。大笨钟虽然很巨大，但却和她有着某种非比寻常的关系。钟声像手指一样向下伸去，伸去，伸到世间平常事物之中，让使这个时刻具有了庄严色彩。克拉丽莎想着，这阵钟声迫使着这个老人移动着，行走着——但是，她又想要走到哪里去呢？她转过身去，消失在眼中时，克拉丽莎的目光还试图去跟踪她，还能隐隐约约看到她的白帽子在房间的那一边移动着。她还在那儿的，就在房间的另一边，漫无目的地走来走去。或许那就是奇迹吧，那就是生活神秘的所在地方。她现在指的是那个老太太，她仍能看到她从屉柜向梳妆台那边走去。既然如此，克拉丽莎想着，那我们为什么还要相信什么宗教信条，还要去做什么祈祷，还要去穿什么防水衣呢？她还是可以看得见她。吉尔曼说她已经解开了生活里至高无上的奥秘，或者是皮特，他说他已经解开这个奥秘了。但是克拉丽莎根本不相信，她不相信他们知道如何去解开它，因为这至高无上的奥秘事实上是十分简单的东西：这里有一间屋子，那里也有另一间。宗教有没有解答它呢？爱情有没有解答它呢？

爱情啊——但是正在这个时候，另外的那一只钟，那一只永远会在大笨钟敲过两分钟后，大衣兜里装满零七八碎的东西姗姗来迟的钟声也敲响了起来。它把口袋里的零碎往地上一倒，仿佛在表示着，大笨钟以她那威严庄重而公正地制定法律固然也是好事，但是她还是要负责记住伦敦里这件那件的琐碎的事情的——玛莎太太，艾力·亨德逊，放着冰块的玻璃杯等等。大笨钟庄严的钟声就像是平展在海面上的一条金带子，紧紧跟随其后的各式各样的小东西也渐渐地如波浪一样拍打着跳跃着，滚滚涌来。玛莎太太，艾力·亨德逊，还有那个放着冰块的玻璃杯。她现在要马上去打电话了。

那只慢了两分钟的大钟口袋里装满了小零碎，赶在大笨钟之后滔滔不断但又乱哄哄地敲响着。那阵钟声在马车和货车野蛮而且急匆匆地前行，在无数互不相识的男人和招摇过市的女人群还有办公楼跟医院的圆顶和尖塔的冲击下被击碎了。那个衣兜里装满了小零碎的慢钟，它最后的余音就像是一道精疲力竭的波浪溅上来的细小浪花，拍打在吉尔曼小姐的身上。这时她站在街头，一动也不动地，许久后才低声说道:“这是肉体的问题。”

她要控制的是她的肉体。克拉丽莎·达洛薇刚才羞辱了她。但那也已经是她意料之中的事了。可是她并没有获得任何的胜利，她还没能够掌控好自己的身体。她长得丑陋，行动笨拙，所以克拉丽莎·达洛薇会嘲笑她。因此，她又重新燃烧起了她对肉体的欲望，因为她很不愿意自己在克拉丽莎身边的时候，她是这样一副模样。她也不像克拉丽莎那样，能言善道。可是，她为什么要觉得自己要像她呢？为什么要希望向她靠拢呢？为什么呢？事实上，她从心底里就蔑视着达洛薇夫人。她一点也不严肃，也不是一个好人。她的生活只是由一连串的虚荣跟欺骗的假象构成的。但是多丽丝·吉尔曼却还是这样被她轻易压倒了。事实上，当克拉丽莎·达洛薇在嘲笑着她的时候，她也会怕自己没忍住而大哭起来。

“这是肉体的问题。是肉体的问题。”她还在喃喃自语着（但其实大声地自言自语才是她的习惯）。她沿维多利亚街走过去，一边想竭力压下这一份骚动心扉但却痛苦无比的感情。她向上帝祈祷着。她长得不好看，但是这又有什么办法？她买不起漂亮的衣服，可是克拉丽莎却嘲笑了她——在走到那个邮筒以前，她还是把注意力集中在别的事情上吧。可是不管怎么说，她也算是得到了伊丽莎白。但是在走到邮筒之前她要想一些别的什么事情。她要想一想俄罗斯。

她自言自语着，像惠维特克先生之前对她说过的那样。其实在乡下里，跟自己对世界所产生的这种激烈的嫉恨情绪斗争着该有多好啊。这个世界鄙视着她，嘲笑她，还要抛弃她。是怎样的一种屈辱——能够使她承受着人们都不忍目睹的令人嫌恶的丑陋躯壳呢。无论她怎么整理她的头发，她的前额永远都像一个鸡蛋一样，光秃秃的。而且，不管她穿什么衣服，都好像不合适。买什么都是一样的结果。当然，对于一个女人来说，这也就意味着她永远也接近不了异性了。她也永远都不会主动去接近什么人。最近她有时候觉得，好像除了伊丽莎白之外，她活着也只不过是为了混口饭吃，还有为了她的舒适安乐，她每天所需的正餐，她的下午茶，还有她晚上睡觉取暖用的的热水袋。但是人必须要去斗争，去征服，还要对上帝存有信心。维特克先生说过，她来到这个世界是有很特殊意义的。但是根本就没有人知道她的痛苦！维特克先生指着那个钉着受难耶稣的十字架，说，不，上帝是知道的。可是为什么她还有受苦呢？而别的女人，像是克拉丽莎·达洛薇那样的女人，却能免于受难呢？知识本来就来自于苦难，维特克先生说。

她已经走过了那个邮筒，而伊丽莎白已经拐弯进去了陆海军商店里阴凉棕色的烟草部。但是她却还是在喃喃自语着维特克先生说过的关于知识本来就来自于苦难的那些话，还有控制肉体的问题。“肉体。”她自言自语道。

“你要去买什么？”伊丽莎白的问题打断了她的思路。

“衣裙布。”她突兀地回答说，也不管伊丽莎白，径直就朝着电梯阔步而去。

她们上了楼。伊丽莎白带着她转来转去的。带着心不在焉，像个大孩子，又像是一艘庞大笨重的战舰一般的吉尔曼小姐转来转去。裙子都在这里，有棕色的，保守的，性感的，厚款的，透薄的。她心不在焉，神情古怪地挑选着裙子，卖衣服的姑娘还以为她有什么精神问题呢。

当她们把买的东西包起来的时候，伊丽莎白心里琢磨着，也不知道吉尔曼小姐在想着些什么事情。吉尔曼小姐从神思恍惚之中惊醒了过来，然后镇静地说，她们也该去吃下午茶了。于是她们去吃了下午茶。

伊丽莎白心里想着，吉尔曼小姐会不会真的只是饿了？那是因为她就那样一心一意地吃着，看着邻桌的那盘外面裹了一层糖的蛋糕，然后又吃了起来。后来，一位女士带着一个孩子在那张桌子旁坐了下来，小孩拿起了蛋糕来吃，但是吉尔曼小姐会不会在乎呢？没错，吉尔曼小姐也确实是在乎的。她想吃那一块蛋糕——粉红色的那块。吃，几乎就已经是她仅有的真正乐趣了，但是就连这个，生活也不让她满足！

她曾对伊丽莎白说过，人的幸福有时候会装有一种可供日后支取使用的储备。而她却像是一只没有车胎的轮子（她喜欢用这样的比喻），一碰到小石头就颠得很高很高。每当星期二上午上完课以后，她会自己一个人待上一会儿，手里还拿着一大袋书，她管这叫作她的“书包”，然后站在壁炉边上说着这类的话。她也喜欢谈论战争，毕竟还有其他人认为英国人也不总是对的。那里有书，很多的书，还要开会，有别的很多观点。伊丽莎白愿不愿意和她一起去听某人（一位相貌不凡的老人）的讲演？吉尔曼小姐把她带到了肯辛顿的一个教堂里去，她们和一位牧师一起吃了下午茶。她借她的书给伊丽莎白看。关于法律的，关于医学的，关于政治的。对于你们这一代的女人来说，所有职业的门都向你们敞开着，吉尔曼小姐说。但是对于她自己来说，她自己的事业却是彻底被毁掉了。但这是她的错吗？天啊，伊丽莎白说，当然不会是的。

有时候伊丽莎白的母亲把她叫来，说是谁从波顿送来了一大篮子的东西，那吉尔曼小姐想要一些什么花吗？她对吉尔曼小姐总是非常和蔼的，可是吉尔曼小姐宁愿把那些花全都捏成了一大把，也不会主动去聊聊家常。而且吉尔曼小姐感兴趣的事，伊丽莎白的母亲又会觉得没劲，她们在一起的时候简直是糟糕透了。吉尔曼小姐一副得意的样子，相貌长得十分平庸。可是吉尔曼小姐却聪明极了。伊丽莎白也从来没有去想过穷人家的生活。她们家的日子是要什么有什么的——她母亲每天都在床上吃早餐，由露丝给她端上楼去的。她喜欢老夫人，因为她们都是公爵夫人，或者是某个贵族的后代。但是吉尔曼小姐说，（在某一个星期二的上午，我上完了课以后）“我的祖父在肯辛顿开过油漆颜料店。”吉尔曼小姐会让人觉得自己原来是特别渺小的。

吉尔曼小姐又喝了一杯茶。伊丽莎白带着东方人的姿态跟神秘莫测的表情，直挺挺地坐着在旁边。不要了，她不要其他别的什么了。她在找她的手套——她的白色手套。

手套在桌子底下躺着，但是她不能走呀！吉尔曼小姐不能让她走！这样一个年轻人，这么漂亮的女孩，她真心地爱着她啊！她的大手在桌子上一会儿张开，又一会儿合上。

不知道为什么，伊丽莎白觉得兴许是有点没意思。她真的想走了。

可是吉尔曼小姐说，“可是我还没吃完呢。”

那好，当然，伊丽莎白还是要等她的。但是这里面空气很不好。

“今晚你要去参加宴会吗？”吉尔曼小姐问道。伊丽莎白觉得她肯定会去的，因为她母亲想要她去。她不能让她再把心思放在宴会上了，基尔曼小姐一边说，一边还用手指摸着她最后吃剩的一小截长条形巧克力小蛋糕。

她也并不怎么喜欢宴会，伊丽莎白说。吉尔曼小姐张开嘴，稍稍向前伸了伸头，然后把最后的那一点巧克力小蛋糕吞了下去。她擦擦手指，端起杯子转动着杯子里的茶。

她觉得自己快要崩溃了。这种痛苦的感觉太强烈了。她希望能够抓住伊丽莎白，紧紧地抱着她，然后让她完全地，永远地成为自己所有物，最后还可以一起死去，这就是现在唯一的愿望了。但是他们现在就这样坐在这里，也找不到什么话说。她看到伊丽莎白开始对她产生不满了，甚至，连她都对自己感到厌恶了——这样实在是太过分了！她再也无法忍受，她那几根粗壮的手指合拢了起来。

“我从来不参加宴会的，”吉尔曼小姐说，她也只不过是不想伊丽莎白离开。“其实是别人不邀请我去参加宴会”——她说着那句话的时候心里非常明白，正是这样一种以自我中心的思想毁了她：维特克先生已经警告过她了，可是她就是控制不住。她受了太多的苦了。“可是想来，他们又为什么要邀请我呢？”她说。“我长得一般，而且心情又不快活。”她知道她自己这样说会显得很愚蠢。但是，这些都是因为那些经过这里的人——现在拿着大包小裹又看不起她的人，让她说出了这样一句的话。可是，她是多丽丝·吉尔曼啊。她有自己学位，她也算是一个在世界上取得成功的女人。她在现代史方面的学识也是相当厉害的。

“我并不觉得自己可怜，”她说，“我觉得可怜的人是”——她本来想说“你母亲”，但是不行，她不能这样说的，不能对伊丽莎白这样说。“我觉得别人很可怜，”她说道。“而且现在我觉得可怜的人越来越多。”

伊丽莎白·达洛薇一声不响地坐在那儿，就像一头不知为什么被牵到了一个大门口的牲畜，站在那个地方只想要拔腿飞奔而去。吉尔曼小姐还有其他什么话要说吗？

“别彻底地把我忘了呀。”多丽丝·吉尔曼小姐说着。她的声音微微发颤。那头受惊的牲畜惊恐地跑到了田野的尽头。

那一只大手张开了，又合拢了起来。

伊丽莎白转过头去。女招待过来的时候伊丽莎白说，我要到收款台去埋单了。然后便起身走了，吉尔曼小姐觉得她把自己的五脏六腑都拉了出来，她穿过餐厅的时候越来越长，最后使劲一拧，有礼貌地把头一点，然后走了。

她走了。吉尔曼小姐坐在大理石桌子旁边，面前都是巧克力口味的小蛋糕。阵阵巨痛向她袭来，一次，两次，三次。她走了，达洛薇夫人赢了。伊丽莎白走了。美好走了，年青也走了。

她就这样坐着。许久后她才站起身来，在小桌了之间左右摇晃着身体跌跌撞撞地走着。有人拿着她落下的裙子追上了她，她迷了路，被夹在那些为了带到印度去而特制的衣箱之间。后来，她又来到了卖妇婴用品的地方，她穿过了这个世界上所有的商品：易坏的跟耐用的，火腿，药品，鲜花，或者是文具。街上还夹杂着各种各样的气味，有时香，有时酸。她东倒西歪地走着，一面很大的镜子映出了她的全身，她看到了自己歪着帽子，脸色通红，东倒西歪地走着。最后终于跌跌撞撞地走出商店到了大街上。

威斯敏斯特的教堂尖塔耸立在她的面前，据说那是上帝的住所。上帝的住所就在这车水马龙之间吗？她拿着包包顽强地走向这一个庇护所，即是威斯敏斯特大教堂。她在大教堂中的那些也是来此寻求庇佑的人们中间坐了下来，抬起了双手，指尖相对做成帐篷状放在了面前。那些形形色色的膜拜者手都举在了面前，这时已经没有了社会地位的区别了。现在几乎是性别，也难以区分。但是有一只手把他们从她的身边拿开，然后立刻就显现出他们是英国中产阶级中虔诚的男男女女，其中有些人还要去看蜡像。

开始吉尔曼小姐的搭成帐篷形的双手一直没有动，端端正正地放在了面前。有时候身边会只剩下她一个人，有时又会有人在她身旁坐下。新的膜拜者从街上走了进来，代替了那一班来这里闲逛的人。当别人在向四周张望，慢慢吞吞地走过无名战士的墓时，她却仍然用手指搭成帐篷的形状挡住眼睛，企图在这双重黑暗的中（大教堂里面的光线是虚幻存在着的)来寻求虚荣，欲望，以及想要买的商品以外的追求，而且既要摆脱恨也要摆脱爱。她的手在抽动着，似乎在斗争。然而对于别人来说，上帝是可以接近的，通向上帝的路是安稳平坦的。从财政部退休的弗莱彻先生，著名英国王室法律顾问的遗孀戈汉夫人，他们都已经毫不费劲地接近了上帝。祷告完结之后往后背一靠，欣赏起了音乐来（管风琴的声是如此响亮美妙啊）。他们看到吉尔曼小姐坐在一排的最边上，不住地祈祷着，祈祷着。因为他们自己仍处在地狱的边缘，所以他们也同情地把她看作是跟他们出没在同一个地方的灵魂，一个由无形的物质构成的灵魂。甚至也不是一个女人，她只是一个灵魂。

但是弗莱彻先生要走了，他要从她面前走过。他自己的服装非常整洁，因此忍不住地对这位可怜女士的衣冠不整而感到难过。她的头发乱糟糟地披了下来，手提包也掉在了地上。她并没有立刻就给他让路。但是当他站在那里，环视着四周，又看看装饰着的白色大理石，灰色的窗玻璃还要长期收集起来的珍奇异宝（他对这个大教堂感到极度的自豪）时，她仍然坐在那里，时不时移动着她的两只膝盖（要她接近上帝是那么艰难啊——但是她的愿望又如此的顽强）。她庞大的身体、强健的体魄跟她具有的力量给他留下了很深刻的印象，就像她的这一切，也曾经给达洛薇夫人（那天下午她的脑子里总是想到她）跟爱德华·维特克牧师，还有伊丽莎白都留下了深刻的印象。

伊丽莎白在维多利亚街等着巴士。在外面多好啊。她想，也许她可以不要马上回家。在外面是那么好啊。所以她要坐巴士回去。而且，就在她穿着剪裁十分合体的衣服站在那里时，这一切就开始了……人们开始把她比喻为白杨树，比喻为黎明，比喻为风信子花，比喻为幼鹿，比喻为流水还有园中的百合花。这成了她生活里的一个负担，因为她只想不受干扰地在乡间做着任何她想做的事情。但是他们非得要把她比喻为百合花。她还必须要去参加宴会。相比起在乡间独自跟父亲还有爱犬们在一起的生活，伦敦是那么沉闷乏味啊。

巴士飞驰而来，停下来，又开走了——它们的车身色彩鲜艳，一辆接着一辆，红黄色的油漆闪耀着光泽。可是她应该上哪一辆好呢？其实哪辆都一样。当然，她也不会使劲去挤，她比较趋向于顺其自然。她缺乏表情，但是她的眼睛长得很好看，是中国式的，很有东方特点。而且正如她妈妈之前所说的那样，她拥有那么漂亮的肩膀，亭亭玉立的身材，看上去总是显得那么可爱。近来，特别是在晚上，当她感到有兴趣的时候——因为她似乎从来就不会太激动——她看上去很美，而且气质非常庄重，非常安静。她又在想些什么呢？每一个男人都说爱上了她，而她也实在觉得非常厌烦。因为已经开始了，她的母亲看得出来的——对她的赞扬开始了。而伊丽莎白对这方面却不怎么在乎——譬如说不怎么在乎自己的穿着——这有时候会让克拉丽莎很担心。不过也许她的周围有这么多自命不凡的小伙子跟跃跃欲试的小男生在闹腾着也是好事，反正还能增加了她的魅力。现在她又有了和吉尔曼小姐之间的这种奇怪的友谊。好吧，克拉丽莎在凌晨三点钟睡不着觉的时候，一边读着马尔博男爵的作品，一边想道，这起码还是证明了她是有情感的。

突然伊丽莎白向前迈了一大步，率先于其他人，非常麻利地上了巴士。她在上面的那一层坐了下来。这个鲁莽的大家伙——像是一艘海盗船一样——猛地向前开动，然后快速地往前而去。她只能抓住车的扶手来使自己保持平衡。这车其实也真的和海盗船一样，肆无忌惮地横冲直撞，惊险地猛拐躲闪，然后大胆地抓上某一个乘客，或着对另一个乘客置之不理，像条鳗鱼一样傲慢地在车流中挤来挤去，然后张起所有的帆，目空一切地沿白厅街顺着风疾驶而去。那么，伊丽莎白究竟有没有把不含一丝妒意地爱着她的可怜的吉尔曼小姐放在心上呢？对于基尔曼小姐来说，伊丽莎白就像是野地里的一只小鹿，又像是打了釉的月光。伊丽莎白非常高兴她能够摆脱吉尔曼小姐。新鲜空气是那么美妙啊，陆海军商店里的气氛太沉闷了。像现在这样坐着巴士沿着白厅街冲去，还真的挺像骑着马在草原上狂奔的。但是，随着巴士的一下一下颠簸，她那裹在鹿皮色的外衣里的美丽的身体已经可以像一个真正的骑手般起伏自如。又像船头的雕饰，微风一吹，凌乱她的头发和衣衫。炎炎夏日使她的面颊变得像漆了一层白漆的木头般苍白。她那好看的眼睛，因为目光没有跟别人相遇的，只能注视着前方的茫然和明亮，而且还具有雕像那种向远方目不转睛的凝视里所包含着的令人难以置信的天真。

因为吉尔曼小姐总是在谈论自己的痛苦，才使得她这样难以相处。她的话说得对不对呢？如果参加委员会的人，每天都能够拿出几个小时来帮助一下穷人，其实她也不知道她的父亲是不是这样做的（她很少可以在伦敦看到他）——如果这就是吉尔曼小姐认为基督徒应该做的，就应该这样做啊。但是老实说，这很难，谁知道她是不是想表达这个意思。她还要再往前坐一程。到滨河大道那里的话还要再付一个便士，是吗？好吧，就多付一个便士吧。她要到滨河大道那里去。

她喜欢患着病的人。现在每一种职业都向你们这一代的女生开放了，吉尔曼小姐说。所以她大可以去做个医生，或者去做个农场主，因为动物也常常会生病。她想拥有一千英亩宽的土地，手下还有许多的工人。她有空的时候会到他们的小屋里头，逐一看望他们。这里已经是萨默塞特大厦了。

你可以做一个很好的农场主的——可是奇怪的是，尽管吉尔曼小姐的话起了些作用，但是这个想法几乎完全是萨默塞特大厦给她造成影响后的结果。那一座高大的灰色建筑看上去是那么壮丽庄严啊！而且她喜欢感觉到人们都在忙忙碌碌地工作。她很喜欢那些教堂，它们像是用灰色的卡片纸剪成的轮廓，直面着滨河大道的车流。这里和威斯敏斯特真的很不一样，她在法庭街下车的时候心里在想着。这里是那么庄严繁忙啊。总的来说，她希望自己签约工作。她想成为一个医生，或者一个农场主，如果觉得也有这样的必要的话，她也可能想做议员。但这一切都是因为她现在置身于滨河大道的关系。

人们的脚都在为着自己要做的事情而四处奔走，而人的双手则把一块块石头堆砌起来，砌成自己心中想要的那些形状。心里并不能总是充满了无休无止的闲言碎语（你可以把女人比作为白杨树——这当然也挺让人激动的，但如果你真的是一棵白杨树却非常无聊），而是心系着那些船舶，商业，法律，行政管理之类的事情。一切是那么庄严啊（她现在进去了法学协会），那么快活啊（那条河就在那儿），那么虔诚啊（教堂就在那里伫立着）。她决定，不管妈妈以后会怎么说，她都要坚持做一个农场主或医生。不过，当然，她可是很懒散的人。

关于这个心愿的事情最好什么也不说，不然这会显得很傻。这只是那种当你独自一人的时候，有时候心里会想着要去做的事情——没有建筑师署名的建筑物，从商业区里回来的熙熙攘攘的人比在肯辛顿的一个牧师或者吉尔曼小姐借给她的任何书籍都更有震撼力。他们激起了她沉睡在心灵最深处里的不成熟，怕见到人的东西，让它冲出了表面，像是一个孩子般突然伸展开双臂。但这也许仅仅是一声轻轻的叹息，只是胳膊的轻轻一伸，但却也是一股冲动，一个启示，对她的生活造成永恒性的效果，然后它就又再次沉落到了深心处。她要回家去了。她要换上夜礼服去参加今晚的宴会了。可是现在几点钟了？——哪里有钟可以看时间呢？

她看着舰队街里，然后有点胆怯地向朝着保罗教堂方向走了几步，好像是一个借着昏暗的烛光在夜里蹑手蹑脚深入到一间陌生的房子里去找什么东西的人，心情紧张不安，生怕主人会突然间一把推开卧室的门，发现她的存在然后问她做什么。她也不敢在那些可疑的小巷子跟诱人的小街道上转悠，就像她不敢随便开陌生房子里的门一样，那些可能是房间的门，或者客厅的门，或是直接通向食物储藏室的门。之前从来就没有哪个达洛薇家的人天天到滨河大道来，她是个先驱者，是个漫游者。她敢于冒险，而且对自己充满信心。

她的妈妈觉得她是在许多方面都显得非常不成熟的孩子，还喜欢玩偶，穿着一双旧拖鞋，根本就还是一个娃娃，十分可爱。但是当然，达洛薇家的人一向有从事社会公职的传统。在女性的长辈中也有担任过修道院长，学院院长或中小学校长等职业的——她们之中可没有一个是才华过人的，但是也全部都有过上述作为。这时，伊丽莎白向着圣保罗教堂的方向又前进了几步。她很喜欢街上的这一片喧嚣中包含着的亲切的手足之情，母亲之爱。她觉得这些都非常好。周围的喧嚣声如雷贯耳，突然间，在喧嚣中传来了一阵急促响亮的喇叭声（那是失业者的队伍）。他们吹奏着军乐，齐步行进。但是他们也正在死去——如果某一个女人咽了气，不论守护她的什么人，打开了她刚刚在里面完成了什么极其庄严的行动的房间的窗，俯视到整个舰队街，那阵喧嚣、那股军乐便像是将军凯旋般向他飞来。给他慰藉，却又显得无动于衷。

这并不是有意识的感觉。这里对一种对运气或命运的承认，但正是因为这样，就算是长久面对着那些因守望而将死的人脸上出现的那最后颤动而变得木然了的人们，也起到了慰藉的作用。人们的健忘可能会伤害到他人，他们的忘恩负义也会能造成一定的腐蚀性，但是像这种年复一年永无停歇倾泻出来的声音，会变成它们会变成的任何样子。她的誓言，这辆货车，这样的生活，这一大队人。喧闹声将会把这一切都裹住，卷走，就像是狂暴的冰川之中，冰块裹拥着的一小块骨头，或者一片蓝色的花瓣跟几棵橡树，然后全部一起，席卷而下。

但，是时候回家了，现在也比她想象的还更要晚一些。她妈妈可不喜欢她这样自己一个人在外面瞎逛。于是她转身沿着滨河大道往回走去。

一阵风吹来，一片薄薄的乌云（现在虽然很热，但是风还是不小）遮住了太阳，停在了滨河大道的上空。街上人们的脸开始模糊，来往的巴士也突然失去了它们的光彩。尽管团团的白云像是山峰一样，但你可以想象你用斧子砍去它的块块坚硬小片。它的两边会露出广阔的金色山坡，或者是天国乐园中的广阔草坪，看去就像是定居在这里的神明聚集在了一起，在天上开会。他们之间不停歇地运动，互相交换着种种的信息。好像是完成了某个事先安排好的计划，这时候，山峰缩小了一点，那边的一整块一直静止着不动但大如金字塔的云团也移到了一串云团的中间，然后庄重地带领着它们去到新的停泊地。虽然云团都好像是固定在自己的位置上，在和谐中静静地休息，而且也没有比得上那些外表清新，自由，敏感，行为却多变的那些看似庄严的雪白的或燃烧着金光的与会者，他们只做他们立刻可以做到的事。虽然云层在天空庄严固定，坚实有力地堆积在一起，但是却仍会时而把光明投向大地，时而将黑暗投下。伊丽莎白·达洛薇平静而且干练地上了一辆开往威斯敏斯特的巴士。

瑟普提姆斯·沃伦·史密斯躺在了客厅的沙发上，看着那淡淡的一层金光在墙纸镶嵌着玫瑰花上时明时暗。它就像一种有生命的东西，而且具有着惊人的敏感。他觉得，这时把墙变成灰色，那时把香蕉变成了鲜黄色，或者又会把滨河大道变成灰色，把公共汽车变成鲜黄色的光和影时隐时现，像个生物一样在向他招手示意着。室外的树木拖着像是密网般的树叶伸到天空的深处，室内他听到流水的声音，细小的水花声中传来小鸟的鸣叫。每一种力量将它们自己的宝藏全部都倾泻到了他的头上。他的手放在了沙发的靠背上，就像他在游泳的时候看到了自己的手漂浮在水上一样，能够听得到远处岸上的狗叫声，它们在很远的地方叫着啊。不要再害怕了，他的心在说着，不要再害怕了。

他并不觉得害怕。时时刻刻，大自然微笑着以某种暗示——譬如说那个在墙壁上到处闪动的金色斑点，在下一秒后又不见去了那边——向他表明着她的决心。她挥舞着她的羽毛，抖动着她的长发，摆动着她的披风，体态优美，而且永远地优美，还站在离他很近很近的地方，从虚握着的两手间对他轻声说出莎士比亚的一些名句来，表露着她的意思。

瑞琪亚坐在桌子旁，手里还拿着一顶帽子，然后看着他。她看见他在笑。那么他现在就是很快活了？但是一看见他笑她就受不了。这绝对不是婚姻，作为一个丈夫应不该看起来这么怪异的，还总是一惊一乍，忽然大笑，或者一连几个小时坐在那里一句话也不说，又或者一把抓住她，让她替他写点什么东西。桌子的抽屉里全都是他要她写的东西，关于战争，关于莎士比亚，关于许许多多伟大的发现，还有关于死亡是怎样地不存在。近来他会突然毫无缘由地变得异常激动（霍斯医生和威廉·布拉肖爵士都说过，激动是对他最有害的），然后挥舞着两只手大声地喊道，他知道真理了！他什么都知道了！他还说，那个人，他那位牺牲了的朋友埃文斯到来了，他就在屏风后面唱着歌。他怎么说的，她就怎么写下来。有的话他也说得挺美的，但有的却简直是胡说八道。而他总是习惯在说着说着的中间停下来，不是要改变主意，就是想加点什么东西。或是说是听到了什么新的声音，抬起一只手侧耳倾听。

但是她什么也没有听见。

有一次，他们发现打扫屋子的女佣在读着这些东西，然后哈哈大笑。这实在是太可怜了。因为这件事，瑟普提姆斯大声抱怨着人是那么残酷啊——他们相互撕扯，最后体无完肤。他还说，他们把倒下的人都能撕得个粉碎。“霍斯和我们过不去，”他说，他还会编造关于霍斯的故事，譬如说霍斯在吃粥，霍斯在读着莎士比亚——然后把自己搞得不是大怒就是大笑。因为霍斯医生对于他来说似乎代表着可怕的东西。他称他为“人性”。而且他还有幻觉。他总是说他淹死了，就躺在河岸上，海鸥在他头顶上盘旋尖叫。他也会从沙发边上往下面一看，说看得见下面是海。有时候他又说他听到了音乐声。但那其实也只不过是手摇风琴发出的声音，或者有什么人在街上大声喊叫。可他总是会高声喊道，“真好听啊！”然后眼泪毫无征兆地就沿着面颊流下来了。这对她来说是最可怕的事情了，眼前这个参加过战争，十分勇敢的，像瑟普提姆斯这样的男人在流眼泪。他还继续会躺在那儿细细倾听着，直到他突然大喊他在往下跌落着，要落进到熊熊烈火中里了！他说得很真实，她还真的到处找哪儿有火了。但是，什么也没有。房间里只有他们两个人。她对他说，这只是一个梦啊，最后，终于使他安静了下来。不过有时候因为他这样神经兮兮的样子，她也会害怕死了。她一边缝补着帽子一边叹了口气。

她叹气的声音柔和而令人陶醉，就像是黄昏时分林外的轻风。她有时会放下剪刀，转身从桌子上拿什么东西。一点点的移动，一点点的声音，一点点的叩击，而在她坐在那张缝纫的桌子上，就这样做出了一些什么东西来。他透过他的睫毛可以模糊看见她的轮廓，她穿着黑衣服的娇小身体，她的脸还有手，她在桌旁拿起了针线或着寻找着丝绸（她总是这样，喜欢丢三落四的)时转动着身子翻动的动作。她在给菲尔摩太太的那个已经结婚的女儿做帽子，那女儿的名字是——他忘记她的名字了。

“菲尔摩太太那个结了婚的女儿叫什么名字？我忘记了。”他问道。

“叫皮特斯太太，”瑞琪亚说。她怕帽子做得太小了，然后把帽子举在面前说。皮特斯太太长得很高大，不过她不怎么喜欢她。她为她做帽子仅仅是因为菲尔摩太太对他们非常好。“她今天早上给了我们葡萄，”她说——瑞琪亚想做一点什么来表示他们的感谢。有一天晚上她走进房间，发现皮特斯太太以为他们不在家，放着留声机听。

“真的吗？”他问道。她真的在放留声机吗？好像是真的，她当时就告诉他了。她发现了皮特斯太太在放留声机。

他开始小心翼翼地把眼睛睁开，四处看看是不是真有一台留声机在那里。但是那是真实的东西——真实的东西太让他激动了。可是他一定要十分小心，他不能发疯。他先看了看架子下面的一层上放的时装广告杂志，然后渐渐把眼睛移到有着大大的绿色喇叭形状的扬声器的留声机上。没有什么东西比这个更加真实了。于是他鼓起勇气，看着餐具柜，看着那盘香蕉，看着维多利亚女王和她丈夫的雕版画，看着壁炉台和上面放着的一瓶玫瑰花。所有这些东西都没有动的。那些都是静止的，而且都是真实的。

"她是个嘴巴很恶毒的女人。"瑞琪亚说。

"皮特斯先生在做什么工作呢？"瑟普提姆斯问。

"呃……"瑞琪亚尽量地在回忆着。她记得菲尔摩太太说过，他好像在某家公司做旅行推销员。"现时他在赫尔。"她说道。

"现时！"她带着意大利口音说出这个词来，是她亲口说的。他捂住了自己的眼睛，然后一次次地只看见她脸的一小部分，先是下巴，再看鼻子，最后是额头，生怕这脸忽然变形，或者有什么可怕的疤痕。但是没有，她就在那里缝着帽子，非常自然，就和一般的女人在缝纫时的样子一样。她还撅着嘴唇，一副专心致志的表情。但是这完全没有任何可怕的地方啊，他一次次地看着她的脸和她的手，好让自己放心。可是她在光天化日之下就坐在那里缝纫着，这又有什么恐怖的呢？皮特斯太太有张很毒的嘴，皮特斯先生在赫尔。那他为什么要愤怒或者说出什么预言来呢？为什么他还要经受苦难，被人抛弃然后仓皇出逃呢？为什么要看着天上的云发抖哭泣呢？当瑞琪亚坐在那里把大头针往自己衣服前襟插上的时候，当皮特斯先生在赫尔的时候，为什么他还要寻求什么真理传递什么启示呢？所谓的奇迹，什么启示，什么痛苦，什么孤独，什么落入了海底，什么跌下熊熊火焰之中的这一切全都消失不见了，因为当他看着瑞琪亚为皮特斯太太装饰着草帽的时候，他觉得那就像是鲜花的床罩。

“这顶帽子如果是给皮特斯太太戴的话，也太小了。”瑟普提姆斯说。

多少天了，这是他第一次跟正常人一样在说话！当然是太小了——简直小得可笑，她说，但这可是皮特斯太太自己挑选的。

他从她的手里拿过了帽子。他说这只是一顶给街上拉手风琴的人养的猴子戴的帽子啊。

这话让她那么开心呀！他们好久都没有像现在这样在一起笑过了，也没有像夫妻那样私底下开着玩笑。她的意思是，如果现在菲尔摩太太，或者是皮特斯太太或者是任何别的人走进来，他们也不会明白她和瑟普提姆斯在笑些什么。

“看这个，”她说着，然后把一朵玫瑰别在了草帽的边上。她从来都没有感觉到这么快活过！这一辈子都还从来没有过！

这样一来，就显得更可笑了，瑟普提姆斯说。这个可怜的女人，要是她戴了的话，就会很像展销会上卖的一头猪了。（谁也没有像瑟普提姆斯现在这样惹她大笑过。）

她的针线盒里还有什么东西呢？她有缎带和珠子，流苏还有假花。她把这些东西都翻到桌子上，他开始把颜色奇怪的东西放了在一起——虽然他的手指很不灵活，连个包都包不好，却非常有眼光，而且也常常看得很对，当然，有时候这会显得很可笑，但是有的时候简直好极了。“她将会拥有一顶非常漂亮的帽子！”他低声地说道，一边拿起这样那样的东西，而瑞琪亚跪在他的旁边，目光从他的肩上望过去。

好了，现在好了。样子已经设计好了，她要把这些都缝在一起。但是他说，她一定要非常非常的小心，要维持他弄出来的样子。

于是她小心翼翼地缝了起来。他在想，当她缝着帽子的时候，发出了一种轻柔的噗噗声，就像是放在火炉旁的铁架上烧着的水壶发出的声音。她不停地缝着，小却有力而且尖尖的手指在这里在那里捏捏戳戳，手中的针在光的照耀之下显得闪闪发光。太阳在流苏跟墙纸上时隐时现，可是他还要等一等。他伸直了双腿，看着在沙发的那一头自己脚上带着环形花纹的短袜，心里想着，他要在这个暖和的地方，这个空气静止不动的独立的空间等着。有的时候你也会在黄昏时分的树林四周会遇到过这种情况，因为地间倾斜下降，或者是树木的某种排列分布（人首先还是必须有科学性的，科学性），温暖的空气像是会停留般，而微风则像小鸟的翅膀迎面扑来。

“好了。”瑞琪亚把皮特斯太太的帽子放在了她修长的指尖上转动着，说道：“暂时就这样，也可以了。以后……”她的话像是没有关上的水龙头，满足地滴答，滴答，滴答地流淌着。

太好了！他还从来没有做过像是这样的会让他感到如此骄傲的事呢！皮特斯太太的帽子是那么真实，那么实在啊！

“来看一下吧，”她说。

是的，看到了这顶帽子会使她永远地感到幸福的。这个时候，他恢复了常态，笑了。他们两个单独在一起。她也会永远喜欢这顶帽子的。

他叫她戴上看看。

“可是我戴上之后一定会显得特别怪的！”她大声说着，

一边还跑到镜子前，照照这边，又照照那边。然后她一下子把帽子摘了下来，因为有什么人在敲着门。是威廉·布拉肖爵士吗？他已经叫人来了吗？

还好，不是的！只不过是那一个小女孩，她把晚报拿来了。

只是每天都发生的事情这时也发生了——他们的生活中每晚都会发生的事情。那个小女孩站在门旁，吮着大拇指。瑞琪亚跪下了身子，轻声地哄着她，亲吻着她，然后从桌子抽屉里拿出一包糖来。每天都是这个样子。先做这一件事，然后再做下一件事。她就这样慢慢地习惯起来，先做这一件事，然后再做下一件事。她们在房间里一圈又一圈，蹦蹦跳跳。他拿起了报纸，念着：热浪滚滚，萨里一切停顿。瑞琪亚也跟着重复道：热浪滚滚，萨里一切停顿。然后把这变成了她和菲尔摩太太孙女玩着的游戏的一部分。她们两个说说笑笑地玩着。他觉得自己很累，可是他很快活。他要睡觉了。他合上了眼睛，什么也看不见了。而她们游戏的声音马上就变得越来越轻、越来越怪了，听起来就像是人们在寻找着什么东西却找不到时候的喊着的声音，而且那个声音越来越远。她们找不到他了！

他突然觉得一阵恐怖，然后惊跳了起来。他看见了什么？餐柜上放着的一盘香蕉。没有人在房间里（瑞琪亚把孩子带回到她母亲那儿去了。现在也是睡觉的时候了）。他仿佛就是这样，永远地孤独下去，这是在米兰就已经注定了的命运。当他之前走进那间屋子，看到她们剪硬麻布制成的帽形时，就已经注定了他的命运：永远孤独地活下去。

只有他独自一人和餐柜上的香蕉为伴。只有他独自一人暴露在这荒凉的地方，身体直挺挺地着躺着——但不是在山顶上，也不是在悬崖上，只是在菲尔摩太太客厅的沙发上。至于之前的那些幻觉，那些死者的面容和他们的声音，都在哪里呢？他面前仿佛有一道大大的屏幕，上面是黑色宽叶香蒲还有蓝色的燕子。那是他以前看到过山脉，看到过的人脸，看到过的美丽地方，现在只有眼前的这一道屏幕。

“埃文斯！”他大声喊道。但是没有回答。只有一只小老鼠吱吱吱吱地叫着，但也可能是窗帘的被风吹过的沙沙声。这是死者的声音，剩下与他为伴的只是那面屏幕，那个煤桶，跟那个餐柜。那么就让他自己一个人面对着这屏风，煤桶还有餐柜吧……但是这时，瑞琪亚的嘴里叨唠着什么冲了进来。

她说，来了一封信。每个人的计划都变了。菲尔摩太太最终还是去不了布拉顿了。她也没有时间通知一下威廉斯太太，瑞琪亚觉得这真让人省去啊，这时候她瞄见了那顶帽子，心里想着，……也许……她……可以小小的……她那悦耳动听的怀着心满意足的声音渐渐低得听都听不见了。

“啊，妈的！”她大声喊道（她说粗话已经是他们两个之间的一种玩笑了），针竟然断了。帽子，孩子，布拉顿，还有缝针。她慢慢地形成了一个计划，先做这一件事，然后再做下一件事，她一边缝着，一边计划着。

她要他看看，她把玫瑰花换个地方是不是能让这顶帽子显得更漂亮一些。她在沙发的那一头坐下了。

她忽然把帽子放下，说，他们现在真是幸福极了。因为她现在什么话都可以跟他说了。心里想到什么就可以说什么。那个晚上他和他的英国朋友走进咖啡厅的时候，这个也几乎就是她对他的第一个感觉。他那时腼腆地走了进来，四处张望着，挂帽子的时候帽子却掉在了地上。她还记得清清楚楚。她知道他是英国人，虽然不是她姐妹爱慕的大个子的英国人。因为他向来很瘦削，但是他的气色非常好，再加上他的大鼻子，还有明亮的眼睛，还有坐在那儿身子稍稍向前倾着的习惯，让她觉得他像一只年轻的苍鹰，她也常对他这样说。她第一次见到他的那个夜晚，他们在玩着骨牌的时候他走了进来——就像是一只年轻的苍鹰，可是他对她总是非常温柔。她也从来没有见到他狂怒或喝醉过，只是有时候会因为经历了那场可怕的战争而感到无比的痛苦。但就算是这样，只要她一进来，他就会把那些苦痛放在一边。然后，她会把她所知道的一切、世上的一切事情，她工作时的一切小麻烦，一切想说的事都对他说，而他也默契般地立刻就能理解。就连她自己的家人也做不到这样。他比她大，而且聪明又认真。在她连英文的儿童故事都读不下来的时候，他却要她去读莎士比亚——而他的经验也当然会比她丰富得多，可以帮助她很多。而她也能够在其他什么方面上帮助到他。

现在先说这顶帽子吧，然后（时间已经越来越晚了）再说威廉·布拉肖爵士的事情。

她把两只手放在了头上，等着他来表示喜不喜欢这顶帽子。当她坐在那边，低下眼睛等待着的时候，他好像能感觉到她的思绪，就像一只小鸟在树枝之间飞来飞去，却总是能准确地落稳在某一枝头上。她以一种轻松自然的姿态坐在那儿，他也能够跟上她的思绪，如果他说一句什么话，她也会立刻就微笑起来。就像是一只小鸟落在了枝头，两只小爪子紧紧地抓住树枝。

可是他记得布拉肖之前说过当我们在生病的时候，我们最喜欢的人对我们的病情并不一定有好处。布拉肖说，他必须要教会他休息。布拉肖说，他们必须要分开。

“必须，”“必须，”为什么一定要“必须”？布拉肖有权利来管他?“布拉德肖凭什么对我说‘必须’”？他质问道。

“那是因为你说到要自杀，”瑞琪亚说。（但是幸运的是，她现在已经可以和瑟普提姆斯随便说些什么。）

这么说他在他们的控制之中！霍斯和布拉肖跟他过不去！那个红鼻孔的畜生把那个鼻子种到了每一个隐秘的地方！它竟然要跟自己说“必须”！他的草稿在什么地方？他写的那些是什么东西？

她把草稿拿来了，他写的那些叫她帮他写的东西。她把这些都放在沙发上，两个人一起看起来：阁表，设计，小个子的男人和女人挥舞着木棍一样的胳膊，他们的背上还长着翅膀——那是翅膀吗？还有依照着一先令和六便士的硬币描绘出来的圆圈——是太阳还有星星，以及蜿蜒曲折的峭壁，就好像有很多的刀叉，上面也有用绳子系在一起的向上攀登的登山者，有的上面还画着大海，那些人小小的脸笑起来浮着的画面很可能代表的是波浪，还有世界地图。烧掉它们！他大声叫着。现在来看他所写的东西。关于死人怎样在杜鹃花丛后面歌唱；时光颂；与莎士比亚的谈话，还有埃文斯，埃文斯，埃文斯——那个死去的人给他的信息，还有不要砍树，还要把他告诉首相。博爱，跟世界的意义之所在。烧掉它们！他大叫着。

但是瑞琪亚把手按在了纸上不让他拿走。她觉得有一些写得很美。她想要用丝线把它们捆起来（因为她连一个信封都没有）。

虽然他们要把他带走，她说，她也想要和他一起去那里。她说，他们不能够违背他们俩的意愿而把他们分开。

她把草稿整理好，把纸对齐折好，看也没看就包好了。

她就坐在他的身边，他想，好像她身上长着的花都开放了。她是一棵开着花的树，她的枝桠中露出了一个裁决者的脸，她已经到达了圣殿般的庇护所，在那儿，他谁也不怕：不怕霍斯，也不怕布拉德肖。这是一个奇迹，也是一个胜利，没错，是最后的最伟大的胜利。他看着她颤颤巍巍地爬上了那高得吓人的楼梯，霍斯和布拉肖重重地压她的身上，而且这两个人的体重也不会少于一百六十磅。他们打发他们的妻子到宫廷去工作，每年赚着一万英镑却还要在公众面前大肆谈着什么平衡。他们作出的判断完全不同（因为霍斯这么说，而布拉肖这么说了），可他们都是生活的法官。他们混淆了幻觉跟餐柜，什么也看不清楚，但却实行了裁决，施加了惩罚。“必须”，他们这样说道。而她战胜了他们。

“好了！”她说着。这是，她把他的草稿都捆好了。谁也别想把它们拿到，她还要把它们收好。

而他们，她说，什么都不能把他们两个分开。她挨着他坐下，也不管那个家伙叫鹰还是乌鸦，因为它们恶毒，还会毁坏庄稼，简直和他长得一模一样。她说，谁都不能把他们两个分开。

然后，她站起身来，想去房间里收拾东西，可是听到楼下有什么人在说话的声音。她想，可能是霍斯医生来了，于是她跑下了楼去，然后阻止他上来。

瑟普提姆斯能够听见她在楼梯跟霍斯说话。

“亲爱的夫人，我只是想作为一个朋友来看看你们。”霍斯说。

“那也不行，我不准你见我的丈夫。”她说。

他能够想象到她现在的样了，可能像一只小母鸡，张开翅膀挡住老鹰般的他上来的路。但是霍斯还是坚持着要上来。

“亲爱的夫人，请准许我吧……”霍斯说着，一边还把她推到了一边（但不可否认，霍斯是个身材魁梧的男人）。

霍斯正在走着上来，他一会儿就会猛地推开门，然后说“你是不是吓坏了？”之后抓住他。可是不能这样！不能够让霍斯跟布拉肖抓住他！他重心不稳地站了起来，其实只是换着脚向前走着，心里还想着菲尔摩太太的那把刀把上刻着“面包”两个字的干净锋利的面包刀。唉，还是不要糟蹋了这把刀。那不如开煤气？可是也来不及了，霍斯马上就要进来了。这里可能还有刀片什么的，可是瑞琪亚在之前都收拾起来了，她怕他自杀，所以总是这样做。所以，现在只剩下窗户了，布鲁姆波里的公寓那些特有的大窗子，还有就是那既麻烦又讨厌却还挺富有戏剧特点的动作——开窗跳下去了。这是他们之前就能想象到的悲剧，但绝对不是他或者是瑞琪亚的。因为她是同意的，只是霍斯和布拉肖喜欢做着这类的事情。(他坐在窗台上。)但是，他还是要等到僵持的最后一刻。他还不想死，他已经意识到生活是美好的：看，外面的太阳热烘烘的。只是那些人他们究竟想要什么？一个老人正在对面房子的楼梯走着下来，看到了这边的状况之后，就停下脚步盯着他看。而霍斯现在已经到了门口。他大声地朝他喊了一句“来，你要什么，我给你！”就用力地纵身一跳，然后跌落在菲尔摩太太房子的围栏上面。

“你真是一个懦夫！”霍斯医生冲了进来，跑到床边往下大声喊道。瑞琪亚也跑到窗口，她看见了，什么都明白了。霍斯医生和菲尔摩太太撞个正着。菲尔摩太太舞动着她的围裙，然后让她到房间里蒙上眼睛。很多人都在楼梯上跑来跑去。霍斯医生走进了她的房间——他的脸白得就像是一张纸，浑身颤抖。他手里还轻轻抖动着一个拿着的玻璃杯。他说，她一定要勇敢起来，现在也该喝点什么东西了（那她需要喝些什么呢？甜的东西吗）。开始她的丈夫在前一秒跳楼了，摔了个血肉模糊，而且，不会清醒过来了，她还不能去看他，因为他们想要尽可能让她少受到一点痛苦，警察来了之后，她还得受拷问，真是一个可怜的年轻女人。但是谁会料得到呢？这是他突然涌起来的冲动，也不能怪任何人（他是这样对菲尔摩太太说的）但是他究竟为什么要这样做，霍斯医生真的怎么想也想不明白。

当她喝着那杯甜甜的东西时，她觉得自己好像正在打开了落地窗，走到某一个花园里。但是这是哪里啊？时钟又在敲响了，一下，两下，三下。比起那些砰砰的声音和其他人的窃窃私语声来，这样的钟声显得多么理智啊，就像是瑟普提姆斯自己一样。她觉得自己都快要睡着了。可是那阵钟声还在继续地敲响着，四下，五下，六下，站在那里舞动着围裙的菲尔摩太太（他们会把他的尸体抬到这里来的，对吗？）就好像是这个的花园的一部分，或者说，她只是一面旗子。她以前住在威尼斯(Venice)的姑姑家时，曾经看过一面旗子缓缓地从桅杆上升起，然后舒展开，随风飘动。这种方式是为了向那些在战场上牺牲者致敬的，瑟普提姆斯他之前也是参加过战争的。在她的回忆里，他们在一起的日子大多数也是幸福的。

他戴着帽子，在种满玉米的田地里奔跑着——但那是个什么地方呢？他跑着跑着，跑到了一个小山上，那里好像是海边的一个什么地方，因为她记得那里有船，有海鸥，有蝴蝶。他们坐在了悬崖的边上吹风聊天。他们在伦敦也是这样坐着的，就像在梦境中一样。但是，房门外忽然传来了什么响声，有什么人在窃窃低语的声音，好像还有干玉米秆在有节奏地摇动着的沙沙声。她觉得自己在此刻感到了大海对她的爱抚，它把拱起的海浪包围着他们。而当她置身海滩上对他低声私语时，她觉得自己像是一把灰烬，被什么人撒向了四周，也像是飘落在坟墓上面悼念着亡者的飞花。

“他已经死了。”她说，默默守护着她的可怜的老妇人微微一笑，她有着一双值得别人信任的浅蓝色眼睛，不时地紧盯着房门。(他们不会把他抬到这里的，对不对？)但是菲尔摩太太却觉得她这想法实在是很可笑。对啊，不会的，不会的！因为他们现在正在把他抬走。我该不该跟她说一声呢？菲尔摩太太觉得夫妻俩是应该在一起的，但是他们也必须按照医生的嘱咐去做。

“让她睡去吧。”霍斯医生一边帮她把脉一边说。她看见他站在窗边那个魁梧身体的黑色轮廓。原来，这就是霍斯医生啊。

这是文明历史上的一个胜利，皮特·沃尔殊想道。当救护车那一阵子尖厉催人的铃声响起的时候，他觉得这是文明历史的一个胜利。车子一停靠，救护人员就非常人道地抬上了某一个可怜的家伙，然后迅速利落地向医院奔驰而去。什么人的脑袋被别人打伤了，或者是好端端地突然发病，又或者是什么人在一两分钟前经过一个路口时被车子撞了，这样的事情也是很有可能发生在自己身上的。可是这就是文明啊。他从东方回来之后，对家乡的感受便是——伦敦里的效率，组织和服务公众的精神。每一辆运着货或者是载着人的马车都自动自觉地开到路边，好让救护车赶快通过。人们对这一辆救护车跟里面的伤者所表现出来的尊敬可能带有些许病态，但是，这也很让人感动啊——那些急匆匆赶路正在想要回家去的男人们，在救护车经过的时候可能立刻就想到了自己的妻子，或者想到了躺在车里的病床上，由一个医生跟一个护士看守着的人很容易就可能是自己的时候……唉，只要脑子里一出现什么医生，什么尸体，人们的思绪马上就会变得病态地伤感起来。但是由这样一种幻觉所产生的一丝愉快跟庆幸也会偷偷地告诫着人们不要再继续想下去了——银色无论是对艺术还是对友谊来说，这些都是致命的。但确实是如此。但是，当那一辆救护车拐过街角，朝着下一条街行驶，在更远的地方穿过托特纳大院路时，仍然能够听见那尖厉催人的铃声在不停地响着。这时候，皮特·沃尔殊想道，这真是孤独特有的权利啊。一个人跟自己待在一起的时候，可以完全按自己的意愿行事。只要没有什么人看见，如果你想哭，马上就可以放声大哭。在印度的英国制社会中，他这种敏感的天性让他变得一事无成。他一点都学不会在应该笑的时候哈哈大笑，在应该哭的时候放声大哭。他站在邮筒旁想着，但是这就是我的天性啊。他感动得眼泪汪汪。但是为什么呢，天才知道！可能是因为某种美，又或许是经过了这一天的重负——从今早拜访克拉丽莎开始，他就已经被折磨得精疲力竭；再则是天气炎热，心情紧张，还有对生活产生各种印象也纷至沓来，在那深邃幽暗的心底一滴一滴地积聚起来，以后永远都不会被人知道。这是来自生活那完整而且不可侵犯的奥秘的，因而，他觉得生活像一个让人感到陌生的花园，你要拐弯抹角地走着，但可以看到的景色却令人惊异。有的时候，还真的会让人大吃一惊。他站在大英博物馆对面的那个邮箱旁边时，感受到了这样的一刻，就是此刻，一切的事物都交汇在了一起，譬如说这一辆救护车，譬如说，生与死。他好像被汹涌而出的情感抬升到了一个高高的屋顶下面，而他的身体则像是一片白茫茫的躺着无数贝壳的海滩，却又一无所有。在印度的英国制社会中，这样敏感的天性让他变得一事无成。

他记得有一次，克拉丽莎跟他一起，不知道在什么地方上了双层巴士的顶层。那个时候她还是特别容易感动的一个小女生，至少在表面看来是这样的——可能这一会儿感到绝望，下一秒又会兴高采烈，激动得浑身发抖，真是个可爱有趣的伙伴。她会在双层巴士的顶层观察到古怪的景色，名字或者是人，因为那个时候他们还常常待一起，然后四处探游着伦敦，有时还会从苏格兰市场买回一大袋一大袋的稀奇古怪的小玩意——那时克拉丽莎有种想法——他们跟其他别的年轻人一样，有着一大堆的理论，张口就说什么理论。而那些理论都是用来解释他们心里抑藏着的不满情绪的，因为他们不了解别人，而且也不被人了解。人们怎么可能完全互相了解呢？你们或许现在会天天见面，但以后可能会半年甚至几年不见。他们都觉得，他们对人了解得这么少，真是令人难以满意。但是，当她坐在双层巴士，随着车子沿夏夫茨波里大道行驶的时候，她觉得自己是无所不在的。不是“在这里，这里，或者是这里”，她拍拍座椅的那些靠背，而是无所不在。汽车在沿夏夫茨波里大道行驶着时她一路招着手——她就是这样的。所以，如果想要了解她，或者是了解其他人，就必须要找到什么线索来帮助——跟他们一起成长的人，甚至是生他育他的地方。她和从来没有交谈过的人之间产生着一种奇特的共鸣，可能是街上走着的某个女人，又或者是柜台后面的某一个男子——甚至是树，或者是谷仓，她都能跟它们产生共鸣。最后，归结到先验论，因为她很怕死，这样的理论让她相信，或者主动宣称她是相信的（尽管她心里还是信奉怀疑论的）——我们显露出的灵魂，就是我们表露在外的部分，跟其他不可见的部分相比不过是短暂的存在，而那些不可见的部分将永远存在于天地之间，得到永存，还可以以某一种方式依附在这个或那个的人身上。可能是轮回再生，也可能是死后在某个地方出没……也许吧——也许吧。

回顾他们两个这段近二十年之久的友谊，他觉得她的这些理论一直很有作用。虽然常常因为他不在身边，见面还会遇到各种各样的干扰（譬如说今天上午，他刚想要开始跟克拉丽莎好好谈谈时，伊丽莎白就闯进来了，像一匹长腿小马一样站在那里，沉默而端庄），他们之间的相会是短暂而且时断时续的，有时候，还是非常痛苦的。但是相会的结果对他一生的影响却是无法估量的。这一切具有着神秘色彩。这样的相会就像是你得到了一粒谷种——尖利扎人，令人不顺眼的，而且常常让你非常痛苦的。但是在你们见不到面的时候，这一粒种子却会随着这么多年的湮没，在最意想不到的地方生根发芽，然后开花，还散放出阵阵芬芳的清香。你可以去抚摸它，去感受它，还可以环顾四周去获得对它最完整的体验和理解。她就是这样住进他心里的。身边发生着的古怪事情常常会勾引起他对她的回忆，或者是在船上，或者在喜马拉雅山中（萨利·瑟顿这个热情大方的傻姑娘，也是在看到蓝色的绣球花时才想到他的）。她比任何他认识的人对他早餐的影响都要大。而且也总是这样，在他最没有希望的情况下来到了他的面前，带着沉着高贵，挑剔，或者是美艳浪漫的气质来到他的面前，使人想到了广阔的田野或者是英国丰收的季节。他也是多数在乡间看到她，而不是在伦敦。在波顿时候的那一幕幕情景……

他回到了自己的旅馆，穿过了摆放着许多红色椅子和沙发，还有叶子尖尖长长、看上去有些干枯的盆栽植物的大厅，从钩子上拿下了房间的钥匙。接过了前台的服务小姐递给他的几封信。他走上了楼去，想着，——他最常和她见面的地方当然是波顿，在夏末时分，他常常会在那儿住上一周半个月，那个时候人们也常常会这样做。先是在小山顶上，她站在了那里，双手轻轻地按在秀发上，斗篷的裙摆被风吹得飘起来了，然后指着下面，大声地对他们说——她看见赛文河了！或者是在某一片小树林里，他们要烧开水——她的手指非常笨，柴烟翻腾而起，扑在他们的脸上，透过烟雾他能够看到她热得红扑扑的小脸。他们向农舍中的老奶奶讨水来喝，老奶奶来到了门口，目送着他们离去。别人在开车的时候，他们总是在走着。她觉得开车出去玩一点意思都没有。她除了那只狗，什么动物都不喜欢。他们沿途跋涉了很久，而她时不时也停下来看看方向，然后带着他穿过乡间走回去。他们一路争辩着，讨论着诗歌，讨论着人，或者是讨论着政治形式（那个时候她的思想很激进）。他们没有注意到一点周围的东西，除非她要在什么地方停下脚步来，然后大声赞叹着一个景色或者仅仅是一棵树。她还要他和她一起看。然后他们又继续讨论着，穿过秋后收割完的田野。她走在较前面，手里拿一朵要给姑姑的花，尽管身体羸弱，却一直喜爱走路。他们在暮色四合时回到了波顿。吃完晚饭之后，老布雷特科夫就会谈起钢琴，用他那破嗓子唱起歌来。而他们，躺在安乐椅里听着，努力憋着笑，可是最后都总是憋不住，哈哈大笑起来。笑啊笑，无缘无故地笑个不停。而且还不能被布雷特科夫看见他们笑的。在早晨，他们像长尾鸟一样在房子前面快乐地调情……

啊，这是她写来的信啊！是个蓝色的信封，是她的笔迹。他一定要看看这封信。一定又是一次会面，但那肯定会很痛苦。他要读她的信还真的需要很大的努力跟勇气。“见到你真的是太好了！我一定要告诉你这一点。”信上就写了这么两句话。

可是这封信却使他感到心烦意乱，感到不快。他那么希望她根本就没有写过这封信啊！他正在想着他们在波顿里发生的事情时，却来了这么一封信，就好像是什么人用胳膊肘用力碰他的肋骨提醒着他不要忘记什么一样。她为什么一定要来打扰他呢？她终究还是嫁给达洛薇了，她毕竟已经嫁给达洛薇了，而且这些年来，她也一直和他很幸福地生活着。

这个旅馆可不是能给人慰藉的地方，它也远远不是这样的地方。也不知道究竟有过多少人在这个衣帽钩上挂过帽子。但现在想想看，就连同一只苍蝇也会落在别人的鼻子上。而至于让他强烈觉得洁净的感觉，其实也不过是缺少什么装饰，是冷漠，只是这样。某个干瘦的女总管总会在清晨时分巡视一周，在这里闻闻在那里看看，还让冻得鼻子发紫发红的女仆们擦洗着屋子里的所有东西，就好像下一个来到的客人是一块需要用一尘不染的大盘子端放着的蹄胶。床用来睡觉，安乐椅用来坐，大杯子跟大镜子用来刷牙和刮胡子，而他的那些书籍跟信件，还有晨衣散落在这毫无人情味的马毛和棉花混织的椅垫上，就像对这种冷漠做出来的什么极不协调的傲慢举动。是克拉丽莎写的那封信使他看到了这些啊。“见到你真是太好了！我一定要告诉你这一点。”他折起了信纸，又把信纸慢慢推开。无论如何，他也不会再看这封信了！

想要让他六点钟前收到这封信，那她一定是在他离开之后马上就坐下来写的，又以很快的速度贴上邮票，然后立刻派人去寄掉。正如别人所说，她就是这样的人。他的拜访让她觉得心烦意乱。她有很多感慨，可能当她亲吻着他的手时她也曾经有过片刻的悔恨，甚至是嫉妒。也或许（因为他注意到了她的表情）她忽然记起他曾经说过的什么话——也许是的，如果她和他结婚，他们将会怎样地去改变这个世界。而现实却是这样：他已人到中年，却碌碌无为。于是她不屈不挠地使自己和他的这一切撇清关系，因为在她身上始终贯穿着一种顽强的生命力，让她坚韧不拔，忍耐固执，还会充满力量去克服一切障碍，最终取得胜利。他从来都没有在其他人身上看到过这样的生命力。对啊，那只不过是他一离开房间她就会产生的一种反应。她会觉得他很可怜，她也会想她究竟可以做些什么事情能使他感到快乐（这也正是他现在所缺乏的东西），她会泪流满面地向书桌走去，然后提起笔写下了他刚才发现的在旅馆默默等着他的那一行字——“见到你真是太好了！”但这是她的真心话。

皮特·沃尔殊已经解开了皮鞋的鞋带。

但是就算他们在以前，他们的婚姻是不会幸福的。始终还是另外的那一件事会自然得多。

这很奇怪，但这是真的，许多人都感觉到了这一点。皮特·沃尔殊干得还算是体面了：担任着一般的职务，而且相当胜任；人缘也不错，可是性格有点古怪，爱摆架子——但奇怪的是，居然是他，特别是现在头发都灰白了之后，竟然露出了一副心满意足的神情，一种含蓄还有节制。正是这一点，让他在女人的面前具有很大吸引力。她们觉得他的气质里也并不全是男子气概，而她们也很喜欢这种感觉。他的身上，或者说，在他外表之下，有一种很不寻常的东西。可能是他有一股书生气——他每次来看你的时候，都会拿起桌上的书看看。（譬如说他现在就看着书，鞋带还拖在地上，也不管不顾了）。但也许是他的绅士风度，这一点从他在烟斗里抖烟灰时的动作就能充分表现出来。当然也许在他对待女士的态度上。因为随便一个毫无头脑的姑娘都能够轻而易举地随意摆布他。他这样显得很可爱，却也让人觉得很可笑。但是他也要冒着风险，也就是说，就算他的性格可能非常随和，而且以他的教养跟乐观快乐的天性，和他在一起时会令人很愉快的，但那只是的一定程度而已。她说了些什么——不，不是的，他能够看穿她的本意。他最不能忍受那一点——但不行，这是不行的。他和男人们会因为一个笑话而一起喊叫，而捧腹大笑。他也是印度最好的烹饪鉴赏家。他是个男人，但不是那种你需要对他表示尊敬的男人——幸亏是这样。譬如说，他不像西蒙斯少校，一点也不像。黛丝心里想，虽然她已经跟西蒙斯有了两个小孩，但还会常常这样子拿他们两个人来作着比较。

他终于脱下了他的靴子，然后把口袋里的东西全都掏了出来。黛丝在阳台上照的一张相片，还有小折刀，都一起被掏了出来。那个穿着一身白衣服的黛丝，膝盖上还趴着一只小猎狐犬。她非常迷人，长着黑黑的皮肤，这是他觉得她拍得最好的一张相片。他们的一切都来得那么自然，比跟克拉丽莎以前自然多了，没有什么值得大惊小怪的地方。没有纠缠和麻烦，也没有娇气和不安。一切都一帆风顺。阳台上的那个长着黑皮肤的漂亮又可爱的姑娘在大声地感叹（他当然能够听到她的声音，当然能够）她会给他一切！她高声地说道（她从来都不知什么是谨慎），他所要的一切！她高声地说着，一边跑上去迎接他，也不管旁边有谁在看着他们。她只有二十四岁，而且还有两个孩子。唉，唉！

唉，他都已经这把年纪了，还真会给自己找麻烦。他夜里醒来的时候，这个想法强烈地涌上心头。假如他们真的结婚呢？对于他来说当然很好，但是对于她呢？他对伯吉斯太太吐露过自己的心事。她是个很正经的人，也不爱说长道短。伯吉斯太太觉得他这次回英国，明显就是要去见律师了，可是如果他离开了印度，还可以使黛丝重新考虑一下，思考一下和他结婚，意味着什么。伯吉斯太太说这个问题关系到她的身份，还有社会习俗方面的障碍在阻挠着，她还要放弃孩子。不出多久，她就会成为有着难以启齿的经历的寡妇，流落在市郊，行为失检（你知道，她说，被这样说的的女人，都爱涂脂抹粉，最会变成什么样子？）但是皮特·沃尔殊觉得这些话也太可笑了。他还不打算死呢。但不管怎么说，她一定要自己拿主意，还有自己作出判断，他心想，一边穿着袜子在房间里踱来踱去，一边还把配着礼服穿的白衬衫熨平。因为他今晚可能会参加克拉丽莎的宴会，或者去音乐厅，或者也会待在旅馆里读他以前在牛津认识的一个人写的一本引人入胜的书。他要是退休的话，他就要干这个——写书。他会去牛津，在伯德利图书馆里查阅资料看看典故。那个长着黑皮肤的又漂亮又可爱的姑娘跑到了平台的尽头，挥动着她的双手，坦白地喊着说她根本不会在乎别人怎么说。而他就在那里，这个她珍惜着的男人，这个完美的绅士，这个迷人又杰出的人（她根本不在乎他的年龄跟她有多大的差距），就在布鲁姆斯波利的一家旅馆房间里踱来踱去，刮刮胡子，梳洗整理，拿起了水罐，又放下剃刀，一面继续想着要去伯德利图书馆里查阅资料看看典故，弄清楚他感兴趣的一两件事情。他想和谁聊天就和谁聊天，所以可能会越来越不遵守午餐的确切时间，可能也不去赴约。而当黛丝就像平时那样要他吻她，要他表现激情的时候，他可能就会表现得差强人意（尽管他是真心真意喜爱她的）——但是总而言之，正如伯吉斯太太所说的，她忘掉他的话也许会更加幸福些，或者她应该仅仅记住1922年8月时候的他，一个黄昏时分站立在十字路口的身影。但当她在马车上伸出了双臂扶稳坐在后座，疾驶而去的时候，这身影也终究会变得越来越遥远，越来越小，最后消失不见。而她仍在喊着她无论什么都愿意做，无论什么。

无论什么，无论什么。

他从来也不知道那些人是怎么想的。他觉得自己变得更加难以集中注意力。他变得只是一门心思地忙自己关心的事，变得时而阴郁，时而快活，变得依赖女人，心不在焉，喜怒无常，越来越难以理解（他一边刮着胡子一边这样想着）但是为什么克拉丽莎不可以干脆给他们找个住的地方，对黛丝友好一些，或者把她也介绍给朋友们。那样他就可以了——但是就可以做什么呢？就可以随意地搜寻徘徊（他那时候正在清理着钥匙和文件），去体验着各自事情，享受着自己独处时间。但总而言之，就是实现自我满足。然而，当然也没有谁比他更依赖别人了（他穿好了背心）；这就是他致命的弱点。他没有办法不去吸烟室，他喜欢结交上校，喜欢打高尔夫球，玩桥牌，而且特别喜欢和女人在一起。他喜欢她们细致入微的友情，喜欢她们在爱情上的忠诚、不顾一切，喜欢她们的高尚，虽会有一些缺点，但在他看来（那黑皮肤的漂亮又可爱的脸蛋儿现在浮在了一沓信封的上面）却是完全值得别人钦佩的。她们简直是在人类生活最顶端处开放着的奇葩。但是他的表现却差强人意，因为他总是很容易就看到事物的真情实况（克拉丽莎也永远地伤了他的心），而且容易对无言的爱感到厌倦。他更喜欢丰富多样的爱情，虽然说如果黛丝爱上了别人，他也会非常愤怒，非常愤怒！因为他生性猜妒，而且是难以克制的嫉妒。他受尽了折磨！他的折刀，手表，印章，钱包，还有克拉丽莎那封他不愿再读却总会不自主想着的信——最重要的是，黛丝的相片，都放在哪里呢？现在该去吃饭了。

别人都在吃饭。

大家都坐在放着花瓶的小桌的周围，有的穿着礼服，有的没穿，女士的身旁放着披巾或者是手提包，表现出一副故作泰然的神情。因为他们不习惯吃这么多道菜的，但面露自信。因为他们付得起账单，却样子劳累。因为他们在伦敦跑了一天，去购物或者观光，还表现出了自然的好奇心。因为当这个戴着角质镜框的英俊绅士进来时，他们都转身打量着他，显示了他们善良的性情。因为他们会乐于为他效劳，当然能做的都只是一些小事，譬如说借给他表看，或者告诉他有用的信息。他们想以某种方式跟什么人建立联系的欲望在他们身上涌动着，还在悄悄地拉扯着他们，就是他们只是出生在同一个地方（譬如说利物浦），或者有什么朋友的名字相同。他们坐在那里吃饭，或对其他人偷偷地扫上了几眼，或者保持着古怪的沉默，或者突然缩回到家庭圈子里的玩笑，而巧妙地与周围人隔绝。这时，沃尔殊先生走了进来，他在窗帘旁的一张小桌子前坐了下来。

沃尔殊先生赢得了别人的尊敬。但也不是因为他说了什么话——他只身前来，他只能对侍者说些什么话了——而是因为他看菜单的样子，用食指指着某一种酒，身子挨近了桌子坐着，还有吃饭的时候认真但不狼吞虎咽的样子。他们对他的这种尊敬在晚餐的大部分时间里都没有表达出来，但是当他们听见他在最后说“巴特莱特梨”的时候，这种感情在莫里斯一家的餐桌上爆发了出来。无论是小莫里斯，莫里斯还是老莫里斯，也不管是伊莱恩小姐还是莫里斯太太，都不知道为什么他在点梨的时候要得这样温和而坚定，样子像个执行纪律的人在行使着自己建立起来的公正而基础的权利。但是当他独自坐在桌旁说“巴特莱特梨”的时候，他们却觉得他指望在某个合法的要求上得到他们的支持。他倡导着一项什么事业，这事业立刻就变成了他们自己的事业，所以他们的眼睛充满同情地和他的眼睛对上的时候，当他们一起走到吸烟室的时候，他们之间就自然而然地交谈了起来。

其实这段谈话也并不怎么深入——无非是说说伦敦很拥挤，或者是这三十年来有了很大的变化。莫里斯太太喜欢利物浦，她去看了威斯敏斯特的花展，他们都见到了威尔士王子什么的。但是，皮特·沃尔殊则在想，世上没有别的什么家可以跟莫里斯家相媲美了，根本就没有。他们相互间的关系实在是完美无缺，对上层阶级也毫不在乎，有着自己的喜好。伊莱恩正在接受管理自家庭企业的训练，而儿子也获得了里兹大学的奖学金。老太太（跟他的年纪差不多）家里还有三个孩子，他们有两辆汽车，但莫里斯先生还是在星期日补着靴子。这样实在是太棒了，绝对是太棒了！皮特·沃尔殊心里想道，他手里拿着一只小酒杯，身子在红椅子和烟灰缸之间微微前后摇摆，自觉得很得意——因为莫里斯他们一家都很喜欢他。是的，他们喜欢一个他这个说着“巴特莱特梨”的男人，他们喜欢他，他知道的。

他要去参加克拉丽莎的宴会。(莫里斯一家已经走开了，但是他们以后还会见面的。)他要去参加克拉丽莎的宴会。

因为他好想去问一问李察，他们以后对印度将会实施什么政策——那真是一帮保守党里的蠢货。或者是采取些什么行动？还有音乐……啊，对了，还有要聊聊天。

因为这就是我们的灵魂，我们的自我懂得的真相啊。他暗自想道。他就像深海中的某一条小鱼儿，在昏暗朦胧之中奋力穿梭于硕大的的水草之间，然后游过阳光闪烁着的海域。他不停地向前游去，游去，知道游进幽暗寒冷而且神秘莫测的海洋深处。突然，鱼儿又猛地蹿到了海面，在被风吹得皱巴巴的波浪上面嬉戏着。也就是说，我们的灵魂和我，绝对需要在闲聊中冲洗，揉搓，然后燃起激情。可是政府打算怎么对待印度呢——李察·达洛薇会知道的。

那天晚上很热很热。卖报的小孩们在背着写着红色大字，来来往往地告诉着大家热浪来临。旅馆的台阶上放着藤椅，男士们独自悠然地坐在那儿喝酒吸烟。皮特·沃尔殊也坐在了那儿。别人可能会想，白昼，伦敦的白昼，才刚刚开始呢。它像是一个脱去了印花布裙子和白色围裙，准备用蓝色衣衫跟珍珠首饰装扮自己的女人。白昼变了，它脱去了呢绒服，换上薄纱，于是世间变成了黄昏。它发出了和女人把裙子扔在地上时一样欢快的叹息，也抛去了尘埃，酷热和色彩。街上的车辆变得越来越稀少了，飞快行驶着的响着车铃的小汽车代替了隆隆行驶的货车。在广场里浓密的树木之间，到处都悬挂着非常明亮的路灯。当黄昏在旅馆，公寓或者是排排商店的墙壁的突出部分——圆拱和尖顶上渐渐淡去，消失不见的时候，她似乎在说，好了，我要隐退了。我要走了，她开始说，我要消失了。但是伦敦却依依不舍，匆匆忙忙地把一张刺刀插向了天空，牵缚住黄昏，强迫她成为宴会狂欢中的一员。

因为自从皮特·沃尔殊上次回来，英国就发生了威利特先生所建立的实行夏令时的伟大革命。对于沃尔殊来说黄昏的延长是件很新鲜的事，而且还相当令人振奋。因为当那些年轻人拿着公文包走过的时候，他们会因为终于可以下班了感到非常高兴，而当他们傻乎乎地因为可以走在这条著名的行人道上而感到非常骄傲自豪时，欢乐会把他们的脸映得通红。也许会有人认为这很廉价，而且华而不实。但是这却还是狂喜的感情。他们穿得也很好看：粉红色的长筒袜，漂亮的鞋子。而他们，现在将要在电影院里度过两个多小时。黄昏时的黄光使得他们的轮廓优雅而清晰，黄昏的光把广场的每一片树叶都照得暗黄青灰——看上去就像是浸泡在某一幢水下城市的树叶。眼前的美景让皮特感到惊异，而且他还备受鼓舞。因为一个刚从印度回来的英国人（他也认识着这样一大批人)因为自己的权利，在东方俱乐部里坐着，愤怒地总结着世界堕落的事情时，而他却在这里，仍然年轻。他羡慕青年人的夏季时光和其他的一切，还从一个姑娘的话中，一个女佣的笑声中，听到一些你摸不透的东西。当他明确地觉得他年轻的时候似乎稳不可撼的那个金字塔般的社会结构已经产生了变化。过去，它重重地压在他们头上，把他们压得抬不起头来。特别是女人，她们就像是克拉丽莎的姑母海伦娜的花一样，她在晚餐之后借着等把花儿夹在灰色的吸墨纸里面，上面还压上一本利特雷大字典。而现在，海伦娜姑母已经去世了。他是从克拉丽莎口中听说的——她后来有一只眼睛看不见了，但是老帕里小姐眼睛会瞎似乎是再自然不过的事了——是大自然的杰作。她会像在严寒中紧紧抓住枝条的小鸟一样死去。因为她属于一个完全不同的时代，但她又是那样完整无缺。她将永远地耸立在地平线上，如一尊石像般挺立突出，又像是一座灯塔，标志着这个充满冒险的漫长航程中，这个无穷无尽的（他摸出了一个铜板买了一份报纸，看了看关于萨里和约克郡队板球比赛的消息——他已经好多次这样拿出铜币买报纸了，而萨里又一次被打出局了）——这个无穷无尽的生命中的一个死去了的阶段。但是板球其实又不仅仅是运动，它很重要。他总是忍不住要读关于板球比赛的体育消息。他读报纸时，会限度插入在最新消息栏中的板球比分，然后再读读天气有多热的报告，最后会读了一桩谋杀案的报道。做过数千万次的事情在此刻有了丰富的意义，不过也可以说它因此而黯然失色。过去会让人丰富起来，经验也是如此。因为他爱过一两个人，所以他具有了年轻人所缺乏的力量，就是打断事物而且随心所欲地做事，不在乎别人怎么说的力量。他已经不存什么希望了（他把报纸留在桌子上就离开了），不过（他在找着自己的帽子和大衣)这一点在他身上，也并不完全是这样的，起码在今晚并不这样。因为，他正赶着要去参加一个宴会，在他这样的年纪，还要相信他会获得一种新的体验。但是，这究竟是什么体验呢？

不论怎么说，这是美的。不是肉眼所能感受的那种赤裸裸的美。也不是纯粹的美——他正从贝德福特街进入拉塞尔广场。这里当然是笔直空寥的了，还具有走廊一般的对称感，但同时它也像是灯火通明的窗子，钢琴，或者留声机的音乐声，让你觉得人们在私下寻欢作乐。但是这样的快乐偶尔也会显露出来的，从开着的，没有拉上窗帘的窗子望出去，你可以看到坐在餐桌旁的人群。年轻人在缓缓起舞，男男女女聚集在一起谈天，女仆们懒懒散散地向窗外眺望着（这是她们干完活以后的一种特殊的休息方式），长款袜子晾在了上层的窗架上，上面还有一只鹦鹉，跟几盆花草。这样的生活不仅引人入胜而且又如此神秘，又丰富无比。在这个出租车快速拐弯着的巨大的广场上，一对对的恋人闲情信步，或者深情拥抱，或者缩进大树的阴蔽下说着什么悄悄话。看上去那么感人，那么寂静，那么专注啊。其他人小心翼翼地走过，就像是置身于某种神圣的仪典里，所有的干扰都是一种亵渎。这还真有意思。他想想走走，走进了这灿烂夺目的灯火之中。

他薄薄的大衣被风吹得敞了起来，他走路的时候有一种难以形容的特别的姿态，身子微微往前倾，却迈着轻快的步子。双手背在了身后，目光里藏着几分鹰般的锐利。他轻快地穿过了伦敦，向威斯敏斯特走去，一路还不时观察着。

看来，大家都在外面吃完饭啦？这里有一个男仆人开了门，从里面走出来了一个仪态威严的老太太。她的脚穿带扣鞋，头上插着三根紫色鸵鸟毛。另外一扇门也打开了，走出来了好几位头戴着花朵，用披巾把身子紧裹得就像是只木乃伊一样的女士，或者是完全没有佩戴任何头饰的女士。在那些体面的，有着粉刷过的立着柱子的住宅前，女人们的头发上插着梳子，穿过了房前稍稍修剪过的小花园走了过来（她们刚才跑上楼去看过了自己孩子们）。男人们都在等着她们，风吹得他们的大衣敞了开来，而车子已经发动好了。所有的人都要出门去了。门开了，人走了下来，然后直接出发。这些流畅的动作让人好像感到整个伦敦满满地都是停靠在岸边的或者在水上颠簸着的小船，仿佛整个城市都在狂欢中漂来漂去。内厅像被银箔制成的，当弧光灯掠过，那里就像是布上一层层的蛛丝。弧光灯四周好像有蚊蝇飞舞。天气太热了，人们只能站着在那里闲聊。这里，在威斯敏斯特，有一个看上去像是退休法官的人，他穿着一身白色衣服端端正正地坐在家门口。但现在想来，也许又是个长期生活在印度的英国人。

这里有一群群喧闹的女人，她们喝醉了在大吵大闹。这里有一个警察都隐约可见的房子，高大的房子，有着高高穹隆的房屋。像是教堂，国会。以及河流上轮船的汽笛声跟一阵阵低沉模糊的鸣声。但是这是她的，克拉丽莎住的街。出租车快速开过了街角，就像是桥墩周围的流水，他觉得车子都集中到了这儿，因为都载着参加她的晚会的客人，克拉丽莎的晚会。

这时，他再也没有办法更多地纳入这川流不息却又冷冰冰的视觉印象了，眼睛在现在好像是一只已经满溢的杯子，听任着里面的多余东西沿着瓷杯壁而流下，却不留任何记录。可是现在大脑必须要清醒过来，身体也必须要紧绷起来。他走进那所房子，那所灯火通明的房子。那里开着门，停着汽车，走下来了许许多多光彩照人的女士。他的灵魂必须鼓足勇气去承受这一切。他打开了折刀的大刀片。

露丝全速跑下了楼梯。她刚刚冲进了客厅去熨平一个椅套，摆正一把椅子。停下了片刻之后，觉得无论是谁走进来，看见这么漂亮的银器，铜质壁炉用具，新椅套还有黄色印花窗帘时都一定会想，这里是多么干净，那么明亮，收拾得那么好看啊。她一件件地查看着，忽然听到了一阵鼎沸的人声。人们已经用过晚餐要上楼来了，她得赶快！

艾格尼丝说首相要来：她说她也是在餐厅听见他们这样说的，她端着一托盘酒杯进来的时候说道。但这有什么关系吗，多了或者少了首相这个人，有什么关系？在晚上的这个时刻，反正对于置身于盘子，深口平底锅，滤锅，煎锅，还有鸡肉冻，还有冰激凌机，还有削下的面包皮跟柠檬还有带盖的大汤碗跟布丁盘子中间的沃克太太来说，现在是一点关系也没有。无论他们在洗碗间怎么努力地洗着，但这些东西总好像还是堆在了她的头上，堆在了厨房的桌子上，椅子上。而炉火还是呼呼着燃烧，电灯亮得刺眼，现在还要准备夜宵。她的感觉是，多了或者是少了首相这个人，对于沃克太太来说真的是一点儿的区别也没有。

女宾们已经在上楼了，露丝说。她们一个接着一个地往楼上走，达洛薇夫人则走到了最后，她也总是在向厨房传话，记得有一个晚上她传的话是“向沃克太太致以我最崇高的爱意”。然后第二天早上她们会一起回顾那一道道的菜——汤跟鲑鱼。沃克太太知道，跟往常一样，鲑鱼的火候不够，因为她总是担心布丁会坏掉，就让珍妮照看鲑鱼，结果鲑鱼总是欠一点火候。但是露丝说，有个金发佩戴着银饰的女士说起正菜间的小菜时，直问真的是在家里自己做的吗？可是当沃克太太不断地转动着盘子，把风门关上又拉开了的时候，最让她担心的的还是鲑鱼。餐厅里传来了一阵笑声。后来一个声音在说着什么话，然后又是一阵笑声——女宾们离席后，先生们正尽兴呢。匈牙利的香浓葡萄酒，露丝跑进来说。达洛薇先生说要匈牙利的香浓葡萄酒，要帝王酒窖里的皇家香浓葡萄酒。

她穿过厨房把酒端了上去，然后露丝回过头来说道，伊丽莎白小姐今晚样子很可爱，她简直没有办法把眼睛从她身上移开——她穿着粉红的裙子，戴着达洛薇先生送给她的项链。珍妮一定要记着伊丽莎白小姐的那条小猎狐犬，因为它会咬人，一定要关起来。伊丽莎白觉得可能要给小狗送点什么吃的去了。珍妮当然会记着那条狗，但是楼上那么多人，珍妮是不会上楼去的。门外已经有汽车到了！门铃响了——可是先生们还在餐厅里喝着匈牙利的香浓葡萄酒呢！

好了，先生们已经上楼去了。这是第一批到来的，现在的进度会来得越来越快，帕金逊太太（专门为了开晚会而请回来的人）会虚掩着前厅的门。前厅里将会满满的都是等待着的先生们（他们就站在那儿等着，把头发整理得一丝不苟)，而女士们，则在过道旁的一个房间里脱下了斗篷。巴尼特太太会在那儿帮助她们，在达洛薇家已经待了四十年的老艾伦·巴尼特，每年夏天都会来帮助这些女士。她还记得当母亲的人之前做姑娘时的样子，她虽然非常谦逊有力，但仍和大家握着手，而且十分尊敬地称她们为“夫人”，但是她看年轻小姐时的眼光带点儿幽默色彩。洛夫乔伊夫人的紧身束腰出了点什么麻烦，巴尼特太太也十分热心而且有技巧地帮助了她。洛夫乔伊夫人和爱丽丝小姐也忍不住感到，在梳妆方面她们却得到了一些特别的关照，因为她们已经认识巴尼特太太二十年了，夫人，巴尼特太太提醒道。洛夫乔伊夫人说，以前她们到波顿去做客的时候，年轻小姐根本就不用胭脂口红。爱丽丝小姐甚至根本一点也不需要胭脂口红，巴尼特太太一边说，一边还疼爱地看着她。巴尼特太太会坐在那里，在衣帽间里，轻轻整理好自己的毛皮斗篷，抚平了西班牙披巾，收拾干净了梳妆台。尽管她们都穿着毛皮跟绣花衣服，巴尼特太太心里却非常清楚哪些女士是好的，哪些是不好的。亲爱的老太太，洛夫乔伊夫人一边上楼一边说着，克拉丽莎的老保姆。

然后洛夫乔伊夫人挺了挺身子说。“洛夫乔伊夫人跟小姐。”她对威尔金斯先生（也是专为晚会而雇佣回来的)说。威尔金斯的举止可嘉，他微微弯身又直起来，然后弯身又直起，端正地宣布，“洛夫乔伊夫人跟小姐到……约翰爵士跟尼达姆夫人到……韦尔德小姐到……沃尔殊先生到……”他的举止可嘉，他的家庭生活必定是无可挑剔的，只是，如果这样一个嘴唇发青、脸刮得干干净净的人会混进生儿育女这种让人讨厌的事情中去，真是不可能。

“见到你实在是太高兴了！”克拉丽莎说。她对每个人都这样说。见到你实在是太高兴了！这是她表现最差的时候却过于热情洋溢，缺乏真心诚意的话。他今晚来这里可还真是个大错误。他是应该待在家里看书的，皮特·沃尔殊想。或许该到音乐厅去，或许该待在家里的，因为在这里他一个客人也不认识。

哎呀，天啊，晚会将会是个失败，一个彻底的失败。当莱克斯汉姆老勋爵站在那里代替妻子道歉，说她在白金汉宫的游园会上着了凉，不能过来的时候，克拉丽莎打心底里感到了这一点。她用眼角的余光能够看见皮特在那边的角落里，对她一副批评的表情。但是她究竟为什么要做这样的事情呢？为什么要为了追求所谓的巅峰而陷入火海呢？但是无论怎样，让火将她吞噬吧！将她烧成灰烬吧！但是无论怎样，就算只是挥动着自己的火并将她抛向地球，也要比那个像艾力·亨德逊那样的人一点点溶蚀，萎缩掉自己要好。真是奇怪，皮特只不过是来了往角落里一站，就离开使她处于这样一种紧张戒备的状态。他让她看清自己她其实在夸大其辞。真是太愚蠢！但是他为什么还要来呢，仅仅来批评她？为什么他总是想要获取而从来不会给予？为什么他就不能为自己好不容易冒出来一个小小的观点而冒一下险呢？你看他，又要溜达开去了，她一定要和他谈谈。可是她根本脱不开身，也不可能找到机会。生活就是这样——羞辱着，自制着。莱克斯汉姆勋爵说他的妻子在游园会上因为不肯穿毛皮大衣，因为“亲爱的，你们这些女士都是一样的”——莱克斯汉姆夫人至少也七十五岁了！这一对老夫妻亲昵有加，可爱极了。她也确实喜欢莱克斯汉姆勋爵。她确实觉得自己的晚会是很重要的，只要意识到一点的不对劲，或者是某一样东西达不到预期的效果，她都会感到很难受。不管任何事情都会这样。任何爆发，任何使人害怕的事都比客人们无聊地瞎转，或者一堆堆地站在角落里，就像是艾力·亨德逊那样要来得刺激。她甚至都不会注意要挺直起身体。

微风吹着印着极乐鸟的黄色窗帘，它一片鼓了起来。仿佛有许多双翅膀正往房间飞了进去，等到风停后窗帘落下，又像是它们马上又飞了出去，然后又被吸了进来（因为窗子是开着的）。是不是有穿堂风呢，艾力·亨德逊的心里想着？她很容易着凉的。但是就算她明天打喷嚏生病也没关系，她心里想着的是裸露着双肩的姑娘们，她的爸爸一直教她要为别人着想着想。她的爸爸是波顿教区的牧师，一直都有疾病，之前已经去世了。不过她着凉也从来没有波及到肺部，从来没有过。她担心的这些是姑娘们，裸露着双肩的姑娘们。她自己一向纤弱，头发稀少，而且身材又欠丰满。不过现在她已经年过五十，一股微弱的光却开始从内心闪现出来，可能这是多年来的自我克制净化而成的卓越，但是却又被她那让人难以忍受的斯文体面的作风跟那莫名其妙的恐惧感搞得永远黯然失色。她的恐惧是出于一年只有三百英镑的收入跟手无寸铁的处境（她甚至连赚一个便士的本事都没有），这让她变得胆小，一年比一年更没有资格和这些衣着考究的人相聚一堂。他们在社交季节中每晚都这么过着，晚上有什么聚会，只要告诉女仆们“我打算穿哪件衣服”就行了，而艾力·亨德逊却还要紧张兮兮地跑出去买半束廉价的粉红的花，然后在黑色旧裙子上披一条披巾。因为克拉丽莎是最后一刻才邀请她参加的，她心里当然不怎么高兴。她有种感觉，克拉丽莎今年本来是不打算请她的。

可是她为什么要请她呢？其实真的完全没有任何道理要请她，只不过她们一直就认识罢了。事实也是这样，她们还是姑表关系呢。克拉丽莎在社交界很受人欢迎，她们身份地位不同了，自然而然也就慢慢疏远了。参加晚会对于她来说是件大事。因为单单只是看看那些漂亮衣服对于她来说就是很大的享受。咦！那不是伊丽莎白吗？都已经长成大人了，穿着粉红色的裙子，梳着流行的发型？可是她顶多也就是十七岁。她长得简直漂亮极了。现在她们这样的女孩子们初次进入社交界，好像已经不像过去那样要穿白色的裙子了。（她要记住一切，然后讲给伊迪丝听。）姑娘们穿筒式的上衣，紧贴在身上，裙子也只到脚踝上，真是不成体统，她心里想着。

因为视力不好，所以艾力·亨德逊只好往前伸长着脖子看着周围的一切。她也并不在乎为什么没有人跟她交谈（反正她也几乎不认识晚会上的什么人），她只是觉得他们都是一些很有趣有看头的人。想来是政治家，李察·达洛薇的政场朋友。但是李察他自己却觉得，他不能让这个可怜的人儿继续整晚独自站在那儿。

“喂，艾力，你近来过得怎么样啊？”他以一贯亲昵的态度说道，而艾力·亨德逊却忽然地紧张起来，憋得满脸通红，觉得他过来和她说话实在是太好了。她说过很多人怕热胜过怕冷。

“是这样，”李察·达洛薇说，“是这样的。”

可是他还能说些什么呢？

“你好，李察。”旁边有一个人说，然后一把抓住了他的胳膊肘。啊！天啊，原来是老皮特，老皮特·沃尔殊。看见他实在是太高兴啦——非常开心！他一点也没有变呢。他们两个一起穿过屋子走着，一边还互相轻轻拍着对方，好像是很久没有见面的样子。艾力·亨德逊看着他们走去时想道，她肯定是在哪里见过那个人的脸。那个高个子的中年男人，眼睛长得很好看，是黑色的，鼻梁上架了一副眼镜，看上去有点像约翰·伯罗斯。伊迪丝肯定会知道这人是谁的。

微风又再吹过，印着一群极乐鸟的黄色窗帘又飘了起来。克拉丽莎看见了——她看见拉尔夫·里昂把那面窗帘拍打了回去，继续着聊天。这么说来这个晚会也不至于是个失败！反正现在来说，一切问题都不会有了——她的晚会，已经开始顺利起来了。已经开始了。不过还是相当不稳定的。她之前还一定站在那儿。因为这时好像突然拥来了一大批客人。

“加洛德上校和他的太太……晓治·维特布莱特先生……鲍利先生……希尔波利太太……玛丽·玛多克斯人……奎恩先生……”威尔金斯拖着调子通报着。克拉丽莎跟每一个客人打招呼般简短地说上六七个字，然后他们就接着往里走，进入到各个房间里去了。自从拉尔夫·里昂把窗帘拍打回去后，客人发现现在走进去也是有事可做，而不是无所事事了。

但是这对于她来说，实在是太吃力了。她并不能从中得到乐趣，她太想——太想随便一个人了，就站在那里。谁不会这样做呢。但是她还真有点钦佩这一个人，也忍不住觉得她还是把晚会办成了。她觉得这始终是自己的职守，是晚会的一个阶段。但是奇怪的是，她好像已经忘记了自己本来的样子了，一心只觉得自己是钉在楼梯头上的一根会说话的柱子。每次她要开晚会的时候都会有这种感觉：她不再是她自己了，而其他的人，也是在某一些方面变得不真实，或者在某一方面比平时真实得多。她想，这可能在一方面是他们穿的衣服变了，另一方面是因为参加晚会要更加庄重，脱离了平时的习惯作风，再就是这里的环境也变了。你可能在这里说着别处不能说的话，需要花一点力气才能说出来的那些事，也有可能跟别人谈得更加深入。但是她不行，至少现在还不行。

“见到你实在是太高兴了！”她说。亲爱的老哈利爵士！他认识这里的每一个人的。

当看着他们一个接着一个上楼时，她的感觉很奇怪。芒特太太和西利亚，赫伯特·安思迪，戴克斯太太——啊，还有布鲁顿夫人！

“您能光临，真的是太好啦！”她说，这是她的真心话。真奇怪啊，你站在这里看到他们不断地经过你，有的人年纪很大了，而有的……

咦，她叫什么名字？罗塞特夫人？可是罗塞特夫人是谁啊？

“克拉丽莎！”是那个声音！是萨利·瑟顿！萨利·瑟顿！在这么多年之后！她终于拨开了迷雾，赫然出现，当克拉丽莎紧抓住那热水罐的时候想着，但是她可不是这个样子的。萨利·瑟顿啊，她竟然会来到她家来做客，到她家来了！她以前可不是这个样子的！

她们的话一句接一句地滚滚涌出，显得有点不好意思，轻轻笑着——经过了伦敦。她从克拉·海登那里听说这次宴会的。多好啊！是和你见面的机会！所以我就不请自来了……

她很镇静地放下那个热水罐但她已经没有了当年的光彩了。但是又能够重新见到她真的是太好了！她的年龄增加了，却比当年更加快活，虽然没有以前那么漂亮了。她们在客厅门口相互亲吻着，亲了这边的脸，再亲那边的脸。然后克拉丽莎拉着萨利的手转过身去，看到房间里满满的宾客，听见人声的喧嚣，也看到烛台，还有被风吹得飘起的窗帘跟李察送给她的玫瑰花。

“我有五个长得很高大的儿子。”萨利说。

她有着最单纯的以自我为中心的思想，她总是公开表示想要人们最先想到她，她现在还是这样。克拉丽莎也还是十分喜欢。“真的难以置信！”她大声说道。她一想到过去，就开心得得激动不已。

可是，唉，威尔金斯。威尔金斯他还需要她。威尔金斯正在用一种威严的声音——仿佛他一定要告诫着全体宾客，还要把失神的女主人从轻浮的言谈中召唤回来——通报着一个名字：

“首相来了。”皮特·沃尔殊说。

首相来了？这是真的吗？艾力·亨德逊惊讶地想道。晚些时候要讲给伊迪丝听，这多么有意思啊！

你不可以嘲笑他，尽管他的样子看起来十分平凡。你很可能会把他放在柜台后面然后向他买饼干——只是可怜的家伙，浑身上下都用金色的饰带把自己打扮了起来。不过还是说句公道话，当他先是在克拉丽莎，再后来在李察的陪同下跟大家见面的时候，他做得非常好。他努力地想要显出他是什么重要人物时候的样子，是很有趣的。但是没有谁想要看他。大家还在继续着聊天，而且很明显，他们其实都知道，在骨髓深处都能够感觉到这位重要人物正走过他们身边。这个他们所支持的一切——英国社会——的象征。布鲁顿老夫人，她的脸色看上去还是非常的健康，还带着坚定的神情，匆匆而来。他们去了个小房间。而那间房间立刻受到别人的好奇的窥探，警戒，或者是某种激动。沙沙的窃语声在人群响了起来，而且毫不掩饰的表明着：首相来了！

上帝啊，上帝，英国人都是势利眼！皮特·沃尔殊站在角落里，心里想道。“他这么喜欢用金色饰带把自己打扮起来，好显示着自己让别人都向他表示敬意！”那里！那里肯定就是了，仔细一看还真是。是晓治·维特布莱特，围着大人物打转然后讨好地说着什么。他长胖了好多，头发也白多好了，还真是令人钦佩的晓治啊！

他给人的感觉总是他还在皇宫值班一样，皮特想道。一个卓有特权的诡秘人物，堆积着什么需要誓死保卫的秘密。虽然这些秘密很可能只不过是宫廷里的听差无意漏出来的零星闲话，第二天报纸也会大肆登出来的。这是他的小玩具，这是他的小摆设，他在摆弄的过程中变老了，白发苍苍，变成了老人家，享受着结识这种英国私立学校出身的人的受人尊敬和爱戴。人们肯定会编造出关于晓治的什么的故事，这就是他的风格。皮特以前在几千英里之外的大洋彼岸，从《泰晤士报》上读到了那些令人赞羡的信件风格，感谢着上帝让他能够在当时远离那些有害的喧嚣，哪怕只是说听到狒狒发出的吱吱叫声，或者是苦力殴打着自己老婆的声音。一个从大学里来的橄榄色皮肤的青年人阿谀奉承地站在晓治的旁边。晓治也会恩顾他，引他入门，教他怎样进取，因为他最喜欢做这样的好事，让老夫人们高兴得心跳加快。想着在她们正觉得自己年老多病慢慢地被别人遗忘时，亲爱的晓治还想着她们，还开车来看她们了，跟她们待上一个小时谈谈以前的事情，回忆起一些零碎的小事，还称赞她亲手做的家制蛋糕。虽然晓治这辈子的任何一天都可能会陪某一个公爵夫人一起吃蛋糕的。但是从他的样子看来，他也许真在这个愉快的行为上花费了很多时间。那审判一切却又仁慈宽大的上帝可能会原谅他的。但是皮特·沃尔殊不能宽恕。这个世界一定会有坏蛋的。可是上帝知道，在火车上把一个女孩子打得脑浆迸裂而被处以绞刑的恶棍，所能造成的危害都没有晓治·维特布莱特和他那所谓善行的危害大。现在你看看他的那副样子，当首相和布鲁顿夫人从房间里走出来的时候，他小心翼翼奉承地走向前，一边还点头哈腰，让全世界清楚地看到，他刚才在布鲁顿夫人经过的时候享有和她说上几句悄悄话的荣幸。她停下脚步，摇了摇那颗上了年纪却仍然精致的脑袋。想来她是在满意他某一个听话的服务。她又巴结自己的一批奉承者，是政府中的低级官员，四处奔走去为她完成一些小小的任务。而作为报答，她请他们吃午饭。好像是18世纪的做派，但她那样做了。

这时克拉丽莎陪着首相绕场一周。他们昂首阔步，神采奕奕，跟灰白色头发所表示的一样庄重。她戴着蚌环，穿一身银绿色的美人鱼式礼服。她像是悠闲地浮沉于海浪之中，编理着长长的秀发。她似乎还保留有着她的天赋：去生活，去存在。在她经过时，便能对一切都心里有数了。她转过身子，把围巾挂在某个女士的衣服上，然后把挂着的地方解开，笑了起来。——这一切都做得那么轻松自然，就像是一个漂浮在完全属于自己的环境中的精灵。但是岁月却触及了她。就像是美人鱼也会在某一个晴朗的黄昏，透过镜子看海浪上的落日。她的身上有了一丝温柔的气息。她的严厉，过分拘谨还有木然，到现在都已经完全被溶解了，当她和那个用金色饰带把自己打扮起来的、竭尽全力想要显示自己是重要任务的（那她也祝他成功)健硕男人告别时，她有一种难以形容的尊严。一种优雅的和蔼可亲。似乎她希望这个世界都能够顺遂人意，而她本人因已经处在这一切的边缘，现在也必须要告辞而去了。她给他的印象就是这样。（但是，他并没有爱上她。）

真的是这样的，克拉时莎能够感觉得到，首相能来真的让自己的家蓬荜生辉。而且，有萨利在场，有皮特在场，李察也会非常高兴的。所有的这些人可能会对她相当羡慕，因为她能和首相一起走过绕场一周。在那一刻她觉得陶醉，心脏剧烈地膨胀，直到它似乎也跟着在颤抖，沉醉，振奋——对，就是这样的。但是那毕竟只是别人的感觉。因为，就算她热爱着这一切，能够感受到它的激动和刺激，染上这些表面上的东西，这些成就（譬如说亲爱的老皮特，他总是觉得她是有本事的)是很空虚的。因为这在一定的距离以外才是成就，而在她内心深处却不是。但这也可能是她渐渐变老了，这些东西已经不如从前使她满足了。突然，当她看到首相走下楼去的时候，那个镶着乔舒亚爵士所作的戴着皮手套女孩的画的圆形镀金画框让她一下子就想起了吉尔曼。她的敌人吉尔曼——那才是令人满意的。那才是真的。啊，她多么恨她呀——脾气急躁，性格虚伪，还会一直数落别人。有着那么大的力量。还勾引伊丽莎白。那个偷偷溜进来偷走并且玷污了伊丽莎白生育的女人（李察会说她胡说的！）。但是她真的恨她，却又爱她。人是需要敌人的，而不是朋友——不是达兰特大太和克拉拉，威廉爵士和布拉肖夫人，特鲁洛克小姐和艾力·亨德逊（她看见她走上楼来，如果他们需要她就会来找她的。她要照顾整个晚会！）

那是她的老朋友哈利爵士。

“亲爱的哈利爵士！”她说着走到这位可爱的老爷爷跟前，哈利爵士画的作品比整个圣约翰林画院中任何两个会员的作品之和还要多。（他总是画着牛，或者画它们站在落日时分的池塘旁喝水，或者画牛抬起一条腿，然后牛角往上一抬，象征“陌生人之到来”，他掌握了好多牛的姿势——他所有的活动、在外面吃饭也好，赛马也好，基础好像就是站在日落时分的池塘边喝水的牛。）

“你们在笑着什么呢？”她问他。因为威利·迪特科姆和哈利爵士还有赫伯特·安思迪这时正在大笑。但是这不行，哈利爵士绝不能把他在音乐厅舞台的故事讲给克拉丽莎·达洛薇听（虽然他很喜欢她。在她这类人中，他觉得她是最完美的，还会威胁说要给她画像）。他拿她今晚晚会打趣她，说他想念他的白兰地。他说这些上流社会的人士比他的地位高太多了。可是他还是喜欢她，尊敬她。虽然她的那些该死而难缠的上层阶级的斯文风度搞得他没法要克拉丽莎·达洛薇坐到他的大腿上来。这时，那道飘忽的鬼火，拿到难以捉摸的磷光，希尔伯利老太太来到了他们跟前，在他爆发的大笑声中伸出了手来（他们笑的是公爵和夫人）。当她在屋子的另一边听见这阵笑声时，她的那种更明确了——有的时候，如果她清早醒来却又不愿意叫女仆给她端茶，这一点常常会困扰她——我们这样必定会死去。

“他们不肯把自己的故事讲给我们听。”克拉丽莎说。

“亲爱的克拉丽莎啊！”希尔伯里利太太大声地说道。她今晚可还真像她第一次看见她妈妈时的样子。那时候克拉丽莎的妈妈戴着一顶灰色的帽子，在花园里散着步。

真的好像！克拉丽莎莫名地感动得热泪盈眶。真的好像她的母亲在花园里散着步！可是，唉，她要走了。

因为教米尔顿作品的布莱尔利教授在那边，正在和小个子的吉姆·赫顿说着什么（就算是参加这样的晚会他也不肯打上领带，然后穿上三件套的背心，或者把头发梳理得干干净净），离得这么远，她也能看得出来他们在争吵着。因为布莱尔利教授是个十足的怪人。他有很多这样那样的学位，还接收到了很多荣誉，还有讲师资格。所以和拙劣的文人相处时，她立刻就猜想到这样的气氛不适合他那古怪的性格。他学识渊博但性格懦弱，他具有魅力却毫无亲切感。他是一个混合着势利和天真的人。但他如果能从一位女士蓬乱的头发里或者是一个青年人所穿的靴子上意识到由反叛者和热血青年还有自视为天才的人构成的无疑是最值得赞扬的下层社会的存在时，他就会颤抖着昂起头，嗤之以鼻——哼！——来表示温和节制的重要性。为了能够赏识米尔顿的作品，古典文学修养是那么重要啊。布莱尔利教授（克拉丽莎可以看出来），他在米尔顿问题上跟小个子的吉姆·赫顿（他的黑袜子还在洗衣房，所以现在只好穿着红袜子）话不投机。于是她过去插话了。

她说她喜欢巴赫，赫顿也说他喜欢巴赫。这是他们之间联系的纽带。赫顿（他是一个很不怎么样的诗人），他一向觉得达洛薇夫人是那些关心艺术的上层社会女士中最好的一个。但是很奇怪的是，她一直都很严格。她完全客观地谈到音乐，相当一本正经。可是她的样子是多么让人着迷啊！她把家里打扮得这样好看，如果没有这些教授们在场就更好了。克拉丽莎真有点想把他抓走，放到后面房间的钢琴旁去。因为他钢琴弹得实在是太美了。

“可是太吵了！”她说。“实在是太吵了！”

“但这是晚会举办成功的标志。”教授礼貌地点了点头，轻轻走开了。“他知道米尔顿的所有事情。”克拉丽莎说。

“是吗？”赫顿说道。他在整个汉普斯特地区模仿着这位教授。教授怎样谈论米尔顿，怎样温和节制地谈论，怎样轻轻走开。

可是她必须要和那两个人说上几句话，克拉丽莎说，那是盖顿勋爵和南茜·布洛。

这两位任务并没有明显地增加晚会的喧闹声。他们并肩站在黄色的窗帘旁，也没有（很明显地唠唠叨叨地）说着什么。他们很快就会一起到别的地方去。也不管在什么场合，反正他们从来也没有什么话要说的。他们只用眼睛看着这一切而已，但是那就已经足够了。他们看上去是那样的干净健康。她用化妆品往脸上涂涂抹抹，鲜艳欲滴，跟一朵盛开着的杏花一般。而他，则已经整理干净，眼睛像一只鹰一样尖，所以他也不会遗漏任何一球，没有任何的一击会是意料之外的。他击球，挑起，准确地击中，每时每刻都处于良好的竞技状态。小马的嘴在他牵着的缰绳下微微颤动着。他出身高贵，祖上还有专门的纪念碑。老家的教堂里挂着上面印有家族盾形标志的旗帜。他有着自己的职责，有佃户，有母亲和姐妹。可以在罗茨大板球场玩上整整一天。达洛薇夫人走过来的时候，他们正在谈着这些——板球，堂表亲，电影什么的。盖顿勋爵特别喜欢达洛薇夫人，布洛小姐也是。他们看来，她气质翩翩，风度迷人。

“你们能来真是太美了——太好了！”她说。她很喜欢贵族，也很喜欢青年，而南茜现在就站在了那里，身穿着斥巨资由巴黎最伟大的艺术家设计的礼服，这样看过去好像她的身体自己长出了绿色的饰边。

“我原本也打算开舞会的。”克拉丽莎说。

因为年轻人都不怎么会聊天。事实也是这样，他们怎么会呢？他们肆意喊叫着，放纵地拥抱，在青春里旋转，天亮就起来了。还会拿糖去喂小马，亲吻和爱抚着可爱的中国土狗的鼻子。然后滴着水哆哆嗦嗦地跳进泳池游泳。而英文如此巨大的资源，还有它所赋予人们的交流感情的力量（她和皮特在他们这个的年纪的时候会整晚地争论不休），他们却没有掌握好。他们在年轻时就已经凝固不变了。他们对庄园里的每一个人礼貌相待，但是单独跟谁在一起的时候，也许就会非常沉闷乏味了。

“真的是太遗憾啦！”南茜说。“我原本希望可以跳上一支舞的。”他们能来已经太好了！可是跳舞呢？不行了，所有的房间都挤得满满的了。

披着披巾的老海伦娜姑母在那边呢。哎呀，她要离开他们了——盖顿勋爵和南茜·布罗——咦？她的老姑母帕里小姐来了。

海伦娜·帕里小姐还没有死，她还活着着。她现在已经八十多岁了，拄着根拐杖慢慢地走上了楼来。她被热闹安顿在一张椅子里（李察安排的那些19世纪70年代到过缅甸的人总是会被带来见她。）皮特到哪里去了？他们曾经是那么要好的朋友啊。只要一提起印度，甚至是锡兰，她的眼睛（有一只是玻璃的）就会慢慢变得深邃起来，变成了蓝色，眼前出现的不是在房间里熙熙攘攘的人——她对总督，将军，兵变等，那些没有温存的回忆，也不存在任何引以为傲的幻想——而是兰花，山口通道和19世纪60年代时，自己被苦力驮着，翻过偏僻荒凉的山峰时的情景，或者下来采兰花（这真是令人称奇的花朵啊，她在以前从来都没有见过），她用水彩画着这些花。她是一个不屈的英国女人，如果说战争，譬如说忽然一颗炸弹落到她家门口，打扰了她对兰花或对19世纪60年代中她在印度旅行时的沉思，她就会感到烦躁不安——可是伯德来啦。

“过来和海伦娜姑母谈谈缅甸吧。”克拉丽莎说，但是他这晚还没有和她说过一句话呢！

“我们过会儿再谈吧。”克拉丽莎说着，把他带到了裹在白披巾中、拄着拐杖的海伦娜姑母面前。

“这是皮特·沃尔殊。”克拉丽莎说。

毫无反应。

克拉丽莎请了她。但还真是累人，她吵得要命。可是克拉丽莎还是请了她，所以也就她来了。可是真遗憾，他们——李察和克拉丽莎——住在伦敦。但是如果是为了克拉丽莎的健康，就算是住在乡间也要好得多。可是克拉丽莎一向喜欢社交生活。

“他到过缅甸呢。”克拉丽莎说。

啊！她不禁想起查尔斯·达尔文写的那本有关缅甸兰花的小书所说的话了。

（克拉丽莎要去和布鲁顿夫人说一说话。）

她这本关于缅甸兰花的书肯定已经被人们忘记了，可是在1870年以前出了三版呢？她对皮特说。现在她想起他来，他去过波顿（皮特·沃尔殊还记得，那天晚上他们在客厅里，当克拉丽莎请他一起划船的时候，他连招呼也没打就离开了她）。

“李察非常欣赏你的午宴。”克拉丽莎对布鲁顿夫人说。

“李察对我帮助可大了！”布鲁顿夫人答道，“他帮我写了一封信。你身体好吗？”

“嗯，好啊，非常好！”克拉丽莎说。（布鲁顿夫人最讨厌的就是政治家的妻子有什么病了。）

“那不是皮特·沃尔殊吗？”布鲁顿夫人说（因为就算是布鲁顿夫人很喜欢克拉丽莎，她也想不出有什么话题可以跟她说。克拉丽莎身上确实是有许多好品质，但是她们两个人之间却没有任何的共同之处——她和克拉丽莎。如果李察之前娶了的是一个不怎么漂亮的女人可能会好一点，起码可以在工作中多帮助帮助他。可是他失去了进入内阁的机会)。“皮特·沃尔殊来了！”她说着，和那讨人喜欢的坏东西握了握手，他是个非常能干，但本该使自己成名却没有的家伙（因为总有女人方面的麻烦）。啊，当然啦，老帕里小姐。她是一个了不起的老太太！

布鲁顿夫人站在帕里小姐的椅子旁，像是个掷弹兵的幽灵，穿着一身黑色衣裙，邀请着皮特·沃尔殊去她家午餐，态度非常的亲切。但她没有和他闲谈，她根本就不记得印度的动植物。当然，她也到过印度，在一个总督家住过，也觉得有一些印度平民是好人。但是印度的那个状况——还真是个悲剧！首相刚才告诉她（老帕里小姐把自己蜷缩在披巾里包裹着，对于首相对她说了些什么话她根本毫不关心），布鲁顿夫人想听听皮特·沃尔殊的意见，因为他刚从那里回来。她要让辛普森爵士见一见皮特，以她作为一个军事家的女儿的身份。因为那个地方的人愚蠢，甚至都可以称作是邪恶的行为使她夜里无法入睡。现在她已经是个老太婆了，也没有多大用处了。但是她的住宅，她的用人，她的好朋友米莉·布拉殊——他还记得她吗？——都随时准备着效劳，只要她一句话，只要用得着他们。她虽然从来都不谈及英国，但是这个拥有着万千血性男儿的岛屿，这一片亲爱的土地，已经溶进了她的血液之中（虽然她没有读过莎士比亚）。如果说会有一个什么女人，能够戴着头盔拉弓射箭，也能够统领军队攻陷敌人，还能够不屈不挠地以公正的态度统治群蛮，最后静卧在教堂的盾形徽章之下（虽然可能会腐烂得没有了鼻子），或者成了某个原始山坡上芳草萋萋的土堆的话，那个女人就肯定是米利森特·布鲁顿。她虽受到性别和缺少逻辑（她甚至发现自己连给《泰晤士报》写封信都做不到）的局限，但却仍然时时刻刻，念念不忘大英帝国，从和穿戴盔甲的战争女神的接触中想象到了她那直挺挺的身姿，粗旷的举止，因而别人无法想象，就算是在死后，她也会离开地球，实在没有办法想象她的灵魂会在英国国旗停止飘扬的地区游荡着。就算是做亡灵，她也不要做英国的亡灵——不行，这不行！根本不可能！

可那人是布鲁顿夫人吗（她以前认识她的）？头发都白了的那个人是皮特·沃尔殊吗？罗塞特夫人（她的名字叫萨利·瑟顿）问着自己。那个肯定是老帕里小姐——当年她待在波顿时总是爱生气的老姑母。她永远也不会忘记自己光着身子在过道里跑着，后来帕里小姐把她叫去的事情！还有克拉丽莎！啊，克拉丽莎！萨利抓住了她的胳膊。

克拉丽莎在他们身边停了下来。

“可是我不能多待一会。”她说“我等会儿再来。你们等着我。”她说道，眼睛没有离开皮特和萨利。她的意思是他们要一直等到所有的客人都走了以后，她才有空。

“我会回来的。”她说道，一边看着她的老朋友萨利和皮特，他们正握着手，而萨利也无疑是回忆到了过去的什么事情，正开心地笑着。

可是她的声音已经没有了当初令人陶醉的圆润甜美了，眼睛也不如当年她吸雪茄或者是身上一丝不挂地跑过过道去取自己的海绵包的那些时候那般闪闪发亮了。那时艾伦·阿特金斯问她，如果被某一些先生们碰上怎么办呢？不过大家都原谅了她。她从储藏食品的地方偷鸡来吃，因为夜里肚子饿了。她在卧室里抽雪茄烟。她把一本珍贵的善本书放在了平底船忘记了拿回来，可是谁都还是非常喜欢她（也许除了爸爸以外)。那是因为她热情，活力四溢——她会画画，也会写作。村子里的老妇直到今天，都从来不会忘记问候她："你那位穿着红斗篷，看起来非常快乐的朋友呢？"可是萨利偏偏会指责说晓治·维特布莱特（他就在那边呢，她的老朋友晓治，正在和葡萄牙的大使说话)，还说他在吸烟室里吻了她，说是因为她在争取女权的时候说的话而惩罚她。她说庸俗卑鄙的男人才会做这种事。克拉丽莎记得她只能说服萨利不要在家庭祈祷时指责晓治——她是真的会做得出来的，她为人鲁莽大胆，做起事来肆无忌惮，想要成为一切轰动的中心，也喜欢制造一些引人注意的场面。克拉丽莎那时常常想，这一切肯定会以可怕的悲剧结束的。她会死去，还会遭受磨难。但是她后来结婚了，出乎意料地嫁给了一个谢顶的，纽扣里别着一朵大花的男人，听说他在曼彻斯特有好几家棉纺厂。而且她还为他生了五个儿子！

她和皮特一起坐了下来。他们一起聊着天，这个景象是那么熟悉啊——他们以前也经常在一起聊天。他们会谈起过去，和这两个人分享着过去的岁月（甚至比和李察的要多)。还记得那花园，那树木，还有老约瑟夫·布雷特科夫嗓子特糟却还硬要唱勃拉姆斯的歌曲，那客厅的墙纸，那地垫的气味。萨利也肯定永远是回忆里其中的一个部分，皮特也肯定是。可是她要离开他们，布拉肖夫妇来了，她好讨厌他们。可是她必须走到布拉德夫人那边去（她穿着银色跟灰色的衣服，就像一只在水池边上保持着平衡不让自己摔倒的海狮，一边喊叫着要人家邀请她，一边还要和公爵夫人们交际，这是典型的成功男人的妻子形象），她要走到布拉肖夫人那边去，并且说……

但是布拉德肖夫人先发制人：

“我们来得太晚了，亲爱的达洛薇夫人，都不敢进来了。”她说。

头发灰白，眼睛湛蓝，却又仪表堂堂的威廉爵士说，对啊，实在是太晚了，但是他们也实在无法抗拒这次宴会的吸引力。他可能正在和李察谈论着那些议案的事，他们希望下议院能通过这项议案但是为什么看到他和李察说话就会使她感到恶心？他看上去跟他名医的身份很相符呀。在他这一行里是绝对的权威，而且很有影响力，脸色却显得相当疲劳。因为，你想想看，找他求医的都是什么样的病人啊——是在苦难的深渊中的人，那些处于精神失常的边缘的人，那些丈夫们和妻子们。他一定要对一些什么极端困难的问题做出决定。但是——她的感觉是，你不会愿意让威廉爵士看到你不开心的，绝对不能让那个人看出来。

“你在伊顿上学的儿子好吗？”她问布拉肖夫人。

他得了腮腺炎，还把十一岁考试给误了，布拉肖夫人说。她觉得这件事上他父亲比他还要着急，她说因为他父亲自己也只不过是个大孩子而已。

克拉丽莎看了一眼正在和李察说话的威廉爵士。他看上去可不像是个孩子——一点儿也不像个孩子。她上一次就和别人一起去找他看病了。他判断得极其正确，而且合情合理。可是天哪——那天她重新走出到大街上时真让人感到欣慰啊！她还记得有个可怜的人在候诊室里哭，但是她也不知道那究竟是怎么回事——是关于威廉爵士的吧。她究竟不喜欢他什么呢。但李察和她看法是一致的——都不喜欢他的情趣，还有他的气味。不过不可否认，他的能力还是非常强的。他们在谈论某一项议案。有个病例，威廉爵士说话时压低了声音。说是和他所说的关于弹震症后果的延迟发作有关。他们在议案中必须写入有关条款才行。

布拉肖夫人（她是个可怜的傻瓜——你不会讨厌她的)也放低了声音，然后把达洛薇夫人引到像是共同的女性特点，对丈夫杰出成绩的共自豪感，对他们工作上过度劳累的心疼跟关切的话题，然后低低地告诉她，“刚刚我们要出门过来的时候，我的丈夫就接到了一个电话，真是一个很悲惨的病例啊。有一个年轻人（威廉爵士正在跟达洛薇先生讨论着十一岁考试——这是过去在英格兰和威尔士的一种考试制度，学生在十一岁左右参加。然后根据他们的成绩决定以后是上普通中学跟大学，还是进入职业技术教育的学校。但是现在已经基本废除了，只有少数地方的教育局仍在进行着这类的考试。他们说着的就是这件事）自杀了。他之前还在军队里服过役啊。”啊，克拉丽莎想道，就在我的晚会之前，死亡闯了进来，她想道。

她继续往前走着，走到了首相和布鲁顿夫人刚才进去的那一个小房间。也许会有人在里面的，但是并没有人。椅子上还留有首相和布鲁顿夫人坐过的痕迹，布鲁顿夫人恭敬地侧过身去听着什么，而首相则坚定而威严地坐着说着事情。他们谈论的是印度的问题。可是现在，房间里没有人了。晚会的光彩烟消云散了，穿着华丽的服装自己一个人进到这里来，就会觉得很奇怪。

布拉肖夫妇凭什么在她的晚会上谈论死亡？说是有一个年轻人自杀了。而他们在她的晚会上跟别人谈论着的也是这件事——布拉肖夫妇竟然在她的宴会上谈论着死亡。他自杀了——但他怎么死的呢？当她突然听到一个事故的时候，她的身体总是会先于思想般地，想要经历一遍。她的衣服好像立刻就烧了起来，她的身体被火烧伤。他从窗子里跳了出去！地面破土而出般的生了锈的铁围栏尖准确无误地扎进了他的身体，因此而伤痕累累。他就躺在那里，脑袋里好像有什么东西在重重敲着，然后便是一片黑暗的窒息。她眼前出现的竟然是这样的景象。但是他好端端地为什么要自杀呢？而布拉肖夫妇竟然在她的晚会上大肆地谈论着这件事！

她曾经有一次往蛇形湖里扔过一枚一先令的硬币，可是她从来再没有扔过别的什么东西。他把生命白白扔掉了。他们继续生活下去（她不得不回到宴会中去，那些房间里仍然挤着很多人。而且还不断有客人来）。他们（她一整天都在想着波顿，想着皮特，想着萨利），他们也会渐渐变老的。但有一样东西是至关紧要的。在她自己的生活中被这样那样的闲谈包围，被毁损，黯然失色，然后在腐败、谎言、闲扯中逐渐失去了它。但是他保存了这样东西。死亡是一种挑战。死亡是一种敢于传递思想的努力。人们觉得无法达到那神秘的捉摸不透的中心，亲近的变成了疏远的。消失了狂喜，只有自己形单影只。但死亡中有着拥抱。

但是这个自杀的年轻人——他是怀抱着珍贵的一切往下跳去的吗？“如果现在就死去，现在就是最幸福的了。”有一次她身穿白衣走下楼来时也曾这样对自己说过。

或许还有名人和思想家。假如说他曾有过那种激情，并且去找了威廉·布拉肖爵士——他是个伟大的医生，然而在她心里觉得这个人有着不可名状的邪恶感。他无性无欲，对女人又极为有礼貌，可是又能做出一些难以形容的恶劣勾当——对你的灵魂施加着压力，对，就是这样了——如果这个年轻人之前去找了他，而当时威廉爵士又以他那种特有的能力给了他这样的印象，那么难怪他会觉得（那应该是事实，她现在也感觉到是这样）生活变得难以忍受。他们，像是医生那样的人，生活会变得难以忍受吗？

还有（她只是在今天早上才感觉到的）那恐怖感，你的父母把生命交给了你，你应该要好好地活到寿终正寝之时，要平静地走完这段生命之路。但你却如此强烈地觉得对生命已经无能为力，这在她心灵深处有着很可怕的恐惧。即使是现在，如果不是有李察经常在那里看着《泰晤士报》，让她能够像只小鸟一样蜷缩在一旁慢慢恢复活力，然后发出无比快乐的呼喊，而不是事事产生摩擦，别别扭扭，她一定早就死了。但是那个年轻人自杀了。

不知怎么的，她觉得这是她的一个灾难——是她的耻辱。她眼看着这里的男人，那里的女人消失在了着黑暗的深渊，但是她却不得不穿着晚礼服优雅地站在这里，这真是对她的惩罚啊。她也曾经使过诡计，也曾经顺手牵羊。她从来就不是一个值得赞美的人，她也渴望取得成功。像是贝克斯波罗(lady Bexborough)夫人那样。贝克斯伯罗夫人还有一次在波顿的露台上散过步呢。

一切都要归功于李察了。她从来就没有像现在这样幸福过。什么都不能太慢，什么也都不能永存。她一边放正了椅子，把书架上的突出来的一本书往里推一推，一边想道，认识里已经没有什么快乐可以和这样的感觉相比了：你已经结束了青春时代的无忧无虑，然后专心沉湎于生活的进程之中，在日出日落中惊喜地发现了生活的小幸福。那时候在波顿，当别人都在聊天时，她曾许多次分心去仰望天空。或者在晚餐的时候从人们肩膀间的空隙看着天空。而现在在伦敦，她难以入眠时也要去看看天。想着，她向窗户走去。

这一片乡村里的天空，这一片威斯敏斯特的天空中，包含着她自己的某一样东西，虽然这个念头说起来很愚蠢。她拉开了窗帘向外看去。啊，可是那么奇怪呀！——对面房间里的那个老太太正直直地看着她！而她正准备睡觉了。还有那片天空。她原以为天空会隐藏起它美丽的容颜，然后变成庄重的暗黑色的天空。但是你看看——惨白色的天空中快速地掠过了一大片逐渐变小的云团。这样的景象对她来说很是新鲜。一定是起风了。她在对面的房间里正准备着要睡觉呢。她着迷地看着那位老太太在房间里走来走去，或者穿过屋子，来到窗边。那她看得见自己吗？当客厅里的人们仍然在大声说笑的时候，她却静静地看着那位老太太准备睡觉，真是让人着迷啊。这时候她拉下了百叶窗。时钟又开始敲响报时了。有个年轻人自杀了，但是她一点也不可怜他。在时钟一下，两下，三下地敲响报时的时候，在这一切都有条不紊地进行着的时候，她一点也不可怜他。可是，啊！老太太已经把灯关上了！她的整幢房子现在黑漆漆的。在这一切有条不紊地进行着的时候，她重复道，她想到了下面的句子，再也不要畏惧炽热的太阳。她要回到他们那里去。这是一个很不平常的夜晚！她不知怎么的，觉得自己非常像他——那个自杀的年轻人。她很高兴他这样做了，抛弃了尘世间的一切，解脱了。钟还在敲着。沉闷的音波渐渐地消失在了空中。他让她感到美，感到乐趣。可是她要回去了。她要招呼着客人们聚在一起。她要找到萨利和皮特。于是，她从小房间里走进了客厅。

“可是克拉丽莎在哪里啊？”皮特问。他和萨利一起坐在沙发上。（这么多年之后，他还是没有办法称她为“罗塞特夫人”。）“这个女人到哪里去了啊？”他问道。“克拉丽莎在哪里啊？”

萨利猜想着，其实皮特可能也是这样想的，这里来了什么重要人物，或者是什么政治家，但是他们两个谁都不认识，除非是在画报上见过相片，才能认得出来。但是克拉丽莎却一定要去客气一番，谈上几句。她和他们在一起呢。可是你看李察·达洛薇却还是没有进入内阁。萨利猜想，可能是因为他没有取得什么卓越的成就吧？她本人平时也不怎么看报，只是偶尔看见提到他的名字。不过——咳咳，她现在的生活像是与世隔绝般。克拉丽莎肯定会说她活在荒野里，但是她却生活在大商人之中，大工厂主之中，那些都是干实事的男人。可是她也干了许多事的！

“我有五个儿子！”她控诉他。

天啊！天啊！她竟然有了那么大的变化！竟然有母性的温柔还有母性的自大！皮特记得他们的最后一次见面，是在很多年前月光下的花椰菜丛里，她当时用带文学色彩的措辞说那些叶子“像是粗砺的青铜”，她还摘了一朵玫瑰花。那真是一个糟糕透顶的晚上啊，她经过在喷泉旁的那一幕之后，逼着他走来走去，而他还要去赶午夜的火车。天啊，他都快要哭了！

那已经是他的老习惯，玩着小折刀，萨利心里想着。心里一激动就把小折刀开了又关，关了又开。当他热恋着克拉丽莎的时候，她和皮特·沃尔殊也非常非常亲密，还有那一次午饭的时候为了李察·达洛薇而荒唐可怕地大吵起来。她把达洛薇叫做“维科姆”。为什么把李察叫做“维科姆”呢？克拉丽莎立刻就大发脾气！但事实上，从那次以后她们两个就没有再见面了。她和克拉丽莎，在过去的十年中可能最多也只见过六次。而皮特·沃尔殊跑到印度了去，她模模糊糊地听说他的婚姻不幸福，她也不知道他现在有没有孩子，但是也不好问他，因为他变了。他看上去皱纹满布的，但是她觉得他比以前亲切了点，她对他怀有着最真诚的喜爱。因为他和她的青年时代紧密地联系在一起。她仍然保存着他送给她的艾米丽·博朗蒂的一本小书，他一定是打算写书的吧？当年他是打算写书的。

“你写书了吗？”她问他，一边张开了手。她那双结实美观的手，就这样放在了膝盖上，他还记得她的这个姿势。

“一个字也没有写啊！”皮特·沃尔殊说。她大声地笑了。

她还是很有吸引力的，还算是个人物，萨利·瑟顿。可是这个罗塞特是什么人呢？他在结婚的那天在纽扣眼里别了两朵山茶花——这是皮特所知道的关于他的一切。“他们有无数个仆人，还有几英里长的温室。”克拉丽莎写信告诉他这样的话。而萨利笑笑，像是默认了这一点。

“是的，我们一年的收入有一万英镑。”——她记不得这是税前还是税后的数字了，因为这一切都是她的丈夫为她经办的，“你一定要去见见他，”她说，你会喜欢他的。

而以前萨利总是穿得破破烂烂的。为了到波顿去，她当掉了她祖母的戒指，那是玛丽·安托瓦尼特送给她的曾祖父的。没错，萨利已经想起来了，现在她还保存着这个戒指呢，玛丽·安托瓦尼特送给她的曾祖父的红宝石戒指。那时候她连一个便士的钱也没有，去一趟波顿总会使劲节省好久。但是去波顿对她来说有着非常重大的意义——她相信这会使她能够保持正常的神志，在家里她一点也不开心。但是这都是过去的事情了，一切都过去了，她说。

帕里先生已经去世，可是帕里小姐仍然活着。皮特说他从来没有这么吃惊过！他一直以为她已经死了。萨利猜想，他们的婚姻应该很幸福吧？而那边，那个在窗帘旁穿着红衣服的、非常漂亮好看的女生就是伊丽莎白。

（她就像是一株白杨，像是一条河流，像是一朵风信子花，威利·迪特科姆心里在想。啊，如果现在是在乡下，想做什么就做什么，那该有多好啊！她能够听见她那只可怜的小狗在哀叫着，伊丽莎白敢肯定。她一点都不像克拉丽莎，皮特·沃尔殊说。

“啊，克拉丽莎！”萨利说。

萨利感觉她欠了克拉丽莎极大的债。她们曾经是好朋友，不是一般的相识，而是朋友！她眼前出现了克拉丽莎穿一身白衣服，手里捧满鲜花在房子里走来走去的样子，说道：到今天，香烟仍使她想起波顿。但是——皮特会明白吗？——她身上总像是缺少点什么。但是缺少的是什么呢？她很有魅力，极大的魅力。但是坦白地说，（她觉得皮特是老朋友，是真正的好朋友——这对于他在不在英国又有什么关系呢？距离又有什么关系呢？她也曾常常想过要给他写信，可是写好了又把它给撕掉。所以她觉得他是能够理解，不用把事情明说出来也能理解，就像是一个人意识到自己在渐渐地老起来，而她也确实在变老了。那天下午她到伊顿公学去看儿子们，他们在那儿得了腮腺炎），但坦白地说，克拉丽莎怎么能这样呢？——嫁给了李察·达洛薇？那个专爱钓鱼打猎的人，那个只关心狗的人；而且毫不夸张地说，他走进屋子的时候身上总带着一股马厩的味道。还存在这一切场面？她摆了摆手。

那是晓治·维特布莱特。他穿着一套西服背心悠然地走了过去。他看上去迟钝，肥胖，而且自负。他对其他东西都视而不见。

“他是不会理我们的。”萨利说，而她也确实没有这个勇气去叫他——这么说，那就是晓治，令人钦佩的晓治了！

“他现在做什么工作呢？”她问皮特。

“给国王擦皮靴，或者在温莎宫殿数酒瓶。”皮特对她说。皮特的嘴还是那么尖酸刻薄啊！但是萨利一定要跟他说实话，皮特说。说上次的那个吻，晓治的吻。

他吻了她的嘴唇，她很明确地说，那个晚上，在吸烟区里。她怒气冲冲地直接去找克拉丽莎说这件事。但是晓治是不会干这种事的啊！克拉丽莎说，那是令人钦佩的晓治啊！晓治的袜子也是她见过的最漂亮的——现在你看看他的晚礼服吧。真是完美至极！但是他有孩子吗？

“这间屋子里每个人都几乎有六个儿子在伊顿公学里上学。”当然，他自己除外，皮特对她说。感谢上帝，他没有孩子。没有儿子也没有女儿，但也没有妻子。咳咳，但看来他并不在乎，萨利说。她心里想，他比别人都显得更年轻些。

可是像这样就结婚，无论怎么看都是愚蠢的行为啊，皮特说，“她还真是一个不折不扣的傻瓜呢”他说。可是，他说，我们以前有过一段非常美好的时光。但是这怎么可能！萨利在心里琢磨着，他这句话是什么意思啊？真是奇怪了，她认识他这么久，却竟然对发生在他身上的事情一无所知。

他这样说完全只是出于自尊吗？但也很有可能，毕竟这样的事情会使他觉得烦恼难堪（虽然他是一个奇怪的人，也算是某一种古怪的人物，总之他完全不是一个寻常的人），在他这个年纪，没有成家，也没有什么地方可以去，肯定是很孤独了。他一定要来他们家，住上几个星期。当然，他也会去的，他非常乐意到他们家去住一段时间。事情也就是这样被提起来的。这么多年来，达洛薇夫妇也从来没有到她家去过。他们一次又一次邀请着他们。可是克拉丽莎（当然也是克拉丽莎的缘故）就是不来。因为，萨利说，克拉丽莎本质上就是一个很势利的人——你一定要承认这一点，她是个势利眼。萨利觉得，她们中间的隔阂也正是这个原因造成的。克拉丽莎认为她下嫁给现在的丈夫而有失身份，因为她的丈夫——她却为此而感到骄傲——是一个矿工的儿子。他们名下的每一分钱都是他自己亲手挣来的。当他还是个小孩子的时候（她的声音竟然颤抖起来)就扛着大麻袋赚钱了。

（她会这样一小时接着一小时不断地说下去的，皮特想。矿工的儿子，人们会觉得她的下嫁有失身份。她有五个儿子，还有什么来着——花草树木，蓝色的绣球花，紫丁香，还有在苏伊士运河以北从来就不生长的极其罕见的木槿百合，而她，和一个花匠一起在曼彻斯特郊区却种了好几坛，确确实实是好几坛！而克拉丽莎避过了这一切，她本来也不是个母性很强的人。）

她是势利眼吗？是的，在很多方面的是这样。这么长的时间了，她究竟在哪里啊？时间已经很晚了。

“但是，”萨利说，“当我听说克拉丽莎要举办宴会是，我觉得我一定要来了，我一定要再见见她。”有一个人跟我一起住在维多利亚街，近得和在隔壁一样，所以我得知后，也没有得到邀请就直接来了，不过她低声道。“告诉我，一定要告诉我，那个人是谁？”

是希尔波利太太，她还在找着门呢。但是已经太晚了！她喃喃说道，天色越晚，客人就越少了，就越能容易找到老朋友，然后一起在安静的小角落里，真是美丽至极的景色。她问道，那他们知道吗，自己的周围是迷人的花园？路灯树影，波光粼粼的湖泊还有天空。克拉丽莎·达洛薇说过，就是后花园里的那几盏彩色小灯！她简直就是个魔术师！就是这个公园——她不知道他们的名字，但是她知道他们是朋友，不知名的朋友，像是没有词的歌，但那总是最好的。但是这里的门这么多，真是出乎意料的地方，她要迷路了。

“希尔波利老太太。”皮特说，但是那个人又是谁呢？那个整晚站在窗帘旁边一句话也不说的女士是谁呢？他觉得她很面熟，可能是和波顿有什么关系吧。她肯定就是在窗前大桌子旁边剪裁着内衣的那个女人吧？戴维森？是她的名字吧？

“啊！那个是艾力·亨德逊！”萨利说。克拉丽莎对她实在是太苛刻了。她们是姑表关系，而艾力的生活也很穷。克拉丽莎对人还真是够苛刻的。

是相当苛刻，皮特说。但是，萨利说——她说着的时候感情冲动，热情洋溢，皮特曾很爱她的这个特点，但是现在却有点害怕，她的感情可能会过分外溢吧。以前克拉丽莎对朋友那么大方啊！这是那么难得啊！有时候在夜里或者是圣诞节，当她总结着自己的好福气时，总会把她们的这份友谊放在第一位。她们那时都还很年轻。就是这个原因，所以克拉丽莎心地纯洁啊，这就是原因。皮特会觉得她太多愁善感了吧。但是她本来就是这么多愁善感。因为她慢慢觉得，这是唯一值得说出来的东西——人的感觉。伶牙俐齿的人其实是愚蠢的。人只应该说出自己的感受，那就足够了。

“可是我也不知道我的感受是什么。”皮特·沃尔殊说。

可怜的皮特啊，萨利心里想着。但是为什么克拉丽莎还不来和他们谈谈呢？皮特盼了一晚上盼的就是这个啊，她知道的。他心里只想着克拉丽莎，所以总是心不在焉地玩着他的小折刀。

他并没有觉得生活是一件那么简单的事情，皮特说。他和克拉丽莎的关系一直都不怎么简单。他说，这段关系毁了他的生活（他和萨利·瑟顿也曾经十分亲密，所以，如果不说这一点的话，就会觉得荒谬可笑。)一个人不可能会爱两次，他说。但她又能说什么呢？不过，爱过也总比没有爱过要好（可是他会认为她变得多愁善感了——她以前可尖刻了)。他一定要去曼彻斯特，和他们住上一阵。真的，他说。我说的是真的。他真的很愿意去那里，然后和他们住一阵，等他在伦敦一办完事情就去。

比起李察来说，克拉丽莎更加喜欢他。这一点萨利非常肯定。

“不是，不是，不是的！”皮特说（萨利不该说这话的，这种话说得太过分了）。那个好人——他就在房子的那一边，跟往常一样和别人滔滔不绝地说着什么，那个亲爱的老李察。他在跟谁说话呢？萨利问他，那个相貌出众的男人是谁？跟她这样像是生活在荒野里的人，都有着一颗难以满足的好奇心，然后想要知道他们都是一些什么人。可是皮特也不知道。他说他不喜欢他的那副样子，也许他是个内阁大臣。在那些人中间，他觉得李察是最好的，他说——对，是最出众的。

“可是他做什么事情呢?”萨利问道。她猜想着,应该是什么公共事务吧。那他们在一起幸福吗?萨利问(她自己当然是非常幸福了),因为,她也承认,她对他们的生活一无所知,只能像别人常常做的那样,想当然地下着结论。要她说,就算是跟你天天生活在一起的人,你又能了解多少呢?她问道。难道我们不都是一些囚徒吗?她读过一个非常好的剧本,写的是一个人在牢房的墙上乱涂乱画,她觉得这反映生活的真实状况——人们在墙上乱涂乱画着,这是他对于人际关系的绝望(人是那么难以相处啊)。她常常到自己的花园那边去,从她的花朵中得到那些认识的男男女女从来没有给过她的宁静。但是,不对啊,他不喜欢卷心菜,他喜欢人,皮特说。那也是事实,这些年轻人都长得很美,萨利说,一边还看着伊丽莎白穿过了屋子。她跟在她这个年纪的克拉丽莎是那么不同啊!他了解她吗?她也没肯开口说话。不怎么了解吧,也是还不了解,皮特承认。她就像是一朵百合花,萨利说,一朵放在水边的清新的百合花。但是皮特不同意,说我们其实什么也不了解。我们了解一切,至少他了解了一切。

可是那两个人,萨利轻声说着,现在走着过来的那两个人(如果克拉丽莎不马上过来的话,她真的要马上走了),那个一直在和李察说话的相貌出众的男人和他那个样子平凡的妻子——对这样的人,你又能说你了解到多少呢?

“了解到他们是该死的吹牛骗子。”皮特说,一边漫不经心地看着他们。他把萨利逗得笑了起来。

但是威廉·布拉肖爵士在门旁停下了脚步,看着一幅版画。他在画的角落找着雕刻家的名字,他的妻子也陪着他以前在看。威廉·布拉肖爵士对艺术非常感兴趣。

当一个人在他年轻的时候，皮特说，他兴奋得已经顾不上其他人了。等到你老了的时候，确切来说，是五十二岁的时候了（而萨利已经五十五岁了，她说她已经五十五岁了，但是她的心永远像一个二十岁的姑娘），也成熟了，皮特说，那么你就能够去观察，去理解，但是也不会失去感受的能力。是的，萨利说，确实是这样的。她的这种感觉一年比一年更深，更炽烈。哎呀，也许这么说，他说，我们在变得强大，我们是应该为此而感动高兴的——根据他的经验来说，确实是不断变得强大。他在印度也认识有这么一个人，他很想对萨利讲讲她。他也很希望萨利能够认识她。她已经是一个已婚女人了，他说，还带着两个年幼的孩子。你一定要带他们来曼彻斯特啊，萨利说——他们离开之前，他一定要答应她。

伊丽莎白来了，他说。她感受的还不如我们的一半呢，可能到现在还没有呢。但是，萨利看着伊丽莎白向她爸爸那边走去时说，看得出来，她和爸爸之间感情很深。她从伊丽莎白走到父亲面前的样子里能够感觉得到。

因为她的爸爸正站在那儿和布拉肖夫妇说话的时候，眼睛一直没有离开过她，而且心里可能还在想着，这个长得这么可爱的姑娘是谁啊？突然间，他意识到那是他的宝贝女儿伊丽莎白，而刚开始他并没有认出她来——她穿着粉红的上衣，那么可爱！伊丽莎白在和威利·迪特科姆说话时感觉到他在看着她。因此她走到了他的面前，现在宴会马上就要结束了，他们站在了一起，看着人们离去，直到房间变得越来越空荡，地板上到处都是残留的垃圾。连艾力·亨德逊也要走了，她算是最后一个离去的，虽然宴会中也没有什么人和她说过话，但是她看到了一切，也好回去告诉伊迪丝。宴会结束了，李察和和伊丽莎白还是挺高兴的，但是李察是纯属出于对自己女儿的骄傲。他本来并不打算告诉她的，可是他又憋不住了。他说他那时候看着她，心里想着，这个长得这么可爱的姑娘是谁啊？竟然原来就是自己的女儿！她听了这些话之后真高兴。可是她那只可怜的小狗在哀叫着呢。

“李察有了进步。你说得对了。”萨利说。“我还要去和他说几句话，和他告别告别。”罗塞特夫人站起了身来，继续说：“和感情相比起来，脑子好又有什么重要的？”

“我也要去。”皮特说，但却继续在那里坐了一会儿。怎么会有这样一种恐惧感？怎么会有这样一种狂喜感？他暗自思量着。是什么让我如此激动呢？

是克拉丽莎啊，他说。

因为她此刻就在眼前。